UM CANTO DE
LIBERDADE

© 2019 por Eduardo França
© iStock.com/Merlas

Coordenadora editorial: Tânia Lins
Coordenador de comunicação: Marcio Lipari
Capa e projeto gráfico: Equipe Vida & Consciência
Preparação: Janaina Calaça
Revisão: Equipe Vida & Consciência

1ª edição — 1ª impressão
1.500 exemplares — setembro 2019
Tiragem total: 1.500 exemplares

**CIP-BRASIL — CATALOGAÇÃO NA PUBLICAÇÃO
(SINDICATO NACIONAL DOS EDITORES DE LIVROS, RJ)**

F881c
    França, Eduardo
    Um canto de liberdade / Eduardo França. - 1. ed. -
São Paulo : Vida & Consciência, 2019.
    256 p. ; 23 cm.

    ISBN 978-85-7722-620-7

    1. Romance brasileiro. I. Título.

19-58983
                               CDD: 869.3
                               CDU: 82-31(81)

Todos os direitos reservados. Nenhuma parte desta edição pode ser utilizada ou reproduzida, por qualquer forma ou meio, seja ele mecânico ou eletrônico, fotocópia, gravação etc., tampouco apropriada ou estocada em sistema de banco de dados, sem a expressa autorização da editora (Lei nº 5.988, de 14/12/1973).

Este livro adota as regras do novo acordo ortográfico (2009).

Vida & Consciência Editora e Distribuidora Ltda.
Rua Agostinho Gomes, 2.312 — São Paulo — SP — Brasil
CEP 04206-001
editora@vidaeconsciencia.com.br
www.vidaeconsciencia.com.br

UM CANTO DE
LIBERDADE

EDUARDO FRANÇA

PRÓLOGO

— Vamos lá! Atire! — ele desafiou-a sem tirar do rosto o sorriso que o tornava ainda mais bonito.

Vendo a moça a poucos passos dele, próxima à porta do seu quarto, segurando a arma com as mãos trêmulas, ele prosseguiu:

— Roubou as ações do vovô...

— Mentira! — ela falou com a voz alterada.

— Vai dizer que estou mentindo também sobre o que fez com sua própria mãe ante de ela morrer? Acho que morreu de desgosto...

— Não é verdade!

— Claro que eu seria o próximo! — continuou com seu raciocínio. — Só um alerta, Marina: sua ganância a está levando para o fim — fez uma pausa e aproximou-se do aparador. Pacientemente, apanhou a garrafa e preencheu metade do copo com a bebida escura.

— Você me obrigou a isso. Sabia bem de minha inocência...

— Que inocência?! Você está insana, dentro do meu quarto, às duas horas da manhã, com uma arma apontada para mim! — respirou fundo e, ainda tranquilo, desabotoou lentamente a camisa, exibindo o tórax perfeito, jovem. — Atire de uma vez, Marina! — abriu os braços e, sem tirar o sorriso do rosto e confiante de que ela não teria coragem de puxar o gatilho, provocou: — Resolva de uma vez! Não tenho o tempo todo. São duas horas da manhã, e, como bem sabe, eu estava num bar, acabei de chegar, estou bem cansado e não esperava vê-la em meu quarto. Sinceramente...

Marina era ousada, moderna e havia tempo deixara, para desespero de sua avô, de usar espartilhos. Adorava, numa época em que os vestidos cobriam os pés e varriam o chão, mostrar suas canelas em público, pouco se importando com o que achavam de seu comportamento à frente do seu tempo. Era dona de um conjunto de atitudes que combinavam com a moça bonita, cativante e muito ambiciosa que ela era.

Agora, diante do primo, trêmula, sentiu as lágrimas quentes rolarem pelo rosto. Marina fechou os olhos e, quando os abriu, viu-o rindo e debochando dela. Naquele momento, quando seus ouvidos se fecharam, e ela só via diante de si a imagem do primo falando e rindo, apertou o gatilho, o que a fez dar um passo para trás e desequilibrar-se.

Marina despertou do sonho. O barulho do tiro confundiu-se com o do despertador, que ela programara para tomar o remédio. Ela abriu os olhos e situou-se ao dizer baixo, tentando acalmar-se:

— Foi um sonho, mais um sonho com o passado. Outra vida, quem sabe.

Só um abajur iluminava o quarto em que Marina estava. O pesadelo fê-la perder o sono. Ela levantou-se e acendeu a luz do quarto amplo e bem decorado. Foi até a bolsa, mexeu nela em busca de cigarros e encontrou o maço amassado com a data escrita à caneta, marcando o último dia em que fumara. Talvez o cigarro aliviasse aquela angústia, aquele sonho que ela não entendia. Era como se fosse ela, mas em outro momento da vida, em outra situação.

Os olhos de Marina fixaram-se na cômoda, onde estava um envelope. Ela ficou pensando no efeito da revelação ali escondida. Até quando poderia guardar aquele segredo?

Marina aproximou-se da janela, mas não ousou abri-la. Estava frio, então, ela limitou-se a apreciar as folhas balançando ao sabor do vento nas ruas praticamente desertas. Viu a chuva começar, lenta, e abraçou o próprio corpo, prevendo que o frio estava chegando. O inverno prometia ser intenso. Precisava dormir, pois o dia seguinte seria cheio. O relógio marcava duas horas da manhã. Aquela informação deixou-a agitada, mas resolveu deitar-se. Precisava dormir. Ainda que o sonho não se apresentasse coerente em suas lembranças, algo deixara seu coração inquieto.

CAPÍTULO 1

HORA DE NASCER

Quando nasci, o mundo estava em festa. O céu estava iluminado, e as pessoas estavam felizes. Abraços, beijos, promessas, bebidas, alegria e fogos. O mundo poderia ser assim sempre, colorido, mas era como a felicidade: aparecia em alguns momentos, de surpresa, para nos dar esperança.

Eu, insistindo em nascer, e a jovem Lola, minha mãe, estava ocupada com os preparativos da virada do ano. Quando começou a sentir as contrações, ela ainda estava com os bobes rosas e azuis enrolados nos cabelos, o corpo envolvido no vestido do dia a dia e os pés calçados com chinelos de dedo. Planejava arrumar-se para a virada, contudo, nem tudo saíra como desejado. Naquele dia, Lola correu demais para fazer os mais diversos pratos para agradar a família. Ela tinha lá seus defeitos, mas era muito jeitosa com salgados e doces. Fazia pratos maravilhosos e gabava-se de ter conquistado meu pai pelo estômago, o que não acredito. Ela era também uma mulher bonita, divertida e cativante, e esses predicados certamente a uniram ao meu pai.

Quando Lola gritou com as mãos espalmadas sobre a barriga de que algo estava errado com a criança, meu pai não lhe deu ouvidos. Naquele momento, ele estava ocupado em disputar com os irmãos quem bebia mais. Tia Nena, para desespero do meu avô, o vencia em virar o copo e manter o equilíbrio. Meu irmãos — o mais velho e o mais novo — corriam de um lado para o outro, deixando minha mãe ainda mais impaciente por não ter como freá-los.

Foi meu avô quem percebeu a gravidade da situação. A bolsa já havia rompido, e, faltando vinte minutos para a meia-noite, ele colocou minha mãe na Kombi vermelha. Meu avô gritava para minha mãe segurar o bebê. Por fim, todos que estavam na festa entraram na perua, exceto meus irmãos e o tio Odair, que ficara incumbido de cuidar das crianças.

— Meu Deus, olhe por essas crianças, porque Odair não sabe nem onde deixou o copo em que estava bebendo — pediu meu avô, olhando pelo retrovisor.

— Pai, vá logo, antes que a criança nasça aqui! — pediu Nena, segurando a mão da cunhada.

— O que está acontecendo? Já virou o ano? — meu pai perguntou, bêbado o bastante para não saber o que estava acontecendo.

Meu avô então se apressou em pisar no acelerador, desviando de um carro e de outro, enquanto no interior da perua os passageiros ora gritavam para ele correr, ora pediam que ele fosse devagar, tamanha era a agitação.

Meu avô estacionou a perua de qualquer jeito, algo que ele não costumava fazer, pois era um motorista exemplar, de profissão. Ele gabava-se de nunca ter se envolvido em um acidente, o que resultava em brigas, algumas vezes, quando se comparava com meus tios, que sempre foram inconsequentes. Meu pai não contava, porque sabia dirigir, no entanto, o medo que tinha era maior. Já tio Odair e tia Nena viveram muitas aventuras com a perua do vovô.

Lola chegou à recepção do hospital amparada pelo sogro e pela cunhada. Estavam eufóricos, falando apressado com o intuito de serem logo atendidos. A moça da recepção, contudo, estava mais preocupada em assistir aos fogos e encontrar o namorado que a esperava no fundo do hospital de forma clandestina a ter de preencher fichas de acidentados e gestantes.

9

— Preencha essa ficha, apresente seus documentos, siga a faixa azul, coloque os papéis naquela porta e espere ser chamado...

— Não, moça, minha nora está prestes a ter o filho aqui! Não percebeu? — falou meu avô olhando para Lola quase desmaiada, já tendo as dores do parto.

— Cadê? Já nasceu? — perguntou meu pai, que, para surpresa do meu avô, não se dera conta de como demorara a chegar até a recepção. Saberiam se perguntassem, e ele estivesse sóbrio para contar, que se perdera no hospital quando entrou no elevador por engano e foi parar no berçário onde se emocionou antecipadamente, pensando estar diante de sua criança.

— Não foi boa ideia trazer o Roberto com a gente. Ele deveria ter ficado em casa — sugeriu tia Nena.

Roberto, o nome do meu pai. Todos o chamavam de Betinho, mas somente meu avô o chamava pelo nome de batismo. Era sua forma de impor respeito. Não era colega de trabalho, bar, da vida. Era seu pai, e assim o via.

Meu avô confirmou com o olhar ao ver meu pai da forma que estava, mas não gastaria seu discurso. Era festa, ele havia bebido, era inútil recriminá-lo. Ele virou para a recepcionista e disparou:

— Moça, preciso que minha nora seja conduzida à emergência, ou a criança nascerá aqui. Não acho...

— Meu Deus, não aguento mais! — gritou Lola, contorcendo-se devido às contrações.

A recepcionista, então, sem desfazer a cara de tédio e sem pressa, mas preocupada com o avançar dos ponteiros que se aproximavam da meia-noite, atendeu ao pedido do meu avô e acionou a emergência.

Fui a primeira bebê a nascer naquele hospital nos primeiros minutos do novo ano. O parto foi realizado em clima de festa, com música. O bebê do ano, a primeira, a que mereceu destaque, fotos, inclusive matéria no jornal do bairro. Meu avô ficou todo orgulhoso. Primeiro porque era uma menina, sua terceira neta, segundo porque considerou que eu já vinha famosa, posando para jornal. Ele não se aguentou de felicidade. Mandou emoldurar o recorte de jornal, depois de exibi-lo para toda a vizinhança, e pendurou-o na parede em que ficava encostado seu piano. Estava tão orgulhoso que não se cansava de contar a história do nascimento da neta para quem lhe perguntasse. Eu, inclusive, mesmo antes de entender as coisas, já ouvia todos esses acontecimentos com detalhes. Com o tempo, quando ele contava a história na presença de tia Nena, ela fazia alguns acertos na narrativa para contrariar meu avô. Minha mãe sempre dizia que a dor era tanta que o máximo que se recordava, além das dores, era de ter entrado na Kombi vermelha de meu avô e da mão quente de tia Nena segurando a dela. Só!

Na verdade, meu nascimento não estava nos planos dos meus pais, assim como os dos meus irmãos, que também não estavam no *script*. Quando Lola sentia a distância do marido e que os meninos já estavam crescidos o bastante, alcançando seus joelhos, ela decidia que era hora de ter mais um filho, imaginando que aquela era uma forma de mantê-lo mais perto, na família.

— Mais um filho, e vocês terão de desocupar a casa. Estamos entendidos? — intimou meu avô, pai do meu pai. — Quando tiverem a casa de vocês, podem ocupar cada espaço vazio do mundo, mas na minha casa, não!

Meu avô não falava isso por mal, mas era a forma que encontrara para segurar os impulsos de minha mãe sobre meu pai. Ele sabia que ela era a dona da situação.

Meu avô, viúvo, três filhos, vivia sozinho na casa da frente, cujas paredes eram cor-de-rosa e cujas portas eram de madeira envernizada. No quintal da residência, havia muitas plantas, e meu avô tinha prazer em cuidar de cada uma delas quando chegava do trabalho. Era um colecionador. Tinha plantas das mais variadas espécies e tinha também muito amor por cada uma delas.

Seus dois filhos mais velhos, Odair e Nena, viviam pelo mundo, como meu avô dizia. Já Roberto, o caçula, casara-se cedo e, sem iniciativa, acomodara-se na casa dos fundos.

Foi no dia das mães, no almoço na casa do meu avô, que minha mãe anunciou a chegada do terceiro filho e ouviu do meu avô que aquele deveria ser o último. Embora fosse viúvo há muitos anos, tendo perdido a esposa ainda nova e de cuidar sozinho dos filhos pequenos, nunca impediu ninguém de comemorar a data. Dizia que celebrar o dia das mães com a família poderia alegrar a esposa onde quer que ela estivesse.

Por conta disso e de outros atributos de meu avô, meus pais o respeitavam muito e não o contrariavam. Quando ouviram seu sermão, trocaram olhares e nada disseram. Quem quebrou o clima ali instalado foi a tia Nena, sempre alegre, divertida até demais que. às vezes. se segurava para não desagradar meu avô.

— Acho que agora será uma menina! — comemorou.

Ela acertou. Cheguei no primeiro minuto do ano, mesmo contrariando os sonhos de minha mãe.

— Espero que seja um menino, assim, poderia usar as roupas dos meninos. Ser homem é melhor nesta vida. Se pudesse escolher, teria escolhido ser homem, pode ter certeza.

Por fim, Deus sabe das coisas e resolveu ouvir tia Nena. Nasci menina, me chamo Marina, sou capricorniana. Não que acredite muito nisso, mas gosto de saber o que falam sobre ser regida sob esse signo. Dizem que somos teimosos, mas prefiro me ver como obstinada.

Sobre minha vida, minhas alegrias, minhas lembranças, meus amores... vou contar-lhes o que aconteceu.

CAPÍTULO 2
OS SONHOS, SEMPRE ELES...

Durante o sono, por meio dos sonhos, Marina voltou ao passado...

Quando viu o jovem desacordado, atingido por seu disparo, Marina entrou em desespero. Trêmula, ainda com a arma na mão, caminhou até ele, ajoelhou-se e, num gesto rápido, tentou acordá-lo, mas sem êxito. Marina levantou-se apressada e não conteve as lágrimas quando viu as mãos sujas de sangue.

Já no corredor, seguindo para a saída do sobrado onde morava, Marina esbarrou na empregada.

— Senhorita Marina, não sabia que estava aqui — disse fechando o sobretudo que colocara sobre a camisola. Ela olhou rapidamente para o relógio que havia no cômodo. Eram duas e cinco da manhã. A iluminação era parca, por isso a mulher não percebera o estado de Marina nem o que carregava em uma das mãos. — Ouvi um barulho forte. Parece que veio do quarto lá de cima. Ouviu... — foi quando percebeu que as mãos de Marina estavam sujas de sangue e notou a arma em uma delas.

A mulher ficou em choque. Ela levou a mão à boca, recuou um passo e viu, sem mais reação, Marina, calada e em lágrimas, sair rápido pela porta principal.

Na rua, Marina viu-se na escuridão. Sem luz, o céu, que anunciava chuva, emitia relâmpagos que clareavam não só o céu, mas também a estrada, o que permitiu a moça decidir por onde seguir.

Antes de sair correndo, Marina olhou para trás e viu a casa toda se iluminar. Ela, então, deixou a arma, até tão firme em suas mãos, se soltar e saiu correndo, sem destino, bem quando a chuva começou a cair forte.

A água da chuva misturava-se às lágrimas de Marina, quando ela ouviu ao longe:

— Ela está por perto. A arma está aqui. Veja! Vamos por esse caminho.

Foi assim que Marina saiu da estrada e entrou no mato. Fez isso com dificuldade, pois a água da chuva tornara seu vestido ainda mais justo e pesado. Além disso, os sapatos encharcados também dificultavam sua caminhada. Marina, então, deixou os sapatos no caminho, sem se preocupar que estivesse deixando pistas para ser encontrada.

Ela ouviu uma voz conhecida, desta vez mais perto:

— Está por aqui. Ela não escapa...

Nesse momento, acordei assustada. Era pequena demais e já sofria com os sonhos repetidos, que sempre me deixavam muito triste e perturbada. Acordava aos gritos.

— Pronto! Passou! — minha mãe me consolava me pegando no colo.

O grito, de tão forte, chamou a atenção do meu avô na casa da frente, que veio correndo saber o que estava acontecendo, sem se importar com a chuva forte que caía naquela tarde para a alegria de meus irmãos, que saltitavam no quintal.

— Você deu comida pesada para a menina e a colocou para dormir, Lola! — criticou meu avô.

— Não, senhor! Eu dei apenas leite. Ela estava bem, brincando com os meninos no quintal, quando começou a chover. Apesar de adorar participar de tudo o que eles fazem, não quis ficar na chuva e foi dormir.

— Ela e esse medo de chuva.

— Pois é. Já falei para o Betinho. Vou levar a menina para dona Conceição.

— Na bruxa?!

— Benzedeira! — corrigiu minha mãe com os olhos arregalados. Fazia isso para demonstrar que tinha razão. Quando alguém contrariava dona Lola, ela arregalava os olhos e expunha o que considerava certo. — E das boas! Outro dia, o mais velho estava com uma dor de barriga...

— Me poupe disso, Lola! — pediu meu avô me pegando do colo dela. E, antes de sair, completou: — E nada de levar a menina para a Conceição. Sonhos são sonhos. É fase. Logo, logo, a menina ficará bem.

Meu avô levou-me para a casa dele e tentou acalmar meu choro compulsivo quando passamos pela chuva. Como de costume, ele foi até a cozinha, toda arrumada, apanhou os potes de vidro, que ele fazia questão de manter sempre cheios para a alegria dos netos, e me fez apontar para qual queria.

Fazia isso e colocava-me sentada à mesa. Então, servia os biscoitos e conversava comigo como se eu fosse gente grande e entendesse metade das coisas que ele dizia. Como meu avô era divertido, acabávamos rindo.

A chuva cessou, e os meninos apareceram molhados e tremendo na porta da cozinha do meu avô.

— Vão já para casa tomar um banho quente! — da porta, ele gritava para a nora providenciar o "aquecimento" para os netos. — Depois, venham aqui! Tenho algo para vocês — finalizava rindo.

Roberto, meu pai, tinha ciúme do tratamento que meu avô nos dava, pois dizia que ele não fizera um terço pelos filhos, e Lola, por sua vez, logo tratava de defender o sogro:

— Outras épocas. Agora seu pai tem outras prioridades, e os meninos ocupam o vazio que a vida trouxe para ele.

Os meninos, interesseiros, depois do banho quente e de trocarem as roupas, corriam para a casa do avô sem nem pentearem os cabelos ou secarem bem o corpo.

Meu avô ria das histórias do mais novo, que era falante, cheio de aventuras, muitas delas frutos de sua imaginação. O mais velho, mais calado, admirava o outro, que era seu exemplo.

O máximo que fazia era repetir algo dito pelo irmão e limitava-se a afirmar que participara de uma ou de outra aventura. O mais novo, contudo, às vezes não o queria em suas aventuras e logo o cortava, tirando-o de suas fantasias.

E meu avô divertia-se.

Era mais difícil para os meninos ficarem ali sentados e comportados, algo que era regra na casa de meu avô. Tínhamos de respeitar seus pertences, suas plantas, tudo que havia naquela casa. Andávamos por lá como crianças treinadas para visitar um museu: sem tocar em nada. Só faltava colocarmos as mãos para trás, o que deixava os meninos inquietos. Depois, então, de saborearem os novos doces dos potes de vidro do meu avô, eles logo corriam para a liberdade do quintal. Já eu ficava mais tempo na companhia dele, quando ele chegava do trabalho.

E foi na ausência de meu avô que minha mãe resolveu procurar dona Conceição, mesmo com as diversas recomendações dele sobre a bruxa, como ele a chamava.

Depois de deixar os meninos na escola, Lola levou-me com ela para a feira propositadamente no horário em que pudesse encontrar Conceição. E deu certo, porque a mulher, além de bruxa, como meu avô ressaltava, tinha uma banca de temperos.

— Leve ela lá em casa mais tarde — convidou Conceição sem tirar os olhos de mim, o que me assustou e me fez me esconder atrás de minha mãe. — Pelo que me contou, precisamos ver o que a menina tem.

Minha mãe saiu radiante com a possível consulta e falando sozinha:

— Seu avô não pode nem sonhar com isso, está ouvindo Marina? Depois, esses sonhos deixam você tão estranha. Credo! Tenho uma prima em Minas que é doida por causa disso. Filha minha não vai ficar! — dizia para mim, como se eu entendesse o motivo de ela buscar ajuda, mesmo sem a permissão do meu avô.

Minha mãe ficou tão eufórica, que, quando já estava indo embora, se lembrou do que realmente precisava comprar na feira.

Todas as semanas eram iguais. Minha mãe deixava meus irmãos na escola e íamos à feira. Eu levava uma sacola pequena, na qual ela colocava as coisas de pouco peso. Dizia que era para ajudar. Eu ficava feliz, sentindo-me útil.

Em casa, como de costume, minha mãe dividia as compras da feira e deixava a fruteira do meu avô cheia. A casa do meu avô, na verdade, era a extensão de nossa casa. A porta da cozinha dele, mantida sempre aberta, ficava voltada para o fundo do quintal, a poucos passos de nossa casa.

Naquele dia, em especial, minha mãe agilizou todos os seus afazeres com a cabeça na visita que faria logo à dona Conceição.

Minha mãe preparou o almoço, e fomos buscar meus irmãos na escola. Ela estava ansiosa, tanto que o mais velho afastou o prato e disse que não queria mais. Minha mãe fez um escândalo:

— Que desperdício! Vou ter de jogar toda a comida fora! Você sabe quantas crianças passam fome, enquanto você joga fora, rejeita comida? Tenho um primo em Minas que não se casou, e sabe por quê? Porque não comia! As moças não olhavam para meu primo porque ele não cresceu! — com isso, meus irmãos devoravam a comida, para alegria dela.

— Então, não vou comer, mãe, pois não quero ser grande.

— Isso funciona com meninos! Trate de comer a sua — me dizia rapidamente.

Diante da recusa, ela tirou, sem sermão, o prato do meu irmão mais velho, sem recomendar que ele escovasse os dentes — como sempre fazia. Sua urgência para que as horas passassem e que chegasse logo a hora de ver Conceição eram tamanhas que ela tirou o prato do mais novo antes de ele terminar. O menino, de tão tranquilo, nada disse, limitando-se a ir atrás do irmão mais velho e a escovar os dentes.

Minha mãe me arrumou como uma boneca. Eu sempre me vestia com as roupas dos meus irmãos e, às vezes, andava sem camiseta, só de shorts, com os pés no chão. Como considerou que aquele dia era especial, ela decidiu pôr em mim o vestido presenteado por tia Nena. Eu preferia *shorts* àquele vestido rodado com babados e fitas.

Com uma mão, minha mãe saiu me puxando e, com a outra, saiu puxando o mais novo, pois ele tinha aula de reforço. Para o mais velho, que era quase mudo, mas era do tipo que falava em momentos errados, ela recomendou:

— Vou chegar antes, mas, se seu avô perguntar, diga que fui — pensou um pouco, pois a verdade renderia um bom sermão do sogro — passear com a Marina. Não! Ele vai perguntar porque não levei você... — falou baixinho. — Diga que fui ao mercado comprar um negócio. Você prefere ver televisão, né? Melhor assim — perguntou e respondeu rapidamente.

Estava à porta com os filhos, um em cada mão, quando decidiu voltar e reforçar a recomendação para o filho mais velho:

— Não abra a porta para ninguém, está me ouvindo?

— Nem para o Papai Noel?

— O que ele vai fazer aqui em maio, menino?! Não! Nem para ele. Se alguém chamar, não atenda. É um impostor.

Minha mãe era grata ao Papai Noel, pois ele era seu aliado para conseguir as coisas com os filhos. Era falar o seu nome para ter silêncio em casa para ver as novelas, para escrever suas cartas, para nos ver estudar.

Fui a primeira a descobrir que ele era uma farsa, pois vi a almofada em que meu avô se sentava para tocar piano acoplada à barriga de meu tio Odair, que, diferente do meu avô que era alto e tinha porte atlético, era roliço. Talvez por isso coubera a ele a missão de vestir-se de Papai Noel. Tio Odair, distraído, esqueceu um dos botões aberto, deixando à mostra a estampa da almofada. Quando o vi fantasiado de Papai Noel e com a almofada de meu avô saindo pela barriga, olhei bem em seus olhos, entortei levemente a cabeça para um lado e o reconheci. Nesse instante, corri e puxei a barriga de tio Odair, atacando em seguida sua barba. Fiz isso em lágrimas, muito triste, e me sentindo enganada.

Meu avô, que estava na cozinha de casa, sentado de pernas cruzadas, observou tudo em silêncio, com as sobrancelhas arqueadas e ar de riso, como se dissesse: "Eu avisei que isso não iria dar certo".

Meus irmãos estavam no quintal com tia Nena, que, notando a agitação, soube muito bem esconder dos meus irmãos o ocorrido.

Convenceram-me também a não revelar a descoberta. Foi um dos muitos segredos que tive com tia Nena.

Por fim, minha mãe chegou à casa de dona Conceição. A casa, que ficava duas ruas para cima da nossa, também sem asfalto, era simples, menor que a nossa e sempre estava cheia de filhos e netos. Foi nesse dia que conheci Alcione, uma menina de minha idade. Lembro que brincamos muito de boneca até que a porta misteriosa sobre a qual minha mãe não tirava os olhos se abriu, e nós fomos chamadas.

O lugar, assim como a casa, era simples e também acolhedor. Conceição estava sentada a uma mesa toda arrumada e parecia ainda mais jovem. Usava cabelos longos, mas sempre os mantinha presos por grampos em um coque no alto da cabeça. Ela, então, começou a falar de forma diferente, com uma voz tão jovial quanto parecia ser.

— É a entidade dela! — contou-me minha mãe fascinada, com os olhos arregalados, apertando minha mão. Fez isso como se eu entendesse alguma coisa do que estava acontecendo. Eu estava mais preocupada com os olhos expressivos que não deixavam de me fitar enquanto minha mãe relatava os sonhos.

— Ela não terá só um homem na vida — anunciou depois de, pacientemente, ouvir o rosário de relatos sobre mim. Dos sonhos, do dia em que quis lavar as mãos porque estavam com sangue, entre outros acontecimentos. — Terá de tomar decisões importantes na vida, como todos temos, mas para isso terá reencontros.

— Reencontros?

— Os sonhos dela são lembranças de outras vidas — afirmou para espanto de minha mãe que, naquele instante, me puxou para junto de seu corpo e pousou delicadamente uma de suas mãos sobre meu ouvido, impedindo que eu escutasse o que era dito. Pude, no entanto, ver os lábios de Conceição se mover, enquanto seus olhos pousavam sobre mim. — Encontrará amigos leais, que tornarão sua vida mais leve, o que não a livrará, contudo, de aborrecimentos. O amor dela não será no casamento, não.

— Chega! O que está dizendo, Conceição, é previsível para qualquer vida.

— É a vida da Marina de que estamos falando. Ela foi uma mulher linda, poderosa, mas de uma ambição desmedida, o que a fez abdicar do amor que sentiu por um primo, quando...

— Não! É melhor eu ir andando — minha mãe falou assustada, puxando-me pelo braço. Já à porta, olhei para trás, e ela estava sorrindo. Dessa vez, vi a dona Conceição, aquela mulher simples dos temperos da feira.

CAPÍTULO 3
SABOR DA INFÂNCIA

Amarelinha, passa-anel, pular corda, bambolê, boneca, cinco marias, cirandas, nada disso me atraía tanto como esconde-esconde, pega-pega, pula-carniça, queimada, pique-bandeira. Provavelmente, isso se devia à influência de meus irmãos, pois eu queria estar onde eles estavam e fazendo as coisas que eles faziam.

Eu tinha uma latinha de bolinha de gude maior que a de meus irmãos e de seus amigos, tudo porque tia Nena me dera um dica valiosa: deixar as unhas grandes. Com isso, eu esticava a mão de forma que ela ficasse ainda mais comprida e próxima à caçapa, o que me fazia ganhar as bolinhas. Já no bafo, modalidade de virar figurinhas, peguei as dicas com tio Odair, que se orgulhava de ganhar todas as partidas de meu pai. Ele era mestre no assunto.

Minha participação nas brincadeiras, contudo, não durou muito, pois os amigos de meus irmãos, mais atentos, começaram a me excluir das partidas. Não era de me lamentar, pois logo mudava o foco. E isso aconteceu justamente quando meu primo Alison, filho único do tio Odair, chegou do Rio de Janeiro para passar uns dias em casa. Nossa amizade foi instantânea. Eu por ele, e ele por minhas bonecas e meu bambolê.

Criativo, Alison ensinou-me a usar o bambolê com tanta desenvoltura que fez minha mãe largar as roupas que estendia no varal. Com os braços cruzados sob os seios fartos e ainda com os olhos arregalados, ela acompanhava a desenvoltura com que Alison equilibrava o arco na cintura fazendo movimentos circulares.

Encostado no parapeito da porta de sua cozinha, meu avô tentava impedir a brincadeira, mas o menino, dois anos mais velho que eu, de muita personalidade e desinibido, não se importava e, rindo, continuava a mexer o quadril. Seu domínio era tanto que ele conseguia, além de exibir o sorriso, erguer as mãos para cima e circular os punhos. Minha mãe ficava boba com aquilo, com aquela audácia. Essa era a palavra que ela murmurava com os olhos arregalados. Minha mãe tentava fazer, e os dedos acabavam enroscando nos bobes coloridos, então, ela ficava nervosa e tentava tirar o arco por cima, que era pequeno o bastante para não passar nos seios dela. Meu primo dava a sugestão:

— Deixe escorregar por baixo, tia — ensinava sério, enquanto meu avô ria alto, de se curvar.

Assim, ela se via livre do bambolê e corria para cuidar de suas panelas.

Meu avô falava com meu tio Odair sobre o comportamento do meu primo, e a resposta vinha despreocupada:

— É criança, pai! — na verdade, ele estava mais preocupado em encher o copo de cerveja que bebia com meu pai.

Meu avô, convencido de que não podia mudar o mundo e sua natureza, seguia para a sala, onde tocava seu piano. O som da música deixava Alison ainda mais solto e belo. Ele tinha os olhos expressivos, cor de mel, e cabelos curtos, mas passava a mão pela cabeça como se os fios fossem longos e cacheados.

Foi então que comecei a me apegar às bonecas. Com o auxílio da caixinha de agulhas e retalhos de minha mãe, Alison fazia roupinhas, penteados nos cabelos das bonecas, o que me deixava encantada. Minhas bonecas eram sempre magras, sem braços, pintadas, descabeladas ou até carecas devido à maldade de meus irmãos, isso quando não eram degoladas. Nas mãos de Alison, contudo, elas ficaram elegantes, vestidas, e seus cabelos ora estavam presos, ora soltos, exibindo cortes milagrosamente bem-feitos com tesouras sem ponta.

Numa tarde de sábado, à véspera da partida de Alison, ele foi à nossa casa, e o tempo fechou em chuva. Como já não tinha apego com esse tempo, não me juntei aos meus irmãos e ao meu primo e resolvi dormir. E o sonho aconteceu, depois de um bom intervalo. Lá estava eu de volta ao passado.

***

— Me ajude, por favor! — pediu Marina em lágrimas. Ela olhou para trás e viu o rastro escuro, sem fazer a mínima ideia de como conseguira chegar ali. Marina recordou-se rapidamente do tiro disparado, de como conseguira sair da estrada ao ouvir as vozes se aproximando e de como se embreara mato adentro, aos prantos, cansada, sem saber para onde estava indo. De repente, ela viu uma luz no horizonte, e suas pernas tremeram ao avistar uma casa simples, no meio do nada, iluminada por uma luz fraca. Não teve dúvidas quando encostou o corpo cansado na porta e começou a bater, pedindo ajuda.

Alison, agora uma mulher linda, de cabelos longos e cacheados sobre o ombro nu, abriu a porta depois de ouvir várias batidas, mesmo contrariando os pedidos da irmã para que não a abrisse, pois temia que fosse algum bandido querendo achar refúgio no meio do mato onde viviam.

— O que houve, moça? — Alison perguntou olhando ao redor e enxergando apenas a escuridão de fundo. Também temia o mesmo que a irmã, mas ficou sensibilizada ao ver Marina aos prantos. Ela parecia bem vestida, ainda que molhada, descalça e com a saia rasgada. Havia um corte em uma de suas pernas.

Marina não conseguiu dizer mais nada e de repente desfaleceu nos braços ágeis de Alison, que amparou o corpo cansado da moça. Lola, a irmã de Alison, apareceu e ajudou-a a colocá-la na cama. Encantadas com a beleza da moça desmaiada, secaram o corpo de Marina e puseram, no lugar das roupas molhadas da moça, roupas simples, mas secas e limpas. Marina, então, despertou, e suas lágrimas logo apareceram. Estava muito assustada. Depois, com esforço, conduziram-na à outra cama e cobriram-na.

— O que aconteceu?

Marina não conseguiu responder. Sabia exatamente o que fizera, mas a verdade podia trazer-lhe consequências maiores e não tinha mais estrutura para correr pelo mato.

— Não sei, não me lembro — mentiu com os olhos perdidos no horizonte.

As donas da casa trocaram olhares, e Alison quebrou o silêncio:

— Descanse. Conversamos depois — disse isso enquanto colocava a coberta sobre o corpo trêmulo de Marina. — É melhor trazer outra coberta.

Nesse momento, acompanhado de um raio anunciando mais chuva, ouviram duas fortes batidas na porta.

Rápida, Alison dirigiu-se ao outro cômodo da casa pequena em que vivia com Lola, sua irmã, a família que lhe restara. Antes de abrir a porta, perguntou quem era. — Sou o funcionário da família Sandrini de Sá.

Alison abriu a porta imediatamente. A família Sandrini de Sá era rica e poderosa o bastante para ser conhecida de longe. Aquele nome realmente abria caminhos.

Com a porta aberta, Alison deparou-se com um jovem armado. Ao vê-lo assim, ela sentiu medo, mas respirou fundo, ergueu a cabeça, como era seu perfil, e prosseguiu.

Ela procurou olhar nos olhos dele e disfarçar o medo que a percorreu naquele momento.

— Estamos atrás da senhorita Marina Sandrini de Sá. Por acaso a viu por aqui? — o rapaz observou o silêncio de Alison e insistiu: — Viu ou ouviu algo estranho?

— O que houve de tão grave? — perguntou a irmã de Alison, que apareceu naquele momento aflita, cruzando os braços sobre a barriga, sustentando os seios fartos.

No cômodo ao lado, Marina tremia. Ela tentou levantar-se, mas o corpo estava paralisado. Olhou para a janela e pensou em pular, mas o corpo não atendia aos seus pensamentos. Foi quando ouviu algo de Alison.

— Não vimos ninguém ou algo estranho. Se nos der licença, é tarde da noite... — disse para o homem postado à soleira da porta, que mantinha os olhos espichados no interior da casa.

Alison sentiu as mãos da irmã em suas costas, tensa, querendo falar algo, talvez contar que só uma parede os separava da moça fugitiva, mas a respeitava demais para fazer isso.

— Tudo bem — disse por fim o homem. — Se souber de algo, de qualquer pista, peço...

— Sem dúvida. Com licença — e fechou a porta.

Alison pareceu respirar aliviada.

— O que você fez, mana? Protegendo uma estranha, sem ao menos saber o que de fato ela fez?

— Ele estava armado, Lola — disse, por fim, contendo a voz da mulher que, também assustada, parecia se alterar. — Viu isso? Sabe Deus a ordem que ele trazia!

Dito isso, acompanhada da irmã, deu passos longos até o quarto onde repousava Marina e encontrou a moça trêmula, assustada, com lágrimas nos olhos.

— Não fique assim — disse com a voz suave, acariciando os cabelos da moça. — Você não está sozinha. Vou protegê-la.

Aliada à irmã, Lola pegou uma das mãos de Marina e escondeu-as debaixo da coberta. Sentiu-a quente, por isso tocou a testa da moça e disse:

— Está quente. Será febre? Vou preparar um chá para você. Precisa se acalmar.

Neste momento, despertei do sonho. Como sempre, acordei confusa, sem entender nada, só trechos. Lembrava-me de algumas pessoas conhecidas, de algumas palavras, mas nada concreto. Nada!

A chuva cessara, e eu me juntei aos meus irmãos e a Alison no quintal, onde brincamos, e o sonho, então, foi esquecido.

No dia seguinte, depois do almoço de domingo na casa do avô, como era um ritual, tio Odair apanhou as malas, que horas antes haviam sido arrumadas por minha mãe, e anunciou a partida.

Eu sentia muito quando Alison ia embora. Tinha tanto carinho por ele, pois era tão puro, criativo. Como não chorar ao vê-lo se distanciar?

Meu primo aproximou-se de mim e disse, para surpresa de todos, já que vinha de uma criança:

— Não fique assim — disse com uma voz suave, acariciando meus cabelos. — Você não está sozinha. Vou protegê-la. — E saiu de mãos dadas com meu tio Odair, sem olhar para trás.

Minha mãe aproximou-se de mim para me consolar e percebeu que minha temperatura estava elevada.

— Está quente. Será febre? Vou preparar um chá para você. Precisa se acalmar.

Como nos sonhos, senti-me muito protegida, ao lado de amigos.

CAPÍTULO 4
CICATRIZ QUE O TEMPO DEIXA

Minha mãe não era alta, tinha o corpo esguio e nem parecia ter passado por três gestações. Herdara a boa genética da família, o que a fazia aparentar ser ainda mais jovem.

Vaidosa, ela não saía de casa sem que os cabelos estivessem apresentáveis. Por conta disso, usava os bobes. Gostava de vestidos estampados, coloridos, muitos deles feitos por ela mesma, pois costurava quando tinha tempo. Sua rotina, contudo, mudara depois do nascimento dos filhos. Cuidar de casa e da família vinha mostrando-se uma tarefa árdua.

Minha mãe conseguia fazer tudo isso com alegria e disposição. Era divertido vê-la dando conta dos afazeres da casa, e, vez ou outra, ela ainda corria até o quintal para ver como estávamos. O silêncio incomodava-a também. Havia momentos em que minha mãe colocava a cabeça na janela e disparava:

— Cadê vocês?

Largávamos o que estávamos fazendo para nos apresentarmos como soldados num quartel. Minha mãe abria um sorriso, nada dizia e voltava para suas tarefas.

Apaixonada por Roberto Carlos, as músicas do cantor eram a trilha sonora dos dias de minha mãe até tia Nena a presentear com um disco do Barry White. Ela ficou fascinada e ansiosa para ouvir. Não tínhamos um aparelho para reproduzir o LP, mas meu avô tinha, e, como ele ficava fora trabalhando, minha mãe fazia da casa dele a dela. Roberto Carlos e Barry White, seus amores, então, reinavam.

Meus irmãos e eu trocávamos olhares inocentes, sem entendermos o que estava acontecendo ou deixávamos escapar uma risadinha quando víamos minha mãe estendendo roupas e murmurando as músicas do Barry White. Havia momentos em que ela sensualizava segurando as roupas lavadas perto do corpo, entortando a cabeça para os lados, murmurando a canção de olhos fechados, a seu modo, e não se encabulava com a plateia composta por meus irmãos e eu.

Seguíamos com nossas brincadeiras, e minha mãe com suas paixões. Aliás, os cantores ocupavam o primeiro lugar no coração dela, e meu pai vinha depois.

Ela não tinha lembranças dos pais, e a casa em que vivia, ao lado da tia e das primas, se tornara pequena e a fez migrar para São Paulo. Quando se mudou para a casa de um tio, ele não gostou de vê-la explorada pela esposa como empregada e matriculou-a em uma escola. Lá, minha mãe conheceu meu pai, e tudo aconteceu muito rápido. Quase no mesmo dia em que foi apresentada ao meu avô, ela mudou-se para a casa dos fundos. Meu avô só aceitou a união quando os viu no altar, abençoados pelo padre. Quanto aos tios, minha mãe perdeu contato depois que o tio dela faleceu.

A cada quinze dias, minha mãe dedicava as quartas-feiras à tarde a responder as cartas que recebia da tia e das primas de Minas Gerais. Gostava de fazer isso em silêncio. Ora suspirava ao ler e reler as cartas, ora ria alto. Também se emocionava com a correspondência, saudosa da família e de sua origem. Meus irmãos e eu ficávamos por perto, em silêncio, com nossas brincadeiras. Vez ou outra, ela pegava meu irmão mais novo, o menos arisco dos três, e apertava entre os braços, com se com isso amenizasse a saudade da tia e das primas, agora vinculadas somente por cartas quinzenais.

Não ousávamos fazer barulho enquanto minha mãe estava elaborando suas correspondências. Era quando entrava o Papai

Noel na história. Nosso silêncio era o preço pago para recebermos a visita do velho barbudo.

Terminadas as cartas, ela dobrava o papel com todo o carinho e da mesma forma o colocava no envelope. Depois, passava a língua nas abas para colar o envelope que era deixado sobre a geladeira. No dia seguinte, meu pai apanhava os envelopes e encarregava-se de depositá-los no correio. Presenciei essa cena várias e várias vezes.

Meu pai realizava essa função sem reclamar. Era muito silencioso e tinha um sorriso lindo, mas pouco o víamos. Esse sorriso só ficava à mostra quando ele se reunia com os irmãos para beber. Pouco víamos meu pai, que sempre estava taciturno. Ao longo da semana, ele chegava tarde por conta do trabalho e fazia horas extras, até minha mãe se descobrir sem dinheiro para a feira e notar que ele se esquecera de apanhar as cartas sobre a geladeira. Podia faltar tudo, mas o dinheiro da feira de quinta era sagrado, assim como postar as cartas com notícias para a família.

Minha mãe deixou meus irmãos aos cuidados de Conceição e levou-me com ela até a firma onde meu pai trabalhava para buscar o dinheiro. Fez isso com as cartas numa das mãos e usando a outra para me segurar.

Ela chegou à empresa na hora do intervalo, do café das dez, em que os funcionários ficavam tomando sol nas calçadas por dez minutos antes de voltarem para as máquinas. Para surpresa de minha mãe, ela viu meu pai, a poucos metros da empresa, acompanhado de uma moça aos risos e beijos. Como ela contou depois, agiu diferente de como era seu perfil. Minha mãe apreciou a cena paralisada, vendo a moça derreter-se com os carinhos do meu pai. Carinhos que minha mãe julgava serem seus, exclusivos, e que agora aquela moça roubava. Enquanto ela cumpria o papel de esposa, cuidando dos filhos, meu pai se divertia com outra.

Minha mãe sentiu o coração disparado, uma tristeza que fez suas pernas falsearem. As mãos tensas amassavam os envelopes antes tratados com todo o carinho. Mesmo confusa, ela não conseguiu fazer nada naquela hora. Ficara bloqueada. Ela, por fim, voltou para casa depois de nos apanhar na casa de Conceição e passou o resto do dia em silêncio, triste. Nós nem ouvimos a voz de Barry White no resto do dia. Mais tarde, viu as cartas sobre a mesa, amassadas, e lentamente as rasgou uma a uma enquanto murmurava:

— Talvez seja melhor escrever outras, com a novidade. Essas estão desatualizadas.

Meu avô, o primeiro a chegar, estranhou o silêncio na casa, pois sempre chegava com a música no último volume. Minha mãe, com um sorriso tímido, cumprimentava-o, desligava o aparelho e depois corria para seus afazeres. Naquele dia, contudo, foi diferente. Ele encontrou-a na cozinha, mexendo uma panela, balbuciando poucas palavras. Ainda assim, forçou um sorriso e serviu um café para o sogro.

Meu avô entendeu que minha mãe não estava nos melhores dias e seguiu para sua casa e sua rotina: regar as plantas, brincar com os netos, tocar seu piano, ouvir músicas... sua vida.

Minha mãe, calada, com os olhos secos, desejava chorar para aliviar o coração e lembrava-se de meu avô dizendo:

— As lágrimas limpam e hidratam o coração. Deixe-as correrem livres.

Era o que ela desejava, mas não conseguia.

Quando meu pai chegou, já estávamos na cama. A casa de meu avô estava fechada. Por certo, ele estava lendo ou dormindo. Minha mãe não disse nada, ainda com a descoberta inflando dentro de si, represando no coração toda a dor e decepção. Ela ficou sentada à mesa, ao lado de meu pai, que, de banho tomado, saboreava o prato por ela preparado. Ela, em silêncio, o apreciava, atenta aos seus movimentos.

Meu pai foi indiferente à mulher falante, noticiando as artes dos filhos, os comentários dos vizinhos, como era seu hábito. Na verdade, ele até agradeceu o silêncio dela. Estava cansado, e o dia fora puxado, como disse ao ir se deitar. Antes, tentou beijar a testa da esposa, que rejeitou o carinho esquivando-se. Fez isso recolhendo os pratos sobre a mesa e colocando-os dentro da pia.

Eu estava na cama, mas pude ver isso. Gostava de ficar acordada para ver meu pai. Às vezes, ele fazia uma brincadeira, mas reclamava do cansaço e deitava-se. Essa era sua rotina.

Naquela noite, acordei com a claridade que vinha da cozinha. Levantei-me e fiquei no corredor, sem que minha mãe pudesse me ver, pois me mandaria me deitar. Gostava de vê-la se arrumando, cuidando dos cabelos, no entanto, vi ali uma mulher diferente, triste, que chorava diante do espelho, enquanto tirava os bobes dos cabelos. Ela nem terminara de livrar os cabelos dos rolos grossos e coloridos, quando foi para a cozinha. Eu corri para a sala, que era o cômodo ao lado, para não ser vista. De lá, ouvi minha mãe mexendo nas panelas, abrindo a tampa do fogão que fazia um barulho estranho ao ser movimentado e depois acender o fogo.

Fiquei curiosa para saber o que ela fazia, mas também com medo de ir até lá, pois sabia que ela brigaria comigo. Minha mãe sempre dizia que criança não pode ficar de olhos abertos à noite ou por os pés no chão, e mais uma vez Papai Noel era acionado. Eu ainda acreditava na existência dele.

Enquanto fiquei ali confabulando, ouvi minha mãe desligar o fogão e depois passar pela sala aos prantos, carregando com ela a panela de água quente. Fiquei tão ansiosa para saber o que estava acontecendo, que não me importei com as regras da minha mãe ou mesmo com a falta que faria o velho de vermelho no fim de ano. Eu a segui.

Segui minha mãe e vi quando ela acendeu a luz, levantou o lençol que cobria meu pai e despejou a água quente na altura do umbigo. Não recordo se vi primeiro a fumaça subindo ou se ouvi o grito de meu pai. Depois, tudo aconteceu muito rápido. Lembro-me de cenas. Do meu avô vestido com seu pijama, como nunca vira antes, e gritando:

— O que você fez?! O que houve?! — indagava, enquanto ajudava meu pai a levantar-se da cama aos gritos.

Sentada no chão, com a cabeça escondida nos joelhos como uma criança arrependida, minha mãe chorava ainda mais alto. Da panela, arma do crime, saía ainda fumaça, o que denunciava a alta temperatura.

Depois, nossa casa foi invadida por policiais. Vi, então, minha mãe, descalça, com bobes na metade da cabeça, ser levada por eles. Meu avô não demorou para sair com meu pai e colocá-lo na perua vermelha após confiar a mim e meus irmãos aos cuidados de Conceição, que, com todo aquele acontecimento, praticamente se materializara em nossa casa.

Eu não chorei. Fiquei em choque, sem entender o que estava acontecendo. Meu irmão mais velho chorava segurando meu braço, e o mais novo dormia como se nada estivesse acontecendo.

Conceição, tão meiga, acolheu a mim e a meu irmão em seus braços. Foi tão caloroso e protetor seu abraço! Ela nos acalmou, silenciou as lágrimas do meu irmão, e meu coração, antes aos saltos, restabeleceu seu ritmo. Com todo seu mistério, ela conseguiu apagar de nossa memória o que aconteceu depois, e esse assunto foi arquivado e expurgado.

Anos mais tarde, soube por tia Nena, que nem lá estava, mas se inteirara dos acontecimentos por tio Odair, o que aconteceu depois.

— Foi pouco o que a Lola fez! Eu teria jogado um caldeirão fervendo! — me disse com os olhos arregalados, a favor da cunhada. — Ele traiu sua mãe! Depois, no hospital, ele contou para o papai, que lhe deu um sermão merecido. O Betinho, arrependido e ainda com as dores, disse amar Lola. Meu pai, então, correu para delegacia onde sua mãe estava detida e a tirou de lá, depois de pagar a fiança. Essa aventura do seu pai acabou com as economias do papai, que teve despesas com hospital, delegacia.... Por fim, papai a trouxe para casa. Betinho já estava em casa. Eles ficaram em silêncio, se olhando, então, papai fechou a porta, mas antes se certificou de desligar o gás! — concluiu rindo.

Dias depois, quando voltou a trabalhar, meu pai começou a chegar cedo em casa e a dar mais atenção à família. Minha mãe, por sua vez, voltou às suas tarefas e a interpretar Barry White sorridente. Cada um procurou esquecer-se do ocorrido a seu modo, cuidando de suas cicatrizes, que deixaram marcas não só no físico, mas nos seus sentimentos também.

CAPÍTULO 5
UM NA VIDA DO OUTRO

Eu sabia que estava vivendo aquele sonho, que estava ali, presa naquele lugar. Tentava acordar, mas os acontecimentos me prendiam cada vez mais àquele contexto, com a percepção de euforia, perigo e medo. Debatia-me na cama, murmurava palavras desconexas. Quem me visse interpretaria que eu estava vivendo um pesadelo. E estava. No quarto só havia meus irmãos, que estavam num sono profundo, e eu na companhia daquela sensação, daquelas pessoas.

— O que quer dizer com isso, Lola? — questionou Alison, já respondendo, ansiosa demais para esperar a irmã falar algo. — Estão dando recompensa para quem contar onde está Marina?

— Sim, e não é pouco dinheiro — murmurou com os olhos arregalados e com as mãos espalmadas quase no rosto da outra. — Estive pensando...

— Nem continue! — interrompeu Alison com a voz baixa, mas tensa. Conhecia bem a irmã, o quanto era ambiciosa, e sabia de suas intenções.

— Faz uma semana que ela está aqui, nos dando despesa e sem nos ajudar em nada. Só falta dar comida na boca dessa menina! Estou cansada! Além disso, estamos precisando de dinheiro, e ela é uma mina de ouro.

— Nem pensar. Ela está sofrendo, não merece isso.

— Será? Acho que está com medo e nos escondendo quem de fato ela é — parou de falar e disse em seguida: — Tenho pedido tanto a Deus para nos tirar dessa dificuldade em que vivemos, e, quando Ele nos envia essa moça valiosa, com recompensa anunciada, você vem me impedir. Por isso Deus nos considera ingratos!

— Deus não considera seus filhos ingratos. É lamentável ter dado aos seus filhos um coração e fazer dele uma represa de sentimentos mesquinhos. Você deveria pedir a Deus para aliviar seu coração, fazê-la enxergar o próximo...

— Ela matou um homem!

— Especulação. Até onde soube, ele estava num hospital.

— Vai esperar o homem morrer para tomar uma atitude? Não quero ser a próxima.

— Fale baixo! Já lhe pedi. Ela está no banho, mas volta a qualquer momento...

— Não entendo por que você a protege tanto. Tenho certeza de que se não fosse essa situação, ela nem olharia para nossa cara no meio desse mato.

— Tenho carinho por ela. Não sei explicar. Ela me inspira cuidado, só isso — fez uma pausa sentindo uma forte emoção e depois prosseguiu: — Lola, quero que me prometa que não fará nada contra essa moça. Prometa...

— Tá, tudo bem — Lola prometeu com uma das mãos para trás e com os dedos cruzados.

Ainda naquela tarde, quando se viu só, Lola arrumou-se e saiu. Voltou um pouco menos de uma hora depois acompanhada de um homem.

Marina estava no quarto quando os viu entrando. O sorriso desapareceu do seu rosto quando ela viu Lola indicando-a para o homem, que era bem conhecido dela. Tratava-se de um dos capangas de seu avô.

— Seu Odair, é essa aí, não é? Não disse que poderia me confiar o dinheiro?

Marina tentou sair, mas Odair a pegou, mas não conseguiu detê-la. Tomada pela fúria, a moça conseguiu desvencilhar-se do homem, empurrar Lola, que caiu sobre a cama, cansada e surpresa pela força da moça, e tomou a direção da porta.

Ao sair, sendo seguida por Odair, esbarrou em Alison, que vinha chegando e também tentou pará-la, mas desistiu ao sentir seu braço sendo puxado por Lola.

— Deixe ela ir.

— Você denunciou Marina, Lola? Havíamos conversado.

— Consegui uma boa quantia. Não vamos mais nos preocupar...

— Como pôde entregar a moça nas mãos desse homem, do jeito que está, armado? — sua voz saía aos gritos. — Então, é isso? As pessoas têm preço para você? Foi isso que nossos pais deixaram de herança?

Alison falava apressada, enquanto apanhava a arma que fora de seu pai e ficava guardada na despensa, atrás do sacos de farinha.

— O que vai fazer com isso, minha irmã? Deixe eles se entenderem. Marina não é problema seu!

Alison nada disse e montou no cavalo, o único que tinha, já cansado, mas não o bastante para deixá-la na mão. Não naquele momento.

— Eles saíram correndo. A cavalo, chegarei mais rápido até eles.

Ágil, Alison, seguindo as pegadas no barro que saía de sua casa com destino ao mato, não custou a localizá-los. Conseguiu encontrá-los bem na hora em que Odair estava abordando Marina. Os dois haviam travado uma luta, em que Odair, a todo custo, tentava detê-la.

— Pare! Do contrário, eu atiro!

Ao ouvir isso, Odair, que segurava os braços de Marina, virou-se para Alison e riu debochadamente.

Quando viu Marina com os braços machucados e presos com as mãos habilidosas de Odair, Alison não pensou duas vezes e disparou duas vezes. Uma das munições acertou em cheio Odair, que caiu sobre Marina.

Alison desceu do cavalo e, sem temer o que fizera, puxou o corpo do homem de cima de Marina. Depois, correu e abraçou a moça.

— Você está bem? Não chore. Vai ficar tudo bem.

Marina, aos prantos, deu um abraço apertado em Alison.

Nesse momento do sonho, acordei suando e senti as lágrimas rolarem por meu rosto. Como sempre, despertei triste. Na mente, passavam trechos dos sonhos, um aperto no coração, os olhos tristes de pessoas conhecidas, algumas palavras, e nada mais.

Na semana seguinte, meu avô organizou um passeio à praia, e lotamos a Kombi vermelha. Na direção, ia meu avô na companhia de meu pai e de tio Odair. Logo atrás, minha mãe acomodara-se ao lado de tia Nena, e meus irmãos, Alison e eu sentáramos nos assentos vagos.

Radiante era pouco para descrever o que eu sentia. Para mim era tudo novidade. Eu veria o mar pela primeira vez.

Eu era apaixonada pelo mar sem nem mesmo conhecê-lo. Não sabia explicar o fascínio que tinha por ele, mas, quando minha mãe me contou que iríamos passar um fim de semana no litoral, meu irmãos pularam de alegria, enquanto eu fiquei estática, com um sorriso nos lábios, ansiosa, mas controlada.

— Seu avô intimou o Odair para vir com o Alison. Eles vão chegar logo mais...

Meus irmãos e eu começamos a pular tanto que já não tinha importância o que minha mãe falava.

Depois, na perua, reunidos, a emoção era ainda maior, mais intensa. Estávamos repletos de planos.

Acompanhando meus irmãos, descemos e respiramos fundo, como meu avô sugerira ao fazer de braços abertos.

— Experimentem a liberdade, a brisa suave massageando seus rostos...

Logo em seguida, cada um de nós foi para suas descobertas.

Enquanto meus irmãos e tia Nena corriam para a praia, minha mãe, com a ajuda de tio Odair, levavam as caixas de isopor com comidas e bebidas. Meu pai sentou-se no banco de cimento e apreciou o horizonte, onde o mar abraçava o céu. Alison sentou-se ao seu lado, repetindo o gesto. Eu fiquei ao lado do meu avô, à espera de suas instruções.

Meu avô pegou firme minha mão, e assim caminhamos em direção à praia. Atravessamos a calçada, e eu senti meus pés amassando a areia quente e fofa. Parei, e meu avô, confiante, abriu um sorriso e puxou-me delicadamente, pensando no quanto a surpresa me causava medo.

— Veja que lindo tudo isso, Marina! — comemorou com um sorriso e uma voz firme. Já com os pés molhados pela água que insistia em seu vaivém, meu avô parou, agachou à minha altura, pegou um pouco de água entre as mãos e jogou-a nos ombros. Falou algo que não consegui ouvir e orientou-me: — Sempre que vir ao mar, peça proteção para Iemanjá. Estamos entrando em sua casa — disse com um sorriso ao qual respondi com um sorriso semelhante. Depois, ele foi me puxando, quando sentia a água fria o bastante para me fazer querer voltar. Meu avô, com sua mão firme, transmitiu-me segurança e insistiu para que eu continuasse. Aos poucos, então, fui descobrindo a maravilha do mar e seu movimento morno.

Eu queria ficar mais, sentir as ondas, mas meu avô resolveu sair e, quando me trouxe de volta, recomendou que eu só voltasse à agua acompanhada de um adulto.

Foi tudo perfeito. Voltei algumas vezes ao mar acompanhada de todos os adultos da família, depois de insistir algumas vezes.

Quando ninguém mais quis me levar ao mar, consolei-me brincando na areia com meu avô e montando castelos. Ele tinha talento para fazer os mais bonitos, de encher meus olhos de alegria. Meus irmãos faziam de tudo para destruí-los, mas meu pai dizia ser o segurança e impedia-os.

Num determinado momento, enquanto brincava de fazer parede no castelo construído pelo mar, vi meu avô distraído, olhando para o horizonte. Ao seguir seu olhar, vi-o observando tio Odair e Alison. Os dois estavam sentados distantes, mas próximos do mar, contudo, era nítido o carinho do meu tio com o filho. Os dois riam. Alison, delicadamente, encostava a cabeça no ombro do pai e recebia dele um abraço.

— Sempre que vejo essas cenas de amor penso no quanto vale a pena o reencontro. Me enche de curiosidade o motivo de um estar na vida do outro. O que aconteceu para que se reencontrassem?

— Reencontrar? — perguntei indiferente, mesmo sem entender o significado da observação de meu avô. — Eu sei por que voltaram. É por conta da diferença que tiveram.

Meu avô me olhou sério e pediu-me que repetisse o que dissera, mas não consegui. Saí do transe, voltei à criança que era, tranquila, observadora, sonhando com o castelo de areia. Ele abraçou-me e falou com os olhos marejados:

— Você é ainda mais especial do que imaginava. Que Deus a abençoe.

CAPÍTULO 6
AMORES DA MINHA VIDA

Foi com ele, com meu avô, que aprendi a gostar de música. Meus olhos curiosos acompanhavam seus dedos ágeis e suaves sobre as teclas do piano. Ele ensinou-me algumas canções, mas eu não tinha sua habilidade, seu talento, por isso gostava de vê-lo tocando.

Era tão divertido, mas às vezes ele parava, de repente, no meio da música e deixava os olhos irem longe, vagos, acredito que visitando o passado, os acontecimentos que ficaram perdidos no tempo. Muitos desses acontecimentos, contudo, ainda estavam represados no coração dele em forma de lembranças.

— Nunca entregue sua vida para os outros decidirem. Seja dona de si, Marina. Ninguém melhor que você saberá o caminho a seguir. Pode não ser o certo para os outros, mas se você tiver no coração que é o melhor a fazer, faça, construa seu roteiro. Você terá oportunidades de mudar quando assim achar necessário — falava do nada, em meio a seus devaneios.

Foi ele quem percebeu que eu não podia mais ficar como meus irmãos, como eles ficavam: sem camisa, descalços, só de *shorts*. Meu avô percebeu a saliência no meu peito e tratou de chamar a atenção de minha mãe.

— Lola, ela é menina, não pode tratá-la com um menino! Deixá-la largada no quintal.

— Bobagem do senhor — minha mãe rebatia com os olhos arregalados, caminhando apressada para a cozinha, ajeitando os bobes presos aos cabelos.

No dia seguinte, meu avô chegou com sacolas. Trouxe camisetas para meus irmãos e não se esqueceu de mim. Fui presenteada com camisetinhas de cores diversas e *shorts*.

— O senhor mima demais essas crianças.

— Marina é uma mocinha, não pode ficar assim, com o peito à mostra — aconselhava, vestindo-me com uma das camisetas, mesmo com minha mãe recriminando-o e dizendo que precisava lavá-la antes de eu usar. — Olhe como ficou bonita! Ainda mais bonita.

E eu acreditei nisso. Meu avô foi o responsável pela elevação de minha autoestima. Posicionava-me diante do espelho e dizia o quanto eu era bonita.

Eu largava meus irmãos para vê-lo ao piano, e ele gostava de me ver na plateia. Depois, abria um sorriso, levantava-se de sua almofada predileta e colocava um disco com suas músicas. Sempre que ouço aquelas músicas, um sorriso surge no meu rosto e sinto a presença dele.

Aprendi a dançar com meu avô. Primeiro, ele dançava sozinho, o que me fazia rir. E, para me ver ainda mais risonha, dançava mais acelerado, fazendo movimentos exagerados. Eu ria ainda mais alto. Queria ser como ele, com seus encantos.

Quando minha altura bateu na cintura de meu avô, ele começou a me fazer pisar em seus pés, e assim dançávamos pela sala. Minha mãe aparecia e comentava:

— Solte mais esse corpo, Marina!

— Cadê o sorriso, Marina? — meu avô questionava e, ao me ver sorrindo, disparava: — O sorriso ilumina a alma, espanta doença e nos rejuvenesce. É um presente de Deus, e que alguns se recusam a fazer uso e se escondem na tristeza. Sorria, ilumine sua alma!

Depois, quando já estava na altura do seu cotovelo, uma menina magra, meio sem graça, estranha, meu avô me dizia o quanto eu estava bonita e fazia questão de me exibir para os amigos. Eu colecionava elogios.

Já não dançava com os pés sobre os de meu avô, e, ousada, já ensinava para ele alguns passos que aprendia com minhas amigas, entre elas Alcione, neta de Conceição. Ele, moderno, ria ao aprender.

Foi nessa época que ele me levou para passear de perua. Meus irmãos também teriam ido, mas estavam na casa de um amigo e não permitiram que eu fosse.

— Vai fazer o que lá, Marina? Só terá meninos! — questionava minha mãe.

Eu chorava, inocente, querendo estar entre eles. Por conta disso e diante do meu desespero, meu avô me confortou me levando para passear. Ele tomou essa decisão quando estava de saída, todo elegante e perfumado.

— Ela não vai atrapalhar o senhor? — perguntou minha mãe amassando meus cabelos e ajeitando minha roupa no corpo. — Corra até o quarto e troque esses sapatos, Marina!

Minutos depois, eu estava ao lado do meu avô, sentindo-me importante. Enquanto o carro seguia em movimento, eu via o transitar dos carros, das pessoas, e ouvia a música baixinha que ele cantarolava.

Adorava aquela Kombi vermelha. Meu avô sempre me contava que eu quase nascera ali. Eu olhava fascinada cada detalhe. Era uma perua muito bem conservada, pois ele mesmo cuidava dela e de todos os detalhes. Meus irmãos e eu ajudávamos a lavá-la, secá-la, tudo sob a cuidadosa supervisão de meu avô.

Ao chegar à praça com brinquedos simples, enquanto meu avô, lentamente, contornava o local à procura de um lugar onde estacionar, tudo aquilo ganhou minha atenção. Sorrindo, meu avô pediu-me que não saísse pela janela antes de parar o carro.

Não me recordo como foram os momentos depois, apenas sei que logo estava entre os brinquedos, tímida, escolhendo qual poderia experimentar primeiro. De longe, consegui ver meu avô, elegante, com as pernas cruzadas e com seu sorriso de sempre, acenando para mim. Ao seu lado estava uma mulher igualmente elegante, de cabelos loiros, muito bem penteados e presos no alto da cabeça. Ela usava um vestido azul suave como o céu daquela tarde.

— Minha avó — falou o menino, respondendo meus questionamentos internos ao me ver parada observando os dois depois de parar de acenar. Ele tinha os olhos mais diferentes que eu tinha visto em minha vida. Era de um verde intenso, o que o tornava ainda mais belo. — Quem é aquele homem para quem você acenou?

— Meu avô — olhei para frente e os vi conversando. Pareciam tão próximos, conhecidos, mas não demorou muito para que eu me dispersasse com o novo amigo de olhos coloridos.

O garoto, já íntimo do parque, arrastava-me com ele, puxando-me pela mão. Parecíamos amigos de anos. Ele sugeria algo, e eu acatava, sentindo o prazer da companhia dele. Foi no transitar de um brinquedo para outro que o garoto parou na minha frente e, em silêncio, encostou sua boca na minha. Foi um beijo rápido e intenso, que me fez sentir seus lábios quentes. Depois, ele sorriu ao se afastar, e eu passei a língua pelos lábios, sentindo um gosto de bala de *tutti frutti*. Na inocência, apenas rimos, e ele logo me puxou para outro brinquedo.

Foi uma tarde maravilhosa. Eu poderia dizer que ela passou em segundos. Não consigo entender como as horas escorreram, pois nem percebemos.

Ouvi ao longe, vindo de algum lugar, meu avô me chamando. Procurei-o do meio do parque onde eu estava, e, de início, o sol atrapalhou-me de vê-lo, então, com a ajuda de uma das mãos fiz uma cobertura improvisada sobre os olhos e o vi acenando para irmos embora. Ele já estava em pé, e a mulher loira caminhava em nossa direção.

Rapidamente, procurei minhas sandálias, que, àquela altura, estava em algum lugar longe de meus pés. O menino, meu novo amigo, foi quem as achou e me entregou com um sorriso que eu não conseguiria descrever.

A mulher aproximou-se, olhou para mim, estudou meu rosto e sorriu ao acariciá-lo, no entanto, nada disse a mim. De perto, ela era ainda mais bonita, tinha os mesmos olhos herdados pelo neto e usava um perfume inebriante que me paralisou. Ela, então, fixou o neto e disse, enérgica e numa dicção perfeita, mesmo diante dos pedidos do garoto para ficarem mais um pouco.

— Vamos embora. Voltaremos em outra ocasião — ela disse e saiu andando sem olhar para trás, ainda ouvindo os protestos do menino, sedento de mais tempo. — E não se esqueça de lavar os pés antes de entrar no carro.

O menino, vendo-se sem escolha, aproximou-se de mim e deu-me um abraço forte. Depois, sorriu e saiu correndo. Eu fiz o mesmo, mas corri na direção de meu avô.

Já na perua, ao lado do meu avô, notei-o sério. Ele ficou encostado no assento do banco, com os braços cruzados e olhos no horizonte, assistindo ao movimento dos carros que saíam do estacionamento do parque. Diante daquele silêncio, eu fiz o mesmo e me pus a olhar para frente. Não demorou, e vimos a mulher loira e o neto acomodarem-se nos bancos traseiros do carro, e o motorista, apressado, sair suavemente com o veículo, contornando com cuidado a praça até cruzar a saída do parque.

Meu avô e eu acompanhamos tudo em silêncio. Quando o carro desapareceu entre os outros, meu avô desmoronou, debruçou-se sobre o volante e chorou. Foi a primeira vez em que o vi assim. As lágrimas também brotaram de meus olhos, então, ele ergueu o rosto do volante, tirou o lenço de um de seus bolsos e secou minhas lágrimas e os próprios olhos depois. Ele respirou fundo e foi se recuperando. Eu não soube o que dizer; apenas pousei minha mão sobre a dele e a apertei. Esse gesto fez meu avô abrir um sorriso.

Segundos antes de dar a partida na perua, ele disse, por fim:

— No final, tudo valeu a pena.

Se aquele encontro em outro momento proporcionou tristeza ao meu avô, eu não soube mais. Ele não deixou transparecer, mantendo sua rotina: trabalho, casa, plantas, músicas e mais músicas e suas histórias.

— Já lhe contei quem é essa menina linda no recorte de jornal? — questionava meu avô, saudoso do meu nascimento e da repercussão. Segurando minha mão, ele descreveu todo o acontecido. Gostava de ouvi-lo, pois ele sempre acrescentava algo, uma palavra, uma emoção. Eu acompanhava seus olhos emocionados, como um apreciador de arte apaixonado pelo ofício e preocupado em revelar cada detalhe da obra.

— O senhor já me contou, vovô — dizia impaciente às vezes.

— Sabe o que peço em minhas orações? Vida e saúde para ver minha família crescendo — ele sorria, indiferente à minha impaciência, e completava: — Quero muito segurar seus filhos no colo e contar como a mãe deles é importante — depois ficava sério, com o semblante triste, com o qual ele lutava até fazer desaparecer e sorrir.

Sempre que meu avô chegava em casa, minha mãe fazia questão de preparar seu café, e eu corria para levar para ele. Eu gostava de conversar com ele, pois havia entre nós uma liberdade que não existia com meu pai. E minha mãe, naquela fase, era a voz da obrigação: "Marina, já arrumou sua cama? Fez seu dever da escola? Já brincando? Onde estão seus cadernos? Quero ver. O que tanto tem para conversar com Alcione? Passaram a manhã juntas na escola! Não! É melhor ficar em casa. Vai levar o café do seu avô. Agora, Marina!". A palavra de minha mãe era lei. E eu cumpria.

Num fim de tarde, quando entrei sorridente na casa de meu avô com um copo de café em uma das mãos, encontrei-o em seu quarto debruçado sobre vários papéis, os quais ele analisava cuidadosamente.

— Vovô, seu café.

Quando percebeu minha presença, ele juntou rapidamente todos os papéis, guardou-os em uma pasta e disfarçou com seu costumeiro sorriso a pressa em esconder de mim o que estava fazendo.

— Trouxe um disco novo, lançamento. Lembrei-me de você. Acho que já comentou dele. Até que gostei. Acho que terá o bom gosto do seu avô — concluiu rindo e logo fomos para a sala apreciar a nova compra.

Naquela semana, já perto de meu avô fechar a porta da cozinha, o acesso que tínhamos à sua casa, vi-o sentado à mesa, calado. A pedido de meu pai, fui chamá-lo para jantar conosco, embora já soubéssemos a resposta de que ele preferia preparar suas refeições e não queria sobrecarregar Lola.

— Chame seu pai. Diga para ele vir rápido aqui — meu avô pediu-me, comprimindo o abdome. — Chame o Roberto, por favor.

Não demorou, e a cozinha do meu avô foi invadida por meus pais e meus irmãos.

— Pegue a chave da perua, me leve ao médico — ordenou meu avô para meu pai, que, trêmulo, obedeceu-o apanhando a chave.

— Eu bem reparei que seu pai não estava bem, Betinho — observou Lola. — Está pálido, vem perdendo peso e não se agrada com nenhum prato que faço. Ele tem andado muito estranho.

— Você consegue, meu filho. Seja rápido, por favor — pediu numa voz disfarçando a dor, indiferente aos comentários de Lola.

Meu avô tentou levantar-se, mas não conseguiu sem a ajuda de meu pai, que, calado, o conduziu até o carro.

Minha mãe queria ir também, ia deixar os filhos com Conceição, mas meu pai, diante de seus comentários fora de hora, preferiu que ela ficasse em casa. Eu, do jeito que estava, de *shorts* e camiseta compondo um pijama, sentei-me ao lado de meu avô, e ninguém conseguiu me tirar dali.

Meu pai deixou o carro morrer várias vezes, mas, ao ver meu avô daquele jeito, insistiu em levá-lo ao médico. Ainda da forma que estava, meu pai seguiu as orientações de meu avô e conseguiu, naquela noite, vencer seu medo de dirigir.

Meu pai estacionou o carro de qualquer jeito, e, àquela altura, diante da situação, aquilo pouco importava.

Logo apareceu um moço forte com uma maca, na qual deitaram meu avô. Antes de saírem, senti a mão dele apertando a minha. Estava macia, segura, ainda que a dor parecesse tomar conta de seu corpo.

Fiquei ali, no meio da recepção, perdida, vendo meu avô sendo levado, enquanto meu pai corria até a recepção. Ele parecia desesperado, enquanto conversava com uma moça, preenchia fichas e assinava papéis.

Por quase duas horas ficamos na espera, em silêncio. Eu com a cabeça no colo de meu pai, esperando por notícias.

O médico apareceu, e, quando falou o nome de meu avô, meu pai deu um salto da cadeira, e eu acompanhei-o. Ninguém se incomodou com minha idade, com o que eu ouviria e na verdade pouco entendi o assunto. Só me lembro de meu pai desesperado, deixando as lágrimas, até aquele momento represadas, rolarem por seu rosto.

Só entendi que meu avô seria transferido de hospital, mais nada. O resto tentei compreender com os gestos e o pouco que meu pai falava.

— Ele será transferido, minha menina, é só isso. Tudo ficará bem — falou meu pai, abaixando-se até minha altura.

Meu pai explicava isso, quando vi, através da vidraça, um homem empurrando a maca onde estava meu avô. Ninguém pôde me deter naquele momento. Meu pai tentou correr atrás de mim, mas desistiu. Ele parou, passou a mão no rosto para secar a lágrima que insistia em aparecer e viu-me correndo, escapando de um e outro que me impediam de me encontrar com meu avô.

Um enfermeiro tentou impedir-me, mas consegui, não sei como, chegar perto do meu avô. Ele estava de lado e, ao me ver, mesmo fraco e parecendo ter envelhecido anos nos últimos meses, abriu um sorriso. Estava de lado e nada disse. Apenas uma lágrima rolou ao encontro do seu sorriso.

— Te amo, vovô.

Ele abriu um sorriso ainda maior para confortar minhas lágrimas, e eu passei o dedo suavemente em seu rosto, secando-o.

Pouco depois, o enfermeiro saiu puxando a maca, que foi colocada dentro da ambulância. Eu fiquei desesperada, sendo controlada por uma enfermeira, paciente, magrinha, mas forte o bastante para me confortar.

Foi assim, no meio de uma noite, que o vi pela última vez. Carlos Alberto Queiroz, meu avô, despediu-se da vida. Nesse dia, perdi um de meus amores.

Há quem nos machuque com seus espinhos, mas existem os que passam por nossas vidas e nos marcam com o sensível perfume de sua presença. Esses, os espíritos iluminados e encantadores, são os que deixam boas lembranças e saudade.

CAPÍTULO 7
VOCÊ? VÍRGULA!

Sob o efeito de um calmante que alguém empurrara à força em minha boca, eu dormia. Estava em um sono agitado, presa em um sonho tão real e angustiante que me fazia debater-me na cama. Lá estava, eu de volta ao passado, em que me via adulta e rodeada de pessoas conhecidas, mas levando, contudo, uma vida diferente da atual.

— Como ele está? — perguntou Marina em lágrimas, sendo confortada por Alison, que se desvencilhou do abraço e se aproximou de Odair, que estava de bruços, imóvel. Ela virou o homem, checou o pulso e concluiu, séria:

— Está morto.

Marina entrou em desespero, recapitulando a imagem de Alison montada no cavalo, disparando na direção de Odair. Enquanto isso, Alison, com uma força que desconhecia ter, procurou acalmá-la:

— Era ele ou você, Marina.

— Meu Deus! Você o matou? Marina, sua assassina! — gritou Lola, assim que chegou até onde estavam os três. Ela ficou em choque ao ver o corpo de Odair e Alison confortando Marina.

— Eu te avisei, Alison! Ela é uma assassina!

— Fui eu quem o matou, minha irmã.

Lola ficou paralisada, com lágrimas nos olhos, a boca trêmula, as mãos inertes no contorno do corpo, procurando entender o que estava acontecendo. Depois, como se estivesse libertando-se do choque, avançou em Marina e empurrou-a dizendo:

— Feliz agora?! Você é a culpada disso! Foi você quem trouxe essa tragédia para nossas vidas.

— Não! — interrompeu Alison em defesa de Marina, depois de se colocar na frente da moça aos pratos, como um escudo. — Foi você, minha irmã, quem provocou essa situação com sua ambição. Se não tivesse visto Marina como uma moeda preciosa, não teria trazido esse homem para cá. Tinha planos, estava vendo o melhor jeito de cuidar da situação, mas você, querendo dinheiro...

— Agora sou eu a culpada? Essa moça atirou no primo, veio parar em nossa casa como fugitiva, e eu tenho de ser cúmplice? Fez você tirar a vida de um homem, e eu tenho de achar tudo normal? Estou errada, ou o mundo virou?

Alison viu-se muito cansada para argumentar, e o silêncio formou-se. Foi Marina quem o rompeu.

— Alison, Lola está certa. Eu atirei no meu primo. É verdade o que estão dizendo. Eu queria tirar a vida dele — fez uma pausa, e uma lágrima represada rolou pelo rosto de Marina, que, rapidamente e num movimento brusco, a secou. — Em pensar que eu o amo tanto... — parou e observou o rosto das irmãs, que estavam confusas. — Mas minha ambição pelo poder, em querer controlar a empresa da família sozinha, me empurrou para isso. Ele descobriu minhas armações, e eu me vi sem saída. Não sou digna da confiança de vocês, de ter agitado a tranquilidade que estavam vivendo.

Marina fez uma pausa e observou o rosto de Lola e seu ar superior, com os braços cruzados sobre os seios fartos, levantando a sobrancelha para a irmã, como sinal de que estava certa.

— Nesses dias em que vivi com vocês, percebi como é possível ser feliz com pouco, o que com amor é muito. Como vocês se cuidam e cuidaram de mim também... tudo isso me fez refletir sobre o quanto estava errada. É melhor eu me entregar, não quero mais...

— E esse homem morto?! Minha irmã será presa... — completou Lola. Além disso, essa cara de arrependida não me convence — Lola olhou para a irmã. — Algo nela me diz que está mentindo, não adianta.

— Vou assumir a responsabilidade por isso também, pela morte do Odair, como pagamento por tudo o que fizeram de bom por mim — disse isso e apanhou a arma da mão de Alison.

— Não. Estivemos juntos até aqui e assim continuaremos — sugeriu Alison.

— O quê?! — perguntou Lola, incrédula.

— Vamos enterrar esse homem e depois pensar no que fazer. Ele será enterrado e com ele tudo o que aconteceu aqui — ordenou Alison firme, de forma que não foi questionada.

Lola recusou-se de início, mas amava muito a irmã, o que a motivou a ajudá-la.

— Que fique claro que estou fazendo isso por você, minha irmã — declarou, lançando um olhar frio para Marina. Seu coração inflava de ódio pela fugitiva.

As três mulheres começaram a cavar o barro molhado, depois de Alison buscar algumas ferramentas que tinha em casa. A chuva começou, o que tornou o trabalho ainda mais moroso. Feita a cova, Alison e Marina arrastaram o corpo para o vão formado no chão. Lola, assustada, recusou-se a pôr a mão em Odair.

Retornaram para casa sem vestígio de barro, pois a chuva tratara de lavar tudo. Voltaram pelo caminho em silêncio, cada uma com seus pensamentos. Alison puxando o cavalo, Lola do lado oposto, e Marina passos atrás.

Lola, que dominava a cozinha, preparou um caldo para aquecê-las do frio que se formara depois da chuva e ainda resistia, mesmo que em menor intensidade.

As três mulheres fizeram a refeição em silêncio e depois se recolheram.

Foi Alison, que tivera uma noite turbulenta, quem ouviu as batidas na porta primeiro. Assustada, ela observou, pelas frestas da janela miúda de madeira da cozinha, que ainda estava amanhecendo e foi atender à porta.

— Bom dia! — disse o homem, o mesmo que estivera na casa à procura de Marina na primeira vez. — Estive aqui um tempo atrás. Estávamos procurando Marina — falava apressado, como se estivesse correndo para recuperar o tempo.

— Bom dia! Sim, me lembro...

— É que, nas buscas que fizemos na região, encontramos um corpo no meio da lama e não muito longe uma cova não muito rasa. Acredito que a força da chuva foi suficiente para descobri-lo. Por acaso sabem de alguma coisa...

— Meu Deus! — foi o que disse Lola ao se aproximar, já atenta à conversa.

— Não sabemos de nada — adiantou Alison, temendo que a irmã as denunciassem com um simples olhar.

Conversaram por mais alguns minutos, e o homem partiu. Alison fechou a porta e encostou-se, sentindo as pernas trêmulas.

— Isso não vai acabar nada bem para a gente. Avisei que acobertar assassina... — Lola parou de falar ao se lembrar de que Alison tirara a vida de um homem no dia anterior. Para disfarçar, calou-se e seguiu para o quarto. Alison, por sua vez, permaneceu ali, parada, com o olhar perdido, preocupada, com a mão sobre o peito, no intuito de conter o coração acelerado. De repente, ela ouviu o grito de Lola vindo do quarto. Segundos depois, ela apareceu na sua frente, com os olhos ainda maiores ao dizer:

— Marina não está na cama dela. Ela fugiu!

Foi quando o sonho foi interrompido, e eu acordei gritando, de volta ao presente bruscamente.

— Não! Elas me ajudaram, fizeram tudo por mim...

— Calma, minha filha, está tudo bem. Foi só um sonho — confortava-me minha mãe ao me abraçar, tentando conter minhas lágrimas. — Sei por que está assim. É por causa dos últimos acontecimentos. Vai ficar tudo bem.

— Isso está com cara de encosto — sentenciou tia Malia, com o ombro apoiado na porta do quarto, de braços cruzados, com seu olhar de indiferença.

— Você não sabe o que está acontecendo, o quanto minha menina era ligada ao avô...

— Você? Vírgula! Senhora! — corrigiu a mulher de postura altiva.

— Melhor a gente sair daqui, deixar a Marina descansar. Ela ainda está sob efeito dos calmantes e precisa de paz. Logo, logo, ela ficará bem — disse isso praticamente expulsando tia Malia do quarto.

Tia Malia, que morava em Campinas, conseguiu chegar à nossa casa em menos de duas horas depois que soube do falecimento de meu avô. Tia Nena concluiu que ela deveria estar na casa de um dos cinco filhos que tinha espalhados por São Paulo e que, ao ser informada, foi direto para nossa casa.

— Meu irmão! Não acredito, meu Deus! — já no cumprimento, foi dramática, mas tinha os olhos secos. Simulava tristeza enrugando ainda mais o rosto para demonstrar os sentimentos que não tinha. — Tão jovem! Como foi isso? Por que não me ligaram antes para vir visitá-lo, cuidar dele? Talvez eu pudesse ter feito algo para aliviar a dor de meu irmão, para lhe prolongar a vida.

Falava isso e muito mais, sem dar espaço para minha mãe dizer algo, naquele momento sufocada pelos abraços apertados de tia Malia. Meu pai também não escapou dos afagos, mas logo se afastou espirrando, pois o perfume forte e doce dela despertou sua rinite.

Malia mesmo, era assim seu nome. Ela era minha tia-avó, a única irmã de meu avô. O pai deles, emocionado com o nascimento da filha, formando, assim, o casal de filhos, decidiram por esse nome. Ao registrar a criança, o escrevente levou ao pé da letra o nome, já que meu bisavô tinha a língua presa. Com meu avô, isso não aconteceu porque o escrevente, na ocasião, teve bom senso. A esposa, que era a mãe de minha tia-avó, esperneou ao descobrir o feito do marido, o que não foi imediato. Ela só se atentou ao fato quando precisou usar a certidão de nascimento no hospital e, ao ser chamada, minha bisavó, com a filha no colo, ignorou o chamado. A recepcionista, então, acabou convencendo-a ao mostrar o documento. Ela nunca aceitou o registro e passou a vida chamando-a de Maria, como a Virgem a quem era devota.

Tia Malia tinha a altura próxima à de meu avô. Parecia mais alta por conta dos saltos que fazia questão de usar, mesmo com recomendações médicas contrárias. Gostava de saias cobrindo-lhe os joelhos, blusas deixando-lhe o colo à mostra, e usava sempre uma corrente fina com o pingente de sua santa protetora, nomeada por sua mãe. Tinha um arco de plástico que afundava na cabeça para conter seus cabelos armados e crespos. Eram notórios os fios brancos, ousados, sobressaindo entre os cabelos negros.

— Como meu irmão fará falta — choramingava abraçada aos meus tios, principalmente a meu pai, pois ele era seu afilhado. — Betinho, não vou deixá-los desamparados. Sei que não vou suprir essa falta, mas sabe que tem todo o meu carinho.

Meu avô não tinha por ela toda essa afeição. Eu só tomei conhecimento de sua existência folheando o álbum de família. Vi aquela mulher magra, séria, enquanto todos riam, e não contive a curiosidade. Minha mãe que me disse primeiro:

— Tia do Betinho — disse entortando a boca e com as sobrancelhas arqueadas. O gesto fez os bobes movimentarem-se no alto da cabeça. — Tia e madrinha dele. Essa foto... aproxime-se mais — pediu ela, que queria analisar mais de perto. Minha mãe estava no tanque lavando roupas, quando perguntei quem era aquela mulher. — Foi ao meu casamento. Tia Malia desfez o laço largo, lindo, que havia na entrada da igreja que era para a noiva romper e a enxerida, querendo aparecer mais que a noiva, desfez o laço. Seu avô chamou a atenção dela na hora, por isso essa cara amassada. O fotógrafo registrou.

Nós duas rimos alto.

Em outra ocasião, na casa do meu avô, também revivendo as lembranças com ele por meio das fotos, vi a tia Malia, desta vez sorrindo, com uma das mãos no ombro de meu avô. Os dois jovens usavam roupas de banho e estavam na praia. Tão bonitos.

Meu avô pegou a foto, afastou dos olhos, como se assim pudesse ver melhor a imagem, e disse:

— Malia e eu em Santos. Minha irmã. — Abriu um sorriso que foi desfeito de imediato, como se a figura da irmã não lhe trouxesse boas recordações. E assim a mulher foi devolvida ao ostracismo.

Foram as duas fotos que vi de minha tia-avó e também as únicas vezes em que ouvi algo em que ela estivesse presente. Nenhuma visita, carta, comentários, nada.

Se dependesse de meu avô, ele não a chamaria, mas, como não se tratava de uma festa, confraternização, meu pai não questionou ao avisar a tia e madrinha do ocorrido.

Após a cerimônia, tia Nena, muito abalada, despediu-se ali mesmo, enquanto nos acomodávamos na perua. Ela recusou, inclusive, o convite de minha mãe para um café. Tio Odair, que segurava firme a mão de Alison, nitidamente temeroso de perdê--lo, aceitou o convite da minha mãe e ainda pernoitou em nossa casa. Partiu no dia seguinte, com meu primo, deixando a casa ainda mais vazia, assim como meu coração, que sentia a falta de meu avô.

Logo depois que tio Odair saiu com Alison, minha mãe foi chamar tia Malia, que, na noite anterior, se juntara a nós mesmo sem ser convidada. Foi a primeira a entrar na Kombi e acomodar--se ao lado do meu pai, que estava na direção do carro. Minha mãe nada disse, mas quem a conhecia sabia que estava furiosa por perder o lugar para a tia Malia e ficar espremida no banco de trás com alguns vizinhos que foram ao enterro.

Já em casa, tia Malia, ao provar do café, não demorou a criticá-lo:

— Está bom — elogiou com um sorriso forçado depois de provar e completou: — Mas prefiro mais forte e amargo. Da próxima vez, faça assim, amada. Fica irresistível.

Minha mãe estava tão cansada e já saudosa de meu avô que relevou o comentário. O clima não estava bom, e tia Malia contava causos, ria, depois fazia pausas quando estudava os rostos sérios, abalados, então, fingida, voltava a falar desculpando-se.

— Fico tão emocionada. Éramos tão amigos, meu querido Carlos. Como está fazendo falta — dizia, sem notar meus pais trocando olhares. — Fui eu quem deu o primeiro caderno para ele. Eu emprestei dinheiro para o primeiro carro dele...

— Caderno caro! Ele teve de lavar suas roupas por um mês. E, pelo que sei, foi meu sogro quem emprestou o dinheiro para você comprar seu carro e não teve retorno — corrigiu Lola rapidamente, em defesa de meu avô.

— É, algo assim. Águas passadas — simulou um sorriso e mudou de assunto. Depois, serviu-se de mais café, sem se importar de ouvir minha mãe cochichar com meu pai.

— Isso porque o café não está no paladar da madame.

Tia Malia olhou para mim e descontou ao dizer:

— E essa menina? Não vai dormir? Meus filhos, às nove horas no máximo, já estavam na cama.

— Na verdade, é hora de todo mundo se recolher, descansar — anunciou meu pai. — Vamos, minha filha. Seus irmãos já foram dormir. É hora de você fazer o mesmo — me disse todo carinhoso, pois senti que estava preocupado comigo.

Tia Malia deu um salto ao se levantar da cadeira, sem dar ouvidos para minha mãe, que sugerira acomodá-la em nossa casa. Ela correu para a casa de meu avô depois do boa-noite rápido e fechou a porta. Tio Odair e Alison acabaram dormindo em nossa casa.

No dia seguinte, minha mãe, receptiva, segurando uma bandeja com café, pão, bolachas e um sorriso, bateu na porta da casa do meu avô e esperou muito até que tia Malia apareceu com o pijama de meu avô, uma meia em um dos pés e os cabelos ainda mais emaranhados e com um palmo para cima, espetado.

— Isso não é hora, amada. Por favor, só venha com meu café depois das dez. Quem acorda de bom humor antes desse horário? Etiqueta, Lola. Se é inevitável incomodar alguém, faça isso somente após às dez horas — disse isso e bateu a porta na cara de minha mãe, sem nem dar ouvido ao que ela dizia.

Eu estava ao lado de minha mãe e senti o vento envolver meu corpo quando tia Malia bateu a porta.

Minha mãe saiu batendo os tamancos, brava, jogou a bandeja sobre a pia e tratou de cuidar de suas roupas. Não demorou, e começamos a ouvir um barulho. Minha mãe, como de hábito, gritou pela janela pelos meus irmãos, que apareceram rapidamente. Ela sorriu e observou que o barulho continuava, o que a fez arregalar os olhos.

— Esse barulho vem da casa do vovô — revelei o mistério que fez minha mãe caminhar até perto da casa. Eu fiz o mesmo.

A porta da cozinha, que dava acesso à casa dos fundos, onde vivíamos, estava fechada. Minha mãe, então, encostou o ouvido e, nesse momento, o barulho cessou. Foi quando ela e eu saímos correndo para nossa casa. Algum tempo depois, o silêncio reinou.

Por recomendação de minha mãe, fui escalada para descobrir o que estava acontecendo na casa da frente, e assim eu fiz. Fiquei escutando pelas paredes e portas, mas voltei sem novidades para minha mãe, que me aguardava com os olhos ainda mais arregalados, com os braços cruzados perto dos seios.

Estava terminando de relatar o que se passara, quando ouvimos a voz de tia Malia se aproximando, depois do ranger do portão de ferro baixinho que dava acesso à casa.

— Por aqui, moço, pode vir — indicava Tia Malia, sendo seguida por um rapaz de cabeça baixa e uniforme azul.

Minha mãe, paralisada, levou a mão à boca ao ver a cena.

— Meu Deus! Não é possível que ela vá fazer isso!

CAPÍTULO 8
VEIO PARA FICAR?

Sendo guiado por tia Malia, o rapaz seguiu-a pelo quintal em direção à casa de meu avô. Ele usava um uniforme com adesivo colado no bolso do peito, em que estava escrito: "Mudança é aqui".

— Com licença...

— Tem toda, amado — dizia tia Malia animada e, ao avistar minha mãe com o rosto curioso, assim como meus irmãos e eu, ela pediu: — Lola, que bom que está aqui! Venha aqui. Pode ser que precisemos de sua ajuda.

— Ajuda?!

— Sim. Essa casa é um museu! Como Carlos guardava cacarecos! Há muita tranqueira aqui! Já separei as roupas em uma caixa para doação. O padre vem buscar com as beatas. Já agendei o horário. Aliás, tão novinho ele, que desperdício.

— Você mexeu nas coisas do meu sogro sem falar com filhos dele?

— Você? Vírgula! Senhora... — disse rindo, como se fosse simpática. — Sim, já coloquei a mão na massa. Vocês iriam protelar isso, e eu sou uma mulher prática. Além disso, odeio viver no meio da bagunça, de tranqueiras, do passado...

— Viver?! Está pensando em viver aqui? Morar na casa...?

— Óbvio! Vocês precisam de alguém por perto para lhes dar suporte. Sei que não têm estrutura para lidar com a perda — parou de falar e olhou para o moço que estava encostado na parede, esperando orientação. — Mocinho, estas caixas aqui... pode levar.

— Não, senhor! — gritou minha mãe. — Pode deixar tudo onde está.

Foi então que começou o reboliço. Algo que contrariava minha mãe a deixava ainda maior e forte. Ela acabou colocando o rapaz para correr com tia Malia atrás, pedindo desculpas.

As duas mulheres brigaram feio. Acho que minha mãe falou tudo o que estava entalado desde a época de seu casamento. Foi um pingue-pongue entre as duas, assistido por mim e meus irmãos. Estávamos na torcida por minha mãe, que, ao nosso ver, saiu vitoriosa.

Sem argumento, tia Malia fechou a porta da cozinha e passou a chave. Minha mãe correu para casa, chorando.

— Se seu avô estivesse aqui, isso teria sido resolvido facilmente.

Tia Malia era malvada. Vendo meus irmãos e eu brincando no quintal, começou a jogar água na gente. Dizia que estava jogando nas plantas, o que não era verdade. Minha mãe, para evitar novas confusões, colocou-nos para dentro.

Com a coragem herdada de minha mãe, fui para o quintal quando ela estava distraída com as panelas e fiz questão de não só passar pela porta de tia Malia, como entrar na cozinha.

Era tudo tão recente. Tive vontade de chorar ao entrar na casa, que fora palco de tanta alegria e músicas. Onde era tão bem-vinda por meu avô, que sempre me recebia com um sorriso. Eu estava ali, viajando, revivendo momentos com meu avô, quando senti as unhas de tia Malia fincadas em meu braço.

— O que faz aqui, dentro de minha casa?

Senti meus olhos encherem-se de lágrimas ao ouvir aquilo, e ela continuou:

— Não a quero aqui dentro, não longe de meus olhos, aprontando. E ai de você se eu sentir falta de uma agulha! Esse espaço é meu. Além disso, não gosto de você. Não quero ser sua amiga.

Tia Malia colocou-me para fora da casa e fechou a porta da cozinha novamente. Não contei nada para minha mãe, mesmo que aquela fosse a minha vontade, mas sabia em que isso resultaria se relatasse aquele episódio.

Minha mãe não esperou meu pai chegar em casa. Sabendo de seu horário, foi esperá-lo no ponto de ônibus e detalhou a ele os últimos acontecimentos.

— Minha tia e madrinha, Lola? Um doce de pessoa! Tenha paciência com ela. Deve estar sofrendo com a perda do irmão.

Desapontada, pois esperava que o marido desse um jeito na situação, minha mãe acabou brigando com meu pai no trajeto até nossa casa. Tia Malia, que assistiu parte da cena, fez cara de boa e procurou apaziguar a situação, puxando meu pai para sua casa, oferecendo-lhe o jantar feito por ela.

Minha mãe ficou ainda mais nervosa ao ouvir da casa da frente os dois rindo, e meu pai elogiando o tempero da madrinha. Sua raiva foi tamanha que ela jogou toda a comida fora.

Quando meu pai saiu da casa da madrinha, todo sorridente, minha mãe foi para a porta recebê-lo. Meus irmãos e eu tínhamos medo do que ela poderia fazer, pois já sabíamos do que era capaz.

De braços dados com meu pai, Tia Malia acompanhou-o até a porta de nossa casa e, só não entrou para saborear o café de minha mãe, porque viu a cara de poucos amigos que dona Lola fez ao arquear as sobrancelhas.

— Não quero essa mulher dentro de minha casa.

— Lola! Isso é jeito de falar com minha madrinha?

— Não tem importância, amado. Lola está em fase de adaptação. Ainda não se acostumou com as mudanças — dizia em tom falso que minha mãe facilmente identificou. — Amanhã, meu sobrinho, venha tomar café comigo. Vou preparar um bolo de mandioca...

— Eu adoro! — interrompeu meu pai, como uma criança seduzida por um pote de doce. Depois, ele ainda disse algo que fez minha mãe se segurar para não pular em seu pescoço: — A Lola não acerta o ponto desse bolo. Num dia, deixa queimado, noutro, deixa cru.

— Jogar água quente é pouco! Vou afogar você na leiteira com água fervendo, Betinho — murmurou para si mesmo.

— Vai provar o melhor! — gabou-se tia Malia rindo. — Lola, amada, se quiser provar meu bolo, será muito bem-vinda...

Lola não esperou para ouvir o resto; puxou minha mão e de meu irmão mais novo — nós assistíamos à cena ansiosos para que a briga da tarde se repetisse —, colocou-nos para dentro e depois fechou a porta com força. Pensou em passar a chave, mas sabia que isso daria chance ao marido de dormir na casa da tia, e minha mãe queria que sua família se mantivesse distante daquela visita peçonhenta.

No dia seguinte, depois de ver meu pai saindo da casa da tia farto do bolo de mandioca, enquanto ela lhe acenava da porta, minha mãe resolveu agir. Quem conhecia dona Lola sabia que ela não era vencida, assim, por uma visita indesejável.

Ela aproveitou que meus irmãos estavam na frente da televisão e saiu de casa me puxando. Passou pela casa em que tia Malia estava e, sem olhar, falou para mim:

— Vamos tirar essa invasora daqui! E como vamos!

Minha mãe parou na fila do orelhão instalado em frente a um bar e entregou-me dinheiro para que eu comprasse fichas telefônicas. E assim eu fiz, voltando depois com as mãos cheias ao encontro de minha mãe.

A primeira tentativa foi com tio Odair, que ouviu pacientemente minha mãe relatar com detalhes e acréscimos o que tia Malia vinha fazendo.

— Está revolucionando tudo lá em casa — disse por fim, com os olhos arregalados, puxando a ficha de minhas mãos e encaixando-a no aparelho, indiferente à fila que se formava depois dela, de pessoas ansiosas para usar o telefone.

— Não posso, Lola. Já fiquei uns dias fora por conta da morte do meu pai. No próximo feriado, estarei aí com vocês. Vou com Alison.

— Odair, não é uma festa, criatura! Estou a ponto de chamar as forças armadas para tirar aquele canhão lá de casa. É uma urgência! É capaz de, quando você voltar aqui, não consiga nem entrar na casa. Não estou de brincadeira.

— Tia Malia é irmã de meu pai. Acho que está de implicância com ela. Ciúme do Betinho com a madrinha, que sempre o teve como preferido dos sobrinhos...

— Tá, tá, depois não diga que não lhe avisei — disse desligando o telefone furiosa. Rapidamente, fez outra ligação, desta vez para tia Nena. Minha mãe nem se importou com os comentários na fila. Ajeitou os bobes nos cabelos e abriu um sorriso ao ser atendida por minha tia.

— Casa do Paraíso e...

— Nena?! Sou eu, Lola — disse apressada e feliz por reconhecer a voz da cunhada. Tinha aquele telefone para urgências e foi com essa recomendação que guardou o número. Tia Malia era assunto de urgência, por isso não hesitou em ligar.

Minha mãe contou tudo o que relatara para tio Odair, usando um tom ainda mais dramático, e dessa vez foi ouvida.

— Como é que é?! O que ela está pensando? Tia Malia se apossou da casa de meu pai e está se achando a dona? Os meninos não fizeram nada?

— Não! Betinho e Odair acham normal e que estou de implicância, ciúmes — disse arqueando as sobrancelhas, feliz por ter ganhado uma aliada.

— Me aguarde, vou pra aí.

Lola desligou o telefone feliz, sorridente, e passou fazendo cara feia para os outros usuários que aguardavam para fazer suas ligações. Ela puxou minha mão, passou no mercado e encontrou Conceição, com quem conversou por alguns minutos.

— E os sonhos? — perguntou para minha mãe, mantendo os olhos ligados aos meus.

— Tem ainda, mas num intervalo maior. Acorda sempre agitada, chorando.

— Quanta sensibilidade — foi o que Conceição disse desviando o olhar de mim e direcionando para minha mãe. Ela era tão calma, inspirava confiança e paz.

Depois que se despediram, minha mãe comentou comigo no caminho:

— Uma mulher de tanta luz em meio àquele reboliço que é a família dela. Viúva, filha presa, os meninos... — parou de repente ao ver um carro estacionado na frente de nossa casa e de repente apressou os passos. — O que o carro do pedreiro está fazendo em frente à nossa casa?

Minha mãe e eu descobrimos tia Malia no quintal, eufórica, abrindo passos largos, como se simulasse que estava medindo algo a cada passo dado. O pedreiro, calado, fazia anotações enquanto ouvia as instruções.

— Aqui está ótimo! — disse Tia Malia vibrando. — Quero um muro aqui. De um metro e meio é o bastante.

— Muro? Aqui, no quintal?

— Sim! — confirmou tia Malia, deixando à mostra os dentes num sorriso forçado. Fazia isso medindo minha mãe com o olhar apressado de cima a baixo.

— Não, senhora! Nada de muro...

— Melhor aumentar. Quero um metro e setenta! — disse com os olhos em movimento, com as mãos espalmadas. — Assim, não terei o desprazer de encontrar gente que não quero — finalizou em voz alta, voltando-se para minha mãe.

— O muro sai daqui, então? Perguntou o pedreiro, indiferente ao tempo feio que estava se formando entre as duas mulheres.

— Sim.

— E eu fico com isso de quintal? — questionou minha mãe, ao ver o pouco que sobraria com a construção do muro, e segurou-se para não avançar em tia Malia quando viu a mulher confirmar com ar superior. — Tenho as crianças! Onde vou estender minhas roupas?

— Daqui a pouco, as crianças ganharão a rua, ou acha que terá essa filharada presa no quintal até quando? Terá muito espaço para roupas. Além disso, preciso de espaço. Vou trazer minhas plantas para cá. Tenho uma mais linda que a outra, Lola.

Minha mãe explodiu e faltou pouco para que colocasse o pedreiro para fora, quando ouviu:

— Meu querido afilhado autorizou. Suponho que ele possa autorizar, afinal, é o dono, o homem da casa. Não é? Se tem dúvida, é melhor que converse com ele. Não estou de acordo com casal que não se combina. Lá em casa, o que meu marido falava era lei.

Em nossa casa, as leis eram de minha mãe. Claro!

Ao ouvir isso, minha mãe saiu batendo os pés, nervosa, e chorou de raiva, debruçada na cama. Depois, sentindo-se uma menina mimada, envergonhada por ver meus irmãos e eu ao redor dela, levantou-se em silêncio, secou as lágrimas e abriu um sorriso.

— A guerra não acabou. Nena, minha aliada, está chegando, e, juntas, vamos por um fim nisso. Podem acreditar. Agora, sumam da minha frente, vão brincar! — abriu um sorriso e, ao se ver só, voltou a chorar.

CAPÍTULO 9
POR FIM, ADEUS!

— Faz dois meses e nem notícia — comentou Lola com o olhar desafiador voltado para a irmã.

Lá estava eu de volta aos sonhos que, desta vez, começaram com a frase de Lola para Alison, que, com seus cabelos longos amarrados no alto da cabeça, arrumava as lenhas na despensa. Ela parou o que fazia, passou as costas das mãos na testa, limpando o suor que escorria com o esforço, e disse:

— Não foi você quem disse para eu me esquecer da passagem da Marina...

— Sim! — interrompeu quase num grito, arregalando os olhos. — É para esquecer mesmo aquele vendaval que passou por nossas vidas, fazendo o que fez. Tirou nossa paz, nosso sossego...

— Ela estava mais assustada que nós duas juntas.

— Você ainda a defende, Alison? — Lola aproximou-se da irmã e falou baixo, como se não estivessem no meio do mato, num casebre que chamavam de lar por tantos anos. — Até matou um homem por causa dela. O pobre do Odair era um dos capangas da velha...

— Eu tento esquecer, mas você não deixa — disse irritada. — Parece se divertir com essa lembrança.

— Desculpe-me, mana. Mas que a Marina é ingrata, isso ela é. Como pôde fugir de nossa casa assim, sem deixar um recado, um agradecimento?! — parou, olhou o rosto de reprovação da irmã e abriu um sorriso ao dizer: — Então, mudemos de assunto. Terá um festa na cidade, e vamos participar, claro!

Alison continuou seus afazeres e acabou divertindo-se com os comentários da irmã, seus planos de festas e vestidos.

Ainda naquela semana, enquanto arrumava os sacos do feijão colhido de suas terras, Alison foi surpreendida por Lola, que apareceu correndo na sua frente, afoita ao falar:

— Você não sabe da última!

— Não faço ideia. É melhor contar logo, pois não gosto de suspense — pediu, sentindo o coração aos saltos e logo lhe veio a lembrança de Marina. Algo a fez pensar que não era boa notícia. Sua tensão a fez prender o pano com força numa das mãos.

— A Marina! Acharam a bandida! Ela está presa.

— Presa?! Como assim? Como foi isso? — Alison perguntou ao mesmo tempo que não conseguiu ficar parada. Ela saiu andando com Lola no seu encalço, contando o que sabia.

Por fim, depois de apurar o que Lola descobrira, Alison comunicou:

— Vou visitá-la. Preciso ir — não adiantou Lola pedir que a irmã não fosse, que Marina era a razão de tudo de ruim que acontecera ali. — Se quiser ir comigo, vou adorar sua companhia, do contrário, irei sozinha. O que será que aconteceu? Dois meses sem notícias, e agora...

No dia em que fugiu da casa de Alison e Lola, Marina embrenhou-se no mato, sem destino, sem saber o que fazer e para onde ir. E tinha uma certeza: não voltaria para casa, para o julgamento de sua avó. A família a queria pelas costas, e ela não suportaria ficar submissa aos olhos do julgamento.

A moça pegou chuva, passou fome, correu perigo e, quando já estava fraca, sem rumo, foi capturada como um bicho e oferecida às autoridades como um troféu.

Sob a acusação de tentativa de assassinato e omissão de socorro, Marina foi presa. A cela, ainda com toda a precariedade, era um lugar melhor para dormir do que exposta ao sereno. Nas primeiras horas jogada ali, a moça dormiu direto. Depois, surgiu no corredor uma mulher grisalha e imensa, que, ao rir, fazia todo o corpo mexer. Ela aproximou-se da cela onde estava Marina e começou a balançar a grade, o que fez a moça despertar.

— Acorde, bebê. Hora da mamadeira — vendo que Marina não se mexia, gritou. — A madame não está esperando que leve a comida à boca, não é? — não havendo resposta, a mulher, sem paciência, jogou o prato sobre Marina com a provocação.

— Da próxima vez, levante-se quando me vir chegando. Agora, trate de limpar todo esse chão, sua porca — finalizou e saiu rindo de forma escandalosa.

Ainda com o corpo mole, Marina levantou-se e limpou a comida que tinha sobre a roupa.

— É melhor limpar tudo isso. Se eu encontrar algum grão no chão, a farei pegar com a boca — recomendou a companheira de cela, deitada numa cama do lado oposto.

— Já entendi. Obrigada — disse Marina num tom amistoso.

— Não agradeça. Estou falando isso para não sobrar para mim.

— Sou Marina...

— Aqui todo mundo já sabe quem é. A majestade foi anunciada e muito aguardada. Eu sou Malia.

Marina abriu um sorriso, esperando ser acolhida pela outra mulher que estava encolhida no canto da cama, no entanto, ouviu:

— Estou aqui por sua causa. Não espere em mim uma amiga.

— Por minha causa?! — Marina perguntou sem entender, surpresa com a transformação do rosto da mulher.

— Não sou nem quero ser sua amiga. Não gosto de você. Por sua causa, minha vida mudou completamente.

— Desculpe-me, mas não entendo...

— Meu marido foi assassinado, e tenho certeza de que foi você quem o matou!

— Seu marido?

— Odair, empregado de sua avó. Ele saiu em seu encalço. Estava muito feliz com a pista que uma mulher lhe deu de onde você poderia estar. Eu almejava com isso ter reconhecimento, mais dinheiro, dar uma vida melhor à minha família...

— Não, eu não o matei...

— Com a morte dele, fiquei com as dívidas e despesas que não consegui quitar, então, tive de roubar para comer. Imagine que eu, mesmo pobre, nunca tive de fazer nada disso e fui surpreendida por roubar para comer — as lágrimas brotaram dos olhos da mulher e começaram a escorrer por seu rosto seco. — Agora, estou aqui, meu marido está embaixo da terra, e meu filho está sozinho pelo mundo — observou os olhos de Marina com lágrimas e não se sensibilizou ao dizer: — Por sua causa, meu Betinho, meu amado filho, está pelas ruas, sabe Deus com quem, sem pai nem mãe.

— Eu sinto muito, mas...

— Sente? Assim como a Lola? Lembro-me muito bem do nome da moça que chegou com os olhos esbugalhados, agitada, convencendo meu marido sobre saber do seu paradeiro. Eu senti algo estranho, um aperto no peito, e pedi que ele não fosse, mas Odair estava seduzido pela certeza de Lola — fez uma pausa e anunciou em voz baixa: — Eu odeio essa Lola, assim como odeio você! Odeio as duas!

Dito isso, voltou a silenciar-se. Marina não tinha o que argumentar e temia que Malia soubesse que ela fora cúmplice da morte de Odair, que seu marido fora realmente assassinado por Alison para defendê-la.

A noite foi longa para Marina. Quando as luzes se apagaram, ela ficou com os olhos abertos, com medo, repassando tudo o que vivera nos últimos meses. Ainda estava mais temerosa por ter Malia ali, ao seu lado, pois conheceu o ódio estampado nos olhos da outra.

E tinha razão de ter medo, pois, quando finalmente começou a cochilar, sentiu a mulher cair sobre seu corpo e esmurrá-la. A princípio, Marina sentiu-se sufocada com o cheiro forte da outra, mas, por estar acordada, estava atenta para se defender e assim o fez. Lutou o quanto pôde, protegeu o rosto e fez tudo isso ignorando as palavras de ódio que Malia disparava para ela. Foi então que conseguiu empurrar a oponente com toda força. Estava escuro, e Marina escutou a mulher gritar depois de um barulho. Parecia que ela tinha se chocado com algo de ferro, mas Marina estava tão cansada que agradeceu a Deus pelo silêncio, que interpretou como sendo fruto do cansaço da mulher. A moça, então, virou-se de lado, encostou as costas na parede e encolheu-se, com medo de Malia atacá-la novamente.

Marina despertou com a claridade vindo da janela miúda, instalada no alto da parede que as mantinha isoladas do mundo. Ela, então, se deu conta de que uma mulher grande, de ombros largos e de voz nada amistosa gritava:

— Levante, princesa! Desse jeito, não vai ver seu príncipe chegar com a botinha encantada! — riu da piada, deixando à mostra os poucos dentes. — Nunca fui boa de contos de fadas. Acho que nunca acreditei naquilo. E a outra dorminhoca? Chame ela.

Marina levantou-se devagar, sentindo o corpo dolorido, o que a fez lembrar-se do ataque de Malia. Quase se rastejando, pois sentiu a perna ardendo, aproximou-se da cama da companheira de cela.

— O que aconteceu, princesa? Ainda não acordou? Que moleza é essa? Vou jogá-la para os leões para que fique mais esperta.

Marina ouviu aquelas palavras e não precisou olhar para a carcereira para imaginar seu sorriso desfalcado de dentes e seu corpo mexendo-se todo com o riso.

Malia estava deitada totalmente torta na cama e seu corpo estava rígido quando Marina o tocou. A moça mexeu na companheira de cela, e nada aconteceu. De repente, então, ela começou a chorar e gritar em uma crise de medo.

Tudo aconteceu muito rápido. A mulher de ombros largos entrou na cela depois de pedir reforço e mexeu no corpo de Malia de um lado para o outro, quando constatou com frieza:

— Está morta. Uma a menos para incomodar nosso sossego.

— Morta?!

— Não vai me dizer que já eram amigas? Tão recente...

— Como isso aconteceu?

— Pelo que vi, ela bateu a cabeça no ferro da cama — disse ao levantar a cabeça da mulher e ver o sangue ensopado no lençol. Deve ter se levantado à noite e, ao voltar, caiu na cama de qualquer jeito... suponho. A pancada deve tê-la pegado de jeito. Parece que ela se jogou e calculou errado a posição do ferro da cabeceira da cama. Pegou bem na quina. Sempre achei que essas pontas afiadas são uma arma. Vou sugerir mais camas assim para as celas — a mulher parou de falar ao ver Marina aos prantos e encerrou o assunto antes de ferrar a porta e deixá-la ali, sozinha com Malia morta.

— Não se preocupe. Logo, logo virá outra igual a você para lhe fazer companhia.

Marina desabou a chorar, pois sabia que matara Malia com o empurrão que lhe dera. Ela provavelmente caíra sobre o ferro. Claro, não tinha outra explicação. E ficou ali, em lágrimas, velando o corpo da outra, enquanto ouvia a gargalhada da carcereira desaparecer no corredor.

***

O sonho cessou nesse momento, e eu despertei chorando muito. Minha mãe acudiu-me em seus braços com seu carinho.

— Ela nos odeia, mãe! Não gosta da gente!

— Quem, meu amor? Foi só um pesadelo. Mais um!

— Tia Malia! Ela nos odeia!

Minha mãe abraçou-me ainda mais apertado, sufocando meu rosto em seu seio, o que me fez me sentir ainda mais protegida e aos poucos me esquecer dos detalhes do sonho. Desta vez, diferente das outras, tive mais certeza do que aconteceu ao dizer:

— Eu a matei, mãe. Eu fiz isso!

— Sonho, só um sonho. Meu Deus, essa mulher está tirando nossa paz. Não fique assim, meu bem — dizia com sua voz protetora. — Nena está chegando, e tenho fé de que daremos um ponto final a esse tormento. Se comentar isso com Betinho, que você está perturbada com a presença da madrinha dele, é capaz de ele dizer que estou colocando isso na sua cabeça e que por isso você tem tido sonhos. Nena está chegando.

E minha mãe estava certa. Tia Nena chegou linda na tarde do dia seguinte. Usava uma minissaia vermelha como suas unhas longas, uma sandália que a deixava mais alta e um top coberto com um camisão. Quando a vi, elegi minha inspiração.

— Quero ser assim, mãe — eu disse para minha mãe logo depois dos cumprimentos.

— Não diga isso nem de brincadeira e perto de seu pai! Jamais! — minha mãe falou bem baixinho, perto do meu ouvido, para que só eu a ouvisse. Levantei os ombros sem dar importância e corri para o abraço aconchegante de tia Nena. Nesse momento, senti seu perfume envolvente ainda mais perto.

— Bom, não vou me demorar. Tenho trabalho agendado para esta tarde. Esse aqui é o Humberto, nosso primo. Lembra-se dele, Lola? Filho de tia Malia.

O homem estava calado, era mais baixo que tia Nena e tinha os olhos de Betinho e Odair, indicando o parentesco. Sério, ele estendeu a mão para cumprimentá-la. Não era muito amistoso, talvez pela timidez ou pelo pouco contato com os parentes. Não era preciso saber ao certo, pois não se sentia à vontade.

— Eu o procurei e contei o que vem acontecendo.

Tia Malia apareceu nessa hora, esfuziante, com seu melhor sorriso, disposta a ter a sobrinha como aliada, quando se deparou com Humberto, o que a fez parar de sorrir.

— Oi, mamãe! Sabia que iria encontrá-la.

— Eu disse que estava bem. Não sei o que faz aqui. Já até conversei com seus irmãos sobre ficar aqui. Eles precisam de mim; pediram que eu ficasse aqui.

— Quem lhe pediu isso? — perguntou minha mãe com os olhos arregalados, cruzando as mãos sobre a barriga e deixando os seios fartos cobrirem os braços.

— Vocês pediram. Sim, vocês! Vi como estavam! Não é todo mundo que sabe lidar com perdas — falava exaltada.

— Eu mesma não! Pelo amor de Deus, tirem esse encosto daqui! — minha mãe disse as últimas palavras baixinho.

— Você precisa de mim, Lola. Como cuidará dessas crianças? — descontrolada, olhou para o filho ao falar. — Tem três filhos, e eles me adoram.

Com lágrimas nos olhos, Humberto abraçou a mãe com carinho e afagou seus cabelos ao dizer:

— Eu sei, mamãe, mas seus filhos também precisam de você e sentem sua falta.

— Não quero voltar. A mulher de seu irmão me trancou no banheiro por três horas.

— Porque você não queria tomar banho, mamãe. Ele explicou.

— Mentira. Ela quer me enlouquecer.

— Você vai ficar comigo agora, pode ficar tranquila. Só que não poderá ficar sem seus remédios...

— Remédios?! — murmurou minha mãe numa troca de olhares com tia Nena, cobrindo a boca com a mão espalmada.

Humberto tinha um jeito especial de cuidar da mãe e convenceu-a a ir embora. Tia Nena acompanhou tia Malia até a casa que era de meu avô para ajudá-la a arrumar suas coisas, e seu filho ficou ali, estático.

— Coitada, está perdendo a lucidez — concluiu minha mãe com certo remorso pelo que havia dito.

— Minha mãe não está bem. Tem passado por tratamentos, toma remédios fortes. Estávamos à sua procura. Recebemos duas ligações em que ela dizia estar tudo bem, que estava na casa do irmão, e eu achei que tudo estivesse realmente bem. Peço-lhe desculpas pelo que ela vem fazendo.

— Fingida — murmurou Lola.

— Como? — perguntou Humberto e, vendo o gesto de minha mãe para que continuasse, ele prosseguiu: — Estava vivendo na casa de meu irmão, mas minha cunhada, ainda que paciente, não conseguia mais lidar com a mamãe. Vivia reclamando, e isso já afetava o casamento de meu irmão. Ela ficará comigo, mas tenho minha família. A clínica pode ser a solução.

Minha mãe ficou calada e minutos depois viu tia Malia vestida, como estava ao chegar em nossa casa. Minha mãe espalmou a mão perto do coração, como se isso aliviasse um aperto no peito. Tia Nena estava ao lado de tia Malia, com a mala pronta.

Tia Malia despediu-se dando um abraço forte em meus irmãos e olhou no fundo dos meus olhos quando chegou minha vez. Ela não me abraçou; apenas abriu um sorriso que me deu uma sensação de paz, como se alguma pendência existente entre nós tivesse se dissipado ali, naquele instante. Acho que naquele momento também senti o bem-estar por imaginar que poderia ter acesso à nossa casa como antes, mesmo com a ausência de meu avô.

Na vez de minha mãe, ela abraçou-a, e não entendemos nada quando as duas começaram a chorar muito. Ouvi de minha mãe um pedido de desculpa.

— Não tem do quê. Foi tudo um mal-entendido. Um mal-entendido — ficou repetindo.

Aquilo me fez lembrar do último sonho que tive, quando Malia disse odiar minha mãe. Era como se os nós estivessem sendo desfeitos naquele momento e os mal-entendidos desmistificados.

— Deixo meu carinho para o Betinho. Humberto tem presa, do contrário eu esperaria por ele. Espero vocês em nossa casa para um café com bolo de mandioca.

Minha mãe estava tão feliz que não deu crédito à provocação de tia Malia, que entrou no carro e partiu acenando:

— Por fim, adeus!

Tia Nena foi junto, pois estava atrasada para seu compromisso, e minha mãe ficou ali, na calçada, aliviada. Meu irmão mais velho assistia à televisão, o mais novo estava ao seu lado, e eu, do outro, via o carro tomar distância.

— Adeus, tia Mala. Espero nunca mais vê-la.

Nós três começamos a rir do trocadilho feito por minha mãe.

CAPÍTULO 10
TIA NENA, UM CAPÍTULO ESPECIAL

Tia Nena, certamente, é um capítulo especial na minha vida. Minha inspiração. Seu sorriso me fazia sorrir, ela tinha esse poder. Assim como eu, tia Nena reinava entre os dois irmãos e era também querida do meu avô.

Lembro-me de dizer isso para minha mãe, de que queria ser como ela. A primeira vez que notei isso foi quando a vi com um batom bem vermelho combinando com as unhas longas e bem cuidadas. Tia Nena usava os cabelos presos com alguns fios soltos sobre os ombros, vestia uma roupa justa de cores vivas e sempre estava muito perfumada. Usava anéis lindíssimos, de fazer minha mãe esquecer as panelas no fogo, apreciando e provando-os, um por um, em todos os dedos das mãos. Tia Nena não só se divertia como falava como usá-los e chegou até presentear minha mãe com alguns, que os recebeu com um sorriso de criança. Tudo era escondido de meu pai, e eu não entendia o motivo.

Minha mãe sempre estava por perto quando eu falava com orgulho como gostaria de ser quando crescesse.

— Deus a livre disso! — dizia benzendo-se, com os olhos arregalados e em voz alta, no entanto, tinha cuidado ao me repreender dessa forma quando minha tia estava por perto. Era mais delicada, mas bem que eu sentia os beliscões que meus braços recebiam.

O nascimento de Tia Nena foi muito esperado e fez meu avô muito feliz. Ela foi erguida por ele com muita felicidade.

— Minha princesa! — ele venerava-a ao colocá-la nas alturas, segura somente pelas palmas de suas mãos, mesmo sob os protestos de minha avó, que ficava preocupada com a possibilidade de ele perder o equilíbrio. Meu avô contava-me isso sempre emocionado.

Assim tia Nena seguiu. Uma moça bonita, recatada, com poucas amigas, que não trazia nenhum desagrado para meus avós e irmãos. Simpática, era fácil vê-la com os dentes à mostra, solícita, pronta para ajudar, ouvir.

Acho que isso se destacou em sua juventude, quando, ainda estudante, tia Nena conheceu um soldado do exército. Minha mãe contou-me que ela não se interessou de imediato pelo rapaz, mas ficou fascinada quando, num sábado, ele a presenteou com um disco. Nesse mesmo dia, o rapaz pediu-a em namoro. Depois, o noivado, que foi selado em uma festa preparada por meu avô, que na época já era viúvo. Minha mãe também me contou detalhes da festa e como minha tia estava radiante, como eles pareciam felizes, feitos um para o outro. Ela chorou quando ele colocou a aliança em seu dedo, gesto feito em frente ao bolo de camadas, recheado de ameixas e coberto de tiras de coco fresco. Minha mãe sempre se gabava desse bolo e dos elogios que recebeu.

Minha tia nunca me contou esse acontecimento de sua vida, jamais compartilhou a alegria que sentiu naquele dia, tão detalhado por terceiros como especial e tão forte que a fez chorar.

Junto com a aliança, o rapaz, cabo do exército, anunciou a data do casamento para dali a seis meses. Minha tia, pega de surpresa, espalmou a mão fina, com unhas coloridas de rosa, sobre o vestido de mesmo tom — cena que coincidiu com a foto que minha mãe guardava, uma das poucas que restara dessa época. Naquele momento, ainda mais emocionada, ela deu um selinho nos lábios do noivo e ganhou dele um abraço afetuoso, tudo assistido pelas duas famílias, que aplaudiram o anúncio e cumprimentaram os noivos.

Segundo minha mãe, tia Nena mostrou-se ansiosa com os preparativos, com o enxoval e, faltando dois meses para o casamento, com casa já alugada, mobiliada, com um ano de aluguel pago — esse foi o presente de meu avô —, o noivado foi desfeito pelo rapaz. Demorou para eu saber o motivo. Sabia de alguns detalhes por meu avô, ora sério, ora distante, já mudando de assunto; por minha mãe, que deixava escapar um detalhe ou outro daquele passado; mas foi meu pai quem me revelou o motivo sem se importar com o que tudo aquilo pudesse ocasionar em mim diante do exemplo que tia Nena tinha em minha formação.

— Ela se entregou para o noivo antes do casamento — disse cortante. — Não se deu o respeito. Ele conseguiu o que queria e a abandonou no altar — a voz de meu pai alterou-se com a revelação. Era clara a vergonha que sentia daquele episódio.

Minha mãe sempre corria em defesa de tia Nena, pois as duas eram muito unidas. Sempre se defendiam, pareciam irmãs.

— Foi ele quem perdeu por ter deixado Nena. Foi ele quem perdeu! — minha mãe repetiu e saiu balançando os bobes na cabeça, sacudindo o corpo ao andar apressada, arrastando as chinelas.

Foi assim que descobri parcialmente o que de fato havia acontecido: meu pai despejando o episódio, enquanto minha mãe defendia minha tia.

Meu avô, que assistiu a tudo parcialmente na época, balançou a cabeça de um lado para o outro e limitou-se a dizer:

— Nena e ele sabem o que aconteceu, e esse episódio em nada altera nossas vidas. Há coisas que acontecem que não compreendemos, mas são livramentos. Pedimos em oração: "Senhor, livre-me de todos os males" e, quando isso acontece, nos revoltamos por pura ingratidão. Deus, nosso criador, sabe muito bem de nossas vidas e do que precisamos para descobrir a força que temos.

Não me contentei com essa resposta. Tia Nena era meu exemplo, e saber disso tornou tudo ainda mais forte. Uma vez, perguntei a ela sobre o episódio e vi o silêncio formar-se, um sorriso contraditório aparecer e lágrimas se formarem em seus olhos. Decidi, então, não perguntar mais nada; apenas a abracei com todo carinho, afagando seus cabelos. Senti sua respiração ofegante, seu abraço suave.

Depois desse ocorrido, tia Nena não quis mais falar sobre o assunto. Meu avô foi o único que soube o que de fato aconte-cera e, leal, levou o segredo com ele quando partiu. Minha mãe contou-me que eles ficaram trancados na casa dele por horas. Ele, meu avô, tinha esse hábito. Quando tinha algum proble-ma com um dos filhos, trancava-se em casa, preparava um café e ficava horas conversando.

Talvez por ter conhecido a verdade, meu avô nunca se opôs quando minha tia saiu de casa com o objetivo de respirar novos ares, estudar, permitir que seu coração fosse admirado por outro rapaz, pelo menos esse era o interesse de meu avô, o que não aconteceu, contudo.

Um ano mais tarde, tia Nena voltou para casa diferente, não só no visual, antes contido e resumido a roupas sóbrias, em preto e branco, sufocantes. Surgiu uma nova mulher, com roupas coloridas e decotadas, com corte de cabelo moderno e não só isso: ela também nos trazia presentes. Disse que estava trabalhando de acompanhante na casa de uma senhora.

Lembro-me de perceber meu pai e meu avô trocarem olhares, enquanto minha mãe se deslumbrava com o visual da cunhada.

Eu era muito nova, não tinha essa percepção das coisas e, na ingenuidade de menina, se me falassem algo me custaria associar tia Nena àquele ofício.

Recordo-me bem que não tardou para que meu avô e ela tivessem uma briga feia. Não foi algo civilizado. Não se tranca-ram na casa do meu avô, com café e confissões. Não! E per-cebi bem o clima, porque vi minha mãe brigando com meu pai por conta daquele desentendimento.

— Betinho! Você não tinha nada de seguir Nena e trazer o relatório para seu pai! Homem, você tem uma filha!

— Por isso mesmo, que exemplo! Uma irmã assim! Nossa família...

— Isso mesmo! Acha pouco a família que formou? Seus filhos reclamam sua falta, precisam de você, enquanto fica se ocupando de causar desarmonia entre pai e filha.

A briga prolongou-se e resultou em minha mãe permanecendo de cara fechada para meu pai por um mês. Fase difícil. Não bastasse o clima em casa, meu avô também lidava com a falta da filha. E, como eu bem o conhecia, já estava arrependido de metade das palavras, muitas delas envenenadas por meu pai, que despejou sobre tia Nena.

Feito o estrago, coube ao meu pai ajustar a questão com a ajuda de tio Odair, um homem moderno, despido de preconceitos. Deus não poderia ter dado pai melhor para o Alison.

Tio Odair apareceu com tia Nena agasalhada embaixo do seu braço. Cheia de saudade e triste, ela fincou os pés, travou, não conseguiu ir adiante. O que a fez dar o passo seguinte foi meu pai e meu avô aparecerem no quintal e correrem ao seu encontro.

Os quatro não disseram nada e se abraçaram, emocionados. Na varanda, minha mãe secava as lágrimas e tentava justificar para meus irmãos que não era nada, apenas um cisco nos olhos.

Eu era nova, mas madura o bastante para perceber o valor da reconciliação, do amor. Tem quem vá longe atrás de sonhos, quem fuja do passado, às vezes por caminhos tortos, mas os laços com a família não podem ser desfeitos.

Esse foi o único registro que tenho da ausência de tia Nena em nossas vidas. Ela sempre esteve presente, preocupada, colocando em prática seus bons valores em favor da família.

O trabalho de tia Nena exigia muito dela, mas não lhe tirava as tardes de domingo conosco. Algumas vezes, para nossa grande surpresa e alegria, ela aparecia na tarde de sábado. Elegante, perfumada, como se fosse para uma festa.

Minha mãe cuidava de educar meu pai e minar seus preconceitos. Ele a obedecia e controlava-se, porque também sofrera com a falta da irmã. Embora não concordasse com a vida que ela levava, não deixava de gostar de tia Nena.

Após a morte de meu avô, meu pai perdeu o emprego. Era o seu Betinho o provedor de nossa família. Quando ficava desempregado, éramos socorridos por meu avô, e agora, com sua falta, tudo se apertou. Minha mãe, com olhos rasos de lágrimas, fazia a comida render ao distribuir as porções em nossos pratos.

Muitas vezes, meu pai dizia estar sem fome e falava rindo para que a gente não percebesse, e seu gesto fazia render o alimento que vinha se findando, pois não havia dinheiro para repor.

Foi por esse dias que tia Nena apareceu, bem-vestida como sempre, e não tardou a notar nossa dificuldade. Ela consultou a bolsa e viu que estava desprevenida, contudo, não pensou duas vezes. Depois de um banho, saiu perfumada e usando uma roupa ainda mais justa e curta. Meus olhos brilharam ao vê-la produzida.

— Já volto! — prometeu ao sair no meio da tarde.

Meu pai escondeu o rosto atrás do jornal que lia, sem coragem de dizer nada, impedir. Sem reação, ficou acompanhado de seu silêncio, de sua tristeza. Minha mãe inventou de limpar a geladeira, que já passara por uma faxina dois dias antes.

Às sete da noite, minha tia chegou. Usando seu salto alto, estava cansada, mas sem perder a elegância. Trazia com ela várias sacolas e um rapaz ao lado, que carregava mais sacolas da vendinha de seu Chico, que ficava na esquina de nossa rua.

— Acho que dará para alguns dias. Betinho, já quitei o acumulado com seu Chico — disse isso e depositou as sacolas sobre a mesa, depois de ver o rapaz sair feliz com uma nota na mão.

Meu pai baixou a cabeça, fez um aceno tímido e trancou-se no quarto. Minha mãe, emocionada, abraçou minha tia, que, com a voz embargada, começou a falar sobre a venda de seu Chico. Não era de seu feitio demonstrar emoção, e minha mãe sabia disso, pois a vira chorar com o fim do noivado e prometer que não voltaria a sentir aquilo de novo, que saberia ser mais forte. E foi!

Eu e meus irmãos ficamos ao redor da mesa, com os olhos esbugalhados com as novidades que tia Nena trouxera para nossa casa. Eu vi sua felicidade ao nos ver felizes.

— Bom, agora vou tomar um banho e, se me permite, vou dormir. Estou acabada.

Minha mãe teve a delicadeza de providenciar uma toalha e fazer a cama para tia Nena, que recusou o jantar que perfumara nossa casa naquela noite. Minha mãe fez-lhe, então, um chá de hortelã, o preferido de minha tia.

No dia seguinte, estávamos à mesa meu pai, minha mãe e eu. Os meninos e tia Nena dormiam.

— Pode falar mais baixo? Quer acordar todo mundo? — cochichou minha mãe com os olhos arregalados.

— Não poderia ter permitido isso, Lola! Minha irmã se sujeitar a isso para trazer alimento para nossa casa! Que pai de família sou eu...

— É uma fase, Betinho, vai passar! Além disso, Nena é uma mulher de muito valor! Minha admiração por ela só cresce! — eles conversavam esquecidos de que eu estava ali.

— Acho que a amizade dela não é boa para você, para as crianças...

— Ingrato! Agora diz isso, mas ontem... você viu a alegria de seus filhos? Deixe de ser hipócrita. Faltam mantimentos...

— Vou conversar com ela.

— Pense bem no que vai dizer — minha mãe falou calmamente, como nunca vi antes, pois sempre era explosiva. — Ela é tão generosa, e você não vê isso. Não só pelo sacrifício de ontem...

— Sacrifício?! — perguntou em tom de deboche.

— Sim e por você, que não reconhece. Além disso, ela poderia muito bem exigir a parte dela na casa e não fez isso por amor à família. Como você é egoísta! Preso só no seu mundinho, Betinho. Se ela exigir a parte dela, quero ver aonde vai levar sua mulher e filhos para viver. Lembre-se de que esta casa, dividida por três, não dará muita coisa para os herdeiros.

— Por isso a trata bem?

— Não, a trato bem porque gosto muito dela. Porque ela sempre me tratou bem e sempre tem gestos de generosidade, de doação. Fazer o bem para alguém, dar o que se tem de bom para o outro, são gestos de amor que poucos sabem praticar.

Meu pai calou-se e baixou a cabeça. Pensei que fosse responder, sair empurrando o que tivesse pela frente, mas não, ficou ali, calado, e depois olhou para minha mãe, que também sabia compreendê-lo. Ela, por fim, pousou a mão sobre a dele.

— Cuidado com o preconceito, Betinho. Essa prática faz perder oportunidades, amigos e amores. Lembre-se de que o respeito e o amor são antídotos usuais para esse mal.

— Fazer uso do corpo para ganhar dinheiro, Lola... — pausou nitidamente envergonhado e prosseguiu com a voz embargada: — Não concordo com isso.

— Eu também não, mas não nos cabe julgá-la nem devemos isolá-la. Seu pai me falou uma vez algo de que não me esqueço. Que o espírito é livre assim como é responsável pelos atos. Não cabe a ninguém julgar, recriminar, mas sim respeitar, porque desconhecemos suas trajetórias, suas vidas, o que já passaram em outras vidas...

Poucos minutos depois, tia Nena apareceu arrumada, com os cabelos molhados, plenamente recuperada, sorridente. A conversa seguiu tranquilamente, e meu pai, suponho que sob o efeito das palavras de dona Lola, comportou-se bem, soube prolongar o assunto, sorrir, mas ainda assim não conseguia olhar a irmã, pois parecia envergonhado.

Meus irmãos acordaram, ganharam o abraço de minha tia e serviram-se da mesa farta. Tia Nena, então, anunciou sua partida.

— Não vai esperar pelo almoço? Vou fazer aquela macarronada que você...

— Muito obrigada, Lola. Tenho compromisso no interior hoje — parou de falar, pois sabia que o irmão se incomodava com o assunto.

Tia Nena despediu-se de todos, e, quando já estava à porta de nossa casa, meu pai, que se mantivera sentado à mesa até aquele momento, saiu em sua direção e chamou-a por seu nome. Ele aproximou-se de minha tia, segurou seu braço carinhosamente e disse:

— Muito obrigado!

Ela, tomada pela timidez que pensara já ter despido de si, apenas balançou a cabeça com um ar de riso.

Aquele domingo foi inesquecível e está guardado entre minhas boas lembranças, aquelas que são a salvação dos dias difíceis da vida, mesmo quando acompanhadas de lágrimas nos olhos. Gosto de ter essas boas lembranças para me alegrar.

Depois da macarronada de minha mãe, adormeci no sofá. O retorno ao passado, à outra vida, foi inevitável e suponho que tenha acontecido por conta dos acontecimentos.

— Eu tinha de vir vê-la! — foi o que Alison respondeu animada diante de Marina, que, com a cabeça baixa e triste a escutava do outro lado das grades. — Lola não queria que eu viesse, mas...

— Ela tem razão. Você não deveria ter vindo, Alison. Eu só trouxe coisa ruim para a vida de vocês. Fiz coisas horríveis e me sinto culpada por isso.

— Mocinha, levante essa cabeça! — com essas palavras, Alison colocou gentilmente o dedo indicador sob o queixo da moça e ergueu-o. — Não se pode levar a vida assim, com esse fardo nas costas. Passou. Foi uma fatalidade.

— Você não me conhece. Acredite que as pessoas têm motivo para falarem e quererem que eu fique onde estou. Presa!

— Você sairá daqui — profetizou animada e emocionada, sem tirar o sorriso do rosto. — E poderá voltar para minha casa.

— Como? Sua irmã não a queria nem aqui. Suponho, então, que ela não vá me querer em sua casa.

— A casa é minha também, e você será minha hóspede e muito bem-vinda.

A grandalhona desdentada, com um riso frouxo com o pouco que ouvira, apareceu colocando fim à conversa, que durou pouco mais que cinco minutos, tempo suficiente, contudo, para acabar com seu bom humor em deixar aquela visita acontecer.

— *Se* ela sair daqui! A princesa está atolada até o pescoço, moça. Tentou matar o primo, desviou dinheiro da empresa e é suspeita de ter matado um homem, o tal do Odair, funcionário da avó dela. É, princesa, as coisas estão se complicando para você — e parou de falar quando viu Marina de cabeça baixa e mãos cobertas pelas mãos da amiga, que apertou, como se assim lhe desse força.

Minutos após a saída de Alison, Marina viu-se novamente sozinha, deitada na cama, sem força para chorar ou reclamar. Só lhe restava recapitular a vida, os bons tempos em que tinha não só a confiança da avó como também poder de decisão. A ambição dera-lhe um caminho sem volta, em que não via retorno, só um triste fim.

Foi em meio a esses devaneios, quando já cochilava, que ouviu as grades se abrirem. Primeiro, sentiu o perfume, depois, ouviu a voz animada.

— Pode me largar, grandona!

— Mais uma ilustre companhia para você, princesa. Depois de tantos anos neste lugar, não me lembro de ter visto tanta gente rica e famosa — fez uma pausa, tempo suficiente para abrir a cela e empurrar a mulher de qualquer jeito. — Essa é Nena, uma viúva agiota. Tenha todo cuidado com ela, pois matou um rapaz. Pelo menos é suspeita disso e por isso passará uma temporada aqui — disse e saiu, desaparecendo junto com sua gargalhada pelos corredores da cadeia.

Marina encolheu-se em sua cama, temerosa, mesmo diante da mulher sorridente e diferente da apresentação.

— Gosto de apresentações! Já parei em várias portas e fiquei emocionada ao ouvir meu nome sendo anunciado. Então, já sabe tudo! Não preciso me anunciar.

— Você matou um rapaz? — a voz de Marina saiu seca, baixa.

— É o que estão dizendo. Ele merecia! Não que isso seja minha confissão de culpa.

Nena, então, ficou em silêncio e com o olhar perdido. Horas depois, as duas mulheres voltaram a se falar, ambas mais à vontade, próximas. A tristeza do lugar aproximou as duas.

— Fiquei viúva e com poucas posses. Alguns aluguéis não cobriam meus gastos, então, comecei a emprestar dinheiro a juros. Ganhei muito dinheiro com isso. Muito.

— Foi assim que conheceu esse rapaz? — Marina falava com cuidado.

— Ele apareceu à minha porta para negociar uma dívida do pai dele. O homem já havia perdido uma fazenda e só lhe restava a casa da cidade — ria com o relato. — Coloquei-o para dentro de minha casa, para minha cama, e sanei a dívida. Não havia diferença de idade, apenas amor. Pelo menos de minha parte... até ele começar a se ausentar de minha vida, de minha cama. Descobri que ele estava saindo com outras mulheres e sustentando a situação com meu dinheiro. Fiquei possessa, e brigamos feio. Empregados ouviram nossa discussão, e ele apareceu morto. Os empregados não esconderam nossa briga, e me tornei suspeita do crime.

Marina tentou segurar-se, mas ansiava perguntar. No entanto, calou-se ao notar a mulher emocionada.

— Ele queria ser do exército... — fez uma pausa e deixou as lágrimas correrem livres pelo rosto, quando disse baixinho: — E eu o matei. Como me arrependo disso. Tirei dele a oportunidade de realizar um sonho, de ter o amor de sua vida...

Sensibilizada, Marina abraçou Nena, quando sentiu seu corpo tremendo. Com dificuldade, Nena disse:

— Espero que ele tenha outra vida, que possamos nos encontrar e que me perdoe. Eu abreviei a vida dele, seus sonhos. Que eu consiga devolver a oportunidade de realizar seus sonhos, seus amores.

Acordei assustada, lembrando-me pouco do que sonhara. Somente sentia tia Nena chorando em meus braços, seu corpo trêmulo e uma forte emoção.

Ainda que chamem tia Nena pelas quatro letras de sentido pejorativo, como se ela fosse só isso, tenho todo carinho por essa pessoa generosa que passou por minha vida por mais de uma vez. Para mim, sempre serão as quatro letras, sim, mas com todo respeito: Nena!

CAPÍTULO 11
DIVINA, A VIZINHA

Lembro-me bem da primeira vez em que o vi. A pedido de minha mãe, eu estava regando umas plantas que ela mantinha de herança de meu avô. Eram várias, lindas, enfileiradas no pé do muro que fazia divisa com a casa vizinha.

Estava nessa tarefa, apressada, porque dali a poucos minutos Alcione, minha amiga, passaria em casa para sair. Precisava agradar minha mãe para conseguir sua autorização para que eu tomasse sorvete na praça. Regar as plantas estava no pacote. Se bem que eu gostava de fazer aquilo, pois era uma das formas de sentir meu avô. Sabia que o fazia feliz ver as plantas bem tratadas, e minha mãe assumiu bem a empreitada.

Foi regando as plantas, apressada, que ouvi do outro lado do muro a voz da nova vizinha.

— Corre, Elton! Vá se banhar, menino!

— Estou atrasado, mamãe. Não vou! — respondeu o menino, que era meu conhecido somente de voz. Ouvia-o correndo pelo quintal, batendo a bola no piso e arremessando-a na parede. Por certo, era fã de basquete.

— Atrasado é quem não vai à igreja! — falou numa voz alta, autoritária.

O menino, irritado, deu um impulso a mais na bola, que a fez passar da divisa e cair em nosso quintal.

Foi então que o vi. O sol do fim de tarde pondo-se atrás dele impediu-me de ver bem seu rosto. Primeiro, vi seus olhos negros, e instantes depois o rosto dele surgiu detrás do muro. Com seu sorriso, pediu-me a bola.

Fascinada com o rosto do menino, demorei a pegar a bola. Foi a voz da mãe dele, do outro lado do muro, quem me despertou.

— Vai logo, Elton! Não tenho o dia todo para segurar essa escada. Estou desconfiando de que você está me enrolando para não ir à igreja!

Peguei a bola e lancei-a delicadamente na direção do menino, que rapidamente a apanhou e abriu um sorriso. Depois, ele desapareceu junto com a voz estridente da mãe.

Mais tarde, na praça, comentei os detalhes com Alcione, neta de dona Conceição.

— Hum, acho que você ficou interessada no vizinho. Sei! — disse a menina em tom malicioso, passando a língua no sorvete que tinha nas mãos, enquanto revirava os olhos. — Ele nem agradeceu por você ter pegado a bola?

— Apenas sorriu.

— Mal-educado. Já saiu da minha lista de favoritos.

Alcione tinha a mesma idade que eu, mas era mais experiente — pelo menos eu achava. Usava roupas curtas, coloridas, como eu gostava, contudo, não podia usar. Era espontânea e desfrutava de liberdades que eu não tinha. Imagina! Seus cabelos crespos sempre eram presos com faixas coloridas, que combinavam com alguma outra peça de roupa. Ela era magra, sem nada, mas não deixava de ser sensual por isso. Não! Já estávamos com o corpo em formação, atraindo os olhares dos meninos, e Alcione fazia questão de rebolar a bacia, jogando o osso saliente dos *shorts* de um lado para o outro. Quando os meninos mexiam, ela virava o rosto e reclamava. No entanto, quando sozinhas, nos divertíamos com os comentários dos rapazes.

— Seu irmão? O mais novo? Ele está na minha, Marina. Sabia!

Ainda nesse dia em que vi o vizinho pela primeira vez, ele estava acompanhado pela mãe. Primeiro, reconheci que era o menino pela voz da mãe dele e em seguida vi seu rosto maroto e aquele mesmo sorriso. Ele desprendeu-se da mão da mãe e correu em nossa direção.

— Obrigado pela bola.

De tão tímida que fiquei, só abri um sorriso, ignorando os comentários maliciosos de Alcione quando ele se afastou com a mãe segurando seu braço. A mulher fazia isso como se assim pudesse impedi-lo de se envolver com as pessoas da rua.

Divina, a mãe do meu vizinho, era costureira. Soube disso depois pela minha mãe. Ela usava os cabelos presos num coque, blusas largas, sempre em tons escuros puxados para o preto, talvez por conta da viuvez. As saias que vestia lhe cobriam os joelhos, e ela usava saltos grossos para ficar mais alta. Além disso, era estrábica, dona de uma voz irritante e exalava um cheiro de talco.

Minha alegria foi maior quando soube que meu vizinho fora matriculado na mesma escola que eu. Descobri que ele era alguns anos mais velho, quando o vi entrar na sala de aula onde estudava meu irmão mais velho. Tentei extrair de meu irmão alguma informação, mas ele era calado demais para falar o que sabia.

No recreio, deixei a ousadia sufocar minha timidez e fui falar com ele.

Meu vizinho era simpático e mais extrovertido quando estava longe da mãe, que vivia policiando seu comportamento. Não demorou para que nos tornássemos amigos, e Alcione diagnosticou essa amizade como amor. Depois de conhecê-lo melhor, não vi assim. De minha lembrança, tirando meus irmãos e os amigos deles, com quem fui criada junto, Elton era o primeiro menino diferente, novidade naquela fase de novos amigos.

— Somos da Bahia. De Salvador. Com a morte de meu pai, minha mãe achou que, se morássemos perto dos irmãos dela, estaríamos amparados. Isso realmente aconteceu nos primeiros meses, mas depois minha mãe, que tem temperamento forte, começou a se desentender com a família. Já nos mudamos algumas vezes por conta disso e aqui estamos.

Eu ficava horas apreciando ele contar fatos de sua vida. Meu vizinho pouco falava, mas eu ficava fascinada com seu sorriso e com seus olhos curiosos, que percorriam meu corpo. Ele fazia isso discretamente, mas eu percebia e gostava.

Minha mãe e Divina tiveram uma amizade-relâmpago, dessas intensas, de comentar novelas, trocar receitas, andar de braços dados, ir à feira, mercado e padarias juntas.

Costureira de mão cheia, Divina rapidamente fez clientela no bairro e uma parceria com uma fábrica de confecções. O acúmulo de serviço fez Divina rejeitar costuras, e foi assim que minha mãe começou a trabalhar com ela.

Meu pai, ainda desempregado e sobrevivendo de bicos que mantinham nossa casa, não aceitou inicialmente que minha mãe ficasse enfiada na casa da vizinha, como ele dizia. Não via com bons olhos aquele emprego, mas o dinheiro ajudaria na despesas da casa, então, mesmo contrariado, concordou em vê-la debruçada sobre a máquina de costura de Divina.

A parceria durou o bastante para Divina reclamar do sumiço de uma peça de tecido, depois de alegar que já havia pagado minha mãe, o que não era verdade.

— Você não me pagou o que combinamos — reclamou minha mãe, que já fazia planos com o dinheiro para quitar uma dívida no açougue.

— Não trabalho com ladra e oportunista. Tenho certeza de que você pegou a peça. Vamos à sua casa. Sei que está lá! — afirmava Divina ensandecida, com as veias do pescoço aos saltos e os olhos ainda mais tortos.

Ser chamada de ladra foi o bastante para minha mãe arregalar os olhos e dar um passo à frente com a mão espalmada. Ela só não estapeou Divina, porque Elton chegou e se colocou entre as duas.

Minha mãe segurou-se, virou-se e saiu. Em casa, eu vi como ela ficou. Em lágrimas, minha mãe estava se sentindo humilhada pela vizinha.

— Você acredita que ela me acusou de ladra por uma peça de tecido que deve ter guardado sabe Deus onde! E nem me pagou. Achou assim a maneira de descontar o valor da peça! — chorava minha mãe para mim. Depois, secou as lágrimas e pediu:

— Seus irmãos não precisam saber disso, muito menos seu pai. Ele dirá que tinha razão, e tudo o que não quero é seu Betinho se colocando como dono da razão — falou num tom divertido, sacudindo os ombros, de forma que os bobes e os seios fartos se mexiam também.

Dois dias depois, enquanto minha mãe curtia sua depressão, sem coragem de ir para rua, e pedia para mim e meus irmãos para comprarmos o que faltava em casa, fomos surpreendidos pela presença de Elton em casa.

Ele tomara essa atitude depois de me perguntar como estava minha mãe e notar que eu estava furiosa com Divina.

— Minha mãe não é fácil e está arrependida do que fez — depois de uma pausa, falou: — Já sei o que vou fazer. Não acho justo sua mãe ficar sem receber. Minha mãe tem uma caixinha de sapatos em cima do guarda-roupa, onde coloca o dinheiro...

— Nem pense nisso, Elton. Já imaginou a confusão que acontecerá se sua mãe sentir falta desse dinheiro? Aí, sim, ela terá razão para chamar minha mãe de ladra. Não faça isso, por favor.

Educado e sem tirar o sorriso do rosto, ele apareceu em nossa casa. Depois de nos cumprimentar, tirou do bolso algumas notas e estendeu a mão em direção à minha mãe, que o olhou sem entender.

— Sou eu quem está pagando a senhora, dona Lola. Esse dinheiro veio de umas economias minhas. Tenho certeza de que a senhora está falando a verdade.

Assisti a tudo com medo de minha mãe aceitar o dinheiro, pois tinha certeza de que aquelas notas eram da caixa de sapatos de Divina.

Emocionada, minha mãe aproximou-se de Elton, estendeu a mão na direção dele e fez um gesto rápido, fechando a mão de meu vizinho e cobrindo o dinheiro.

— Muito obrigado, Elton. Você é um rapaz justo, de qualidade. Não precisa se preocupar. Era tão pouco o combinado com Divina que não está me fazendo falta. Agradeço, mas não vou aceitar.

Minha mãe não aceitou o dinheiro e sorriu ao ver Elton esconder a mão fechada com o dinheiro no bolso.

Passado os dias, minha mãe retomou seus afazeres. Na primeira vez após o ocorrido em que viu Divina vindo em sua direção, sorridente, como se nada tivesse acontecido, ela atravessou a rua.

No mesmo dia, no fim da tarde, Divina bateu palmas na nossa casa, e eu fui atender à porta. Fiz de forma seca, sem cumprimentá-la direito, como, a meu ver, ela merecia. Ao ver quem era, minha mãe foi até o portão e, diferente das outras vezes, em que a recebeu de portas abertas, com café e biscoitos sobre a mesa, apenas a cumprimentou por educação.

— Acredita que encontrei a peça de pano? Estava dentro do meu guarda-roupa. Minha lembrança ia só até debaixo da cama! — falou manso, baixinho, diferentemente de quando acusou minha mãe do desaparecimento da peça. — Só que tirei para limpar e então...

— E o que tenho a ver com isso, Divina? — perguntou minha mãe, dona da razão, cruzando os braços. — Se me dá licença, estou ocupada — disse isso e virou as costas. Divina falou algo, e minha mãe virou-se e finalizou: — Quando me vir na rua, não fale comigo.

E minha mãe cumpriu com sua promessa. Quando via Divina na rua, sabia que ela esticava os olhos estrábicos em sua direção, mas ignorava.

Esse episódio não fez minha mãe tratar Elton diferente. Ele, que se tornara amigo de meu irmão mais velho por conta de um trabalho escolar, não deixou de frequentar nossa casa. E, quando o rapaz chegava, minha mãe oferecia-lhe o que tinha e elogiava-o. Gostava dele.

Divina tentava aproximar-se de minha mãe, que continuava esquivando-se. Minha mãe, contudo, não tinha mau coração. Quando Divina caiu doente devido a uma gripe que a deixou de cama, dona Lola preparou-lhe uma canja e pediu-me que chamasse Elton.

— Para sua mãe. E, depois, venha jantar com a gente.

Ele saiu sorridente e voltou para jantar conosco, trazendo a panela de minha mãe, que estava lavada e chegava às nossas mãos com o agradecimento de Divina.

Quando me deitei para dormir, fiquei pensando no gesto da minha mãe. Um gesto especial, que trazia para nossa família bons exemplos de generosidade.

***

Assim que adormeci, o sonho recorrente surgiu.

Marina foi mantida presa por mais dois meses ao lado de Nena, que se revelou uma boa amiga. A experiência de Nena foi de grande valia e fez ressurgir também a ambiciosa Marina, aquela destemida. A frieza do lugar, assim como a ausência de sua família, contribuiu também para que a moça se tornasse mais forte e lutasse por sua salvação. Marina carregava uma certeza: faria o possível para sair daquele lugar.

Quando foi chamada para depor, fez valer sua defesa. Não tinha quem a defendesse, então, era sua palavra, seu depoimento, sua salvação. Além disso, o advogado da empresa da avó não demonstrava interesse algum em ajudá-la. Não queria ficar confinada naquele lugar, por isso, não poupou nada nem ninguém ao fazer suas revelações.

— Não fui eu quem matou o Odair. Foi a Alison. Inclusive, ela esteve aqui para me pedir que eu mantivesse segredo sobre isso — contou aquela mentira firme, sem remorso, sem culpa. Ali, a tímida e medrosa Marina dava lugar a uma mulher firme, ardilosa que fora. — Não entendo por que estão me mantendo aqui. Pelo que sei, meu primo não morreu — fez uma pausa e voltou ainda mais convincente. — E foi tudo em legítima defesa. Tivemos um caso, sim, mas estava tudo terminado de minha parte, quando ele me assediou.

— Você estava armada no quarto dele no meio da noite, segundo depoimento da vítima...

— Foi uma armadilha — interrompeu rapidamente. — Ele me chamou dizendo que tinha um assunto urgente a tratar comigo e que, ao amanhecer, seria tarde se o procurasse. Eu fui prevenida, porque sabia de suas intenções.

E por aí foi mais de uma hora de interrogatório, que resultou na intimação e na prisão de Alison, que confessou sem rodeios ter matado Odair, e foi a chave de liberdade para Marina sair da cadeia. Mesmo diante da traição de Marina, Alison não só assumiu a autoria do crime como escondeu o fato de a moça tê-la ajudado a ocultar o corpo de Odair, temendo que, ao fazer essa revelação, Lola também fosse presa. Por conta da situação, a moça acabou assumindo a culpa sozinha.

Prestes a sair da cadeia, foi ainda sugerida uma espécie de troca de favores, quando Marina entendeu que, delatando Nena, teria por certo sua liberdade. Ela, então, forneceu sem rodeios essas informações, algo que a polícia não conseguira interrogando a suspeita.

— Nena matou o jovem por ciúme! Eles tiveram uma relação amorosa. Ele se aproximou dela para sanar uma dívida, e ela, carente, usou o corpo do jovem. Ele a traiu e foi descoberto. Nena preferiu vê-lo morto a tê-lo a distância, acompanhado de outras pessoas — Marina falou ainda mais, deu detalhes do crime. Quando a polícia averiguou as informações, constatou que a viúva fora realmente a autora do assassinato.

Quando foi chamada mais uma vez na sala do delegado, Marina perguntou debochada:

— O que mais quer saber? Já disse tudo o que sabia. Me manter aqui é arbitrário...

— Você está livre. Pode ir para casa...

Marina saiu da prisão sem olhar para trás, com um sorriso no rosto, indiferente aos olhares e às críticas que recebia. Não sentia remorso por ter traído a confiança das mulheres que depositaram nela amizade. Ao sair de lá, deixou Alison e Nena presas por assassinato.

A moça voltou para sua casa de dois andares, localizada em uma área nobre da cidade, onde tudo estava bem-cuidado e até a grama estava amparada. O escritório da sua avó preservara a verba para mantê-lo em bom estado, com empregados, portanto, tudo ficara perfeito mesmo em sua ausência.

Marina chegou com o mesmo ar de superioridade de quando voltava de viagens internacionais. Estava visivelmente mais magra, com os cabelos descuidados e vestia roupas simples, contudo, mantinha o ar arrogante que assustava a todos, principalmente os empregados.

— Divina, prepare meu banho. Quando sair, quero a refeição na mesa e quente — parou e observou a empregada surpresa com sua chegada, desnorteada, correndo de um lado para outro para ajeitar tudo ao gosto da patroa, pois temia perder o emprego. Acumulava muitas décadas dedicadas à família. — Por que está me olhando, Divina? Apresse-se e saia da minha frente!

Marina estava na banheira, rindo, brincando com a espuma, quando ouviu um barulho vindo do andar de baixo. A voz de Divina estava mais baixa, mas a moça conseguia identificá-la. A outra voz, também feminina, estava alterada, e não demorou muito para Marina reconhecê-la.

Ela saiu da banheira e vestiu-se com um roupão de seda vinho e, descalça, apressou-se em ver o que estava acontecendo. Do alto da escada viu Divina e Lola discutindo.

— A patroa chegou de viagem e está cansada. Sem marcar um horário, a senhora não poderá recebê-la.

— Patroa, horário marcado, viagem?! — Lola começou a rir enquanto repetia as palavras. — Entrei na casa errada, foi isso? Pelo que sei, sua patroa estava presa e nunca deveria ter saído da prisão, por sinal. Ela tirou a paz da minha família!

— O que está acontecendo aqui? — perguntou Marina, enquanto descia lentamente as escadas e deslizava a mão pelo corrimão, o que demonstrava, mesmo descalça, muita elegância.

— Desculpe-me, senhorita Marina, mas ela... — tentava justificar Divina em vão.

Marina passou por Divina como se ela não existisse, mantendo os olhos fixos na direção de Lola.

— Eu tentei impedi-la de entrar na casa, mas ela avançou como um furacão — Divina completou.

— Não me lembro de tê-la convidado a vir aqui...

— Quando apareceu em nossa casa no meio da noite e ocupou nosso lar, nossa cama e se nutriu com nosso alimento, você também não tinha sido convidada. Vim lembrá-la disso, moça. Minha irmã está presa por sua causa.

— Ela matou um homem e está pagando por isso. Eu não atirei, não pedi que ela fizesse isso e não me lembro de ter feito nada para ser culpada por uma escolha dela...

— Agora, sim, você está mostrando quem é. Mostrando o que sempre vi e que minha irmã, em sua inocência, em sua crença no amor ao outro, não viu — Lola parou de falar e notou o ar de riso no rosto da dona da casa. Ela, então, avançou na direção de Marina, mas Divina colocou-se na frente da moça. A mulher acabou levando um tapa no rosto e um empurrão, que a fez cair sobre um móvel e ficar estatelada no chão, sem conseguir levantar-se de imediato.

Marina ficou estática e manteve-se fria ao dizer:

— Saia daqui agora, se não quiser fazer companhia à sua irmã.

— Você é muito maldosa, Marina. Muito mais do que imaginei. Você ainda vai ter o que merece.

— Isso é uma ameaça?

— Não, é uma constatação. Quem planta vento colhe tempestade, já ouviu falar disso? — Lola proferiu essas palavras e foi saindo de costas em direção à porta.

— Volte para o fim de mundo de onde você nunca deveria ter saído. Não volte mais. Se não o fizer, vou chamar a polícia.

— De tudo o que disse, você tem razão sobre um ponto. Foi escolha da Alison acreditar e ajudar alguém como você — Lola fechou a porta com força, enquanto Marina permaneceu na sala, observando Divina levantar-se do chão com dificuldade, sentindo dores fortes nas costas e com o rosto ardendo.

— Divina, vou me arrumar para a refeição. Quando voltar, quero tudo arrumado e a comida quente na mesa. — Deu as costas e subiu apressada para o quarto.

Divina sentiu ódio das duas mulheres, algo tão forte que não conseguiu remover facilmente. A indiferença de Marina e a agressão de Lola deixaram-na muito machucada, e não foram só marcas no corpo, mas também na alma.

CAPÍTULO 12
SERÁ AMOR?

— Esse não conta, sua tonta! — reclamou Alcione reviran-do os olhos, enquanto ajeitava, em frente ao espelho que tinha fixado na parede do quarto, a faixa no alto da cabeça.

Sinceramente, essa era a recordação que eu tinha de um beijo. Beijo que aconteceu na praça para onde meu avô me levou e onde conheci o menino de olhos coloridos. Ele encostou os lábios nos meus e olhou-me de uma forma que não me esqueci.

— Você era criança. Já me contou várias vezes sobre esse beijo, se é que podemos chamar isso de beijo — Suspirou. — Beijo mesmo foi o que seu irmão mais novo me deu. Ele me apertou contra a parede e me beijou loucamente. E, quando toca meu corpo, eu...

Eu ficava admirada com os relatos de minha amiga, que parecia tão mais inteligente, mais esperta que eu. Além disso, Alcione também parecia estar aproveitando mais os bons mo-mentos, enquanto eu, romântica, parecia anos-luz atrasada.

— Agora, me conte como foi com o filho da vesga.

— Elton, filho da Divina — corrigi. Não gostava da forma como Alcione se referia a Divina, apesar de, com seu jeito debo-chado, conseguir arrancar gargalhadas de mim. — Ele me beijou.

Alcione ficou como pipoca na panela quente: saltando na minha frente, querendo ouvir os detalhes e que esmiuçasse o que podia. Como tudo aconteceu, que horas ele me beijou, onde e o que senti.

— Na escola, perto da pedra, antes de o sinal tocar. Foi tão rápido, imprevisível, que nem percebi...

— O que você sentiu? — Alcione perguntou com a mão no peito. Eu podia sentir sua euforia.

— Gosto de chiclete de menta.

Alcione revirou os olhos e resolveu contar suas aventuras com meu irmão mais novo. Ouvindo os relatos de minha amiga, sentia-me no jardim de infância. E nossas tardes seguiam assim, entre confissões e música.

Minha mãe estava na fase de dizer não para tudo que eu pedia. Antes mesmo do pedido, ela, com as sobrancelhas arqueadas, já dizia: "Não!". Às vezes, eu aproveitava quando ela estava cantarolando e dançando Barry White para lhe fazer qualquer pedido, mas ela sempre estava atenta para me dar um não. E fazia isso com gosto.

Naquela época, eu estava me descobrindo cantando e adorava aquilo. Todos elogiavam minha voz, comentavam o quanto era grave, rouca e sensual, que eu emocionava as pessoas, que isso e aquilo. Entusiasmada, eu, em minha inocência adolescente, dizia que cantar era o que eu faria na vida. Cantora! Minha mãe sempre foi contra, o que aumentou os nãos ante meus pedidos.

Eu não gostava de cantar em casa, porque meus irmãos riam e debochavam de mim. Minha mãe, no entanto, gostava de me escutar cantando. Por vezes, eu a via parada, olhando para mim, mas ela sempre disfarçava, pois tinha medo de que eu sofresse no caminho que estava prestes a escolher.

Sabendo da resposta que ela dava para todos os meus pedidos, eu passei a dizer que ia estudar quando precisava sair. Minha mãe dizia não para tudo, menos para estudo. Ela sentia orgulho de me ver dedicada aos estudos, mas eu, na verdade, ficava cantando com Alcione no quarto ou no fundo do quintal, onde tínhamos mais liberdade.

Eu não me considerava mentirosa quando dizia para dona Lola que estávamos indo estudar. Só omitia a matéria.

Encontrei em Divina uma incentivadora. Acredito que ela fazia isso como forma de se redimir do ocorrido com minha mãe. Fui algumas vezes com ela para a igreja, onde me sentia bem, pois lá participava do coral e cantava livremente. Minhas idas à igreja, contudo, duraram até meu pai passar na porta e contar para minha mãe sobre sua emoção ao me ver cantando.

— Não vai mais com essa aí para a igreja! — Não teve jeito. Fui proibida de ir. — Depois some a Bíblia da beleza, e você será a culpada. Não quero!

Em meio à descoberta de que a música tanto me emocionava e enquanto colhia olhares à minha volta, eu entrava em contato com sensações diversas com Elton. Sentia algo diferente, sim, não posso negar, mas amor? Não conseguia definir o que sentia, quando Alcione me perguntava.

Depois, veio a fase em que fui mais ouvinte de Alcione com seu namorico com meu irmão. Os dois se descobriram juntos, inocentes.

Tia Nena, fiel às suas visitas aos fins de semana, trazia-me maquiagem, roupas, tudo o que me fazia sentir bem. Minha mãe adorava, mas mantinha tudo longe dos olhos de meu pai, que tinha meus irmãos como aliados. Eu não podia fazer nada, pois sempre havia um ou outro a distância apreciando meus feitos para relatar mais tarde para seu Betinho.

Por ser nosso vizinho por alguns anos, Elton era diferente. Por volta de cinco anos ou mais morando ao lado de nossa casa, ele já era considerado da família, e meus irmãos não viam problema em me ver ao seu lado.

Os beijos escondidos na pedra da escola tornaram-se recorrentes e aconteciam sempre na minha saída, pois ele já concluíra o curso e buscava um emprego fixo. E foi em meio aos beijos que descobri a novidade.

— Vou começar a trabalhar — disse todo eufórico. — Não sei como seu irmão consegue aguentar o armazém do seu Chico! O velho é um explorador! Não quer registrar funcionário, e o trabalho lá é de sol a sol. Agora não — disse sorrindo. — Vou ser segurança em uma boate.

Eu fiquei maravilhada com o emprego de Elton. Eu não tinha idade para entrar em um local como aquele, mas tinha muita vontade de entrar em uma boate, de saber como era e principalmente de cantar! Fiquei tão fascinada que não dei muita atenção ao que ele dizia, mas fiquei ansiosa com a possibilidade de trabalhar lá também.

— Fica no centro, mas é rápido chegar lá. Salário fixo. Minha mãe não gostou muito. Disse que não é coisa de Deus trabalhar à noite na porta de um "antro de perdição" — parou de falar e, ao me olhar, viu como eu estava distante, fazendo meus planos com os sonhos dele. — Marina, está me ouvindo?

— Sim, claro! — desta vez fui eu lhe quem roubou um beijo longo, demorado, para desviar sua atenção. Depois, baixinho, estudando o rosto de Elton, disse: — Estou muito orgulhosa de você, Elton.

No caminho de casa, ouvi os planos de Elton e reparei que não fazia parte deles. Ainda assim, apertei o braço dele, que estava enlaçado no meu, e trouxe-o para mais perto do meu corpo. Naquele momento, vi nele a oportunidade de entrar na boate pela porta da frente e ir direto para o palco.

Elton deixou-me no portão de minha casa e fiquei observando-o distanciar-se. Ele tornara-se um homem forte, de ombros largos e porte de segurança. Era diferente de meus irmãos, que eram altos, magros, com rosto de criança. Ele não. Já era notório que se tornara um homem. Além disso, fora o primeiro da turma a sair do bairro com emprego fixo no centro.

O tempo foi passando, e assisti às modificações que aconteceram com Elton. Ele tornou-se um homem ainda mais responsável e sério. O sorriso daquele garoto que conheci no muro que separava nossas casas estava ausente e em seu lugar só havia preocupação — e que eu interpretei como responsabilidade.

— Eu quero algo sério, Marina. Entende? — perguntou, puxando meu corpo para mais perto do seu, enquanto eu me sentia sufocada e sem ação naquele abraço. — Quer se casar comigo?

Eu ri. Não tive outra reação. Tinha 17 anos, e ele era dois anos mais velho que eu. Éramos muito jovens.

— É um pedido um pouco precipitado, Elton. Além disso, você tem pouco tempo no trabalho, e eu ainda não trabalho. Não temos onde morar...

— Não gosta de mim?

— Sim...

— Eu quero você.

Fui para casa atordoada com aquele pedido, pois ainda estava me deliciando com as descobertas da juventude. Meu corpo chamava a atenção dos meninos, e eu gostava do que via no espelho. Era magra e tinha contornos graciosos, que permitiam o bom caimento das roupas. Era mais alta que meus pais, herança de meu avô.

Tia Nena gostava de me estudar e realçar as semelhanças que tinha com meu avô, como minha altura e forma de andar. Sentia-me muito orgulhosa da semelhança. Com todo respeito à minha mãe, não me agradava ser baixa e ter seios fartos.

Ansiosa para contar a novidade sobre o pedido de casamento, o qual eu estava decidida a recusar, encontrei meus pais na cozinha com uma notícia inesperada.

— Seu pai recebeu uma proposta de emprego no interior, Marina. Vamos nos mudar para lá — minha mãe falava agitada, querendo ficar feliz com a notícia, ao mesmo tempo que sabia que não poderia fazer nada para alterar aquele fato. — Nossa casa será vendida. Odair já está vendo um comprador. Nena também concordou com a venda, então, é o momento. Com a parte que seu pai receberá será possível comprar uma casa lá. Ele já especulou com amigos. Tudo de acordo com a vontade de Deus. Pelo jeito, vai dar tudo certo. Já está dando...

De todas as coisas que minha mãe falou, o que mais me deixou triste e me trouxe lágrimas aos olhos foi a notícia de que a casa seria vendida. Meu pai nada disse, mas percebi que ele estava atento à minha reação. Depois de ouvir tudo e de perceber que minha opinião seria irrelevante, corri para a casa de meu avô.

Estava tudo como ele deixara: móveis cobertos com lençol e tudo limpo, porque minha mãe e eu fazíamos limpezas constantes no local. Era nosso museu particular. A família preservara tudo como meu avô gostava, apesar de Conceição me dizer que esse "culto" que fazíamos não fosse bom e que a doação dos bens seria um gesto generoso e faria bem ao meu avô, onde quer que ele estivesse.

Com a falta de dinheiro, algumas peças de meu avô haviam sido vendidas, como o piano. Várias vezes, fui ao centro e em algumas dessas ocasiões tive a companhia de Alcione. Gostava de entrar na loja de antiguidades, onde o piano de meu avô ficou em exposição por meses. O dono, paciente, sabendo da importância do objeto, deixava que eu tocasse e me sentasse ao piano.

— Um dia, ele ainda será meu — eu falava, e Alcione ria alto, porque sabia que eu não tinha nem para o doce na esquina.

Foi uma tristeza quando voltei à loja e não vi mais o piano lá.

— Foi vendido. Uma mulher rica o comprou. Uma mulher elegante, bem-vestida. Carro com motorista. Foi ela quem comprou o piano e pagou muito bem por ele.

De imediato, lembrei-me da mulher que se encontrara com meu avô anos antes. A descrição do dono da loja batia com a dela, não tive dúvida. Só não tive, naquela época, a curiosidade de saber o que ela significava na vida de meu avô. Se bem que comprar o piano dele me deixou curiosa.

Agora eu estava ali, na casa de meu avô, apreciando seus pertences e revivendo os bons momentos. Gostava de fazer isso quando sentia saudades dele, quando tinha algum problema. Saía de lá revigorada, no entanto, diante dos acontecimentos, do pedido de casamento, da mudança de meus pais, tudo me parecia uma mudança brusca. A decisão estava nas minhas mãos. Qualquer que fosse o caminho escolhido, o trajeto e destino eram desconhecidos para mim e causavam-me medo.

Continuava sentada no chão, com preguiça de descobrir uma cadeira em que me sentar, e olhava o quadro que relatava meu nascimento. Sempre me emocionava olhar para ele, pois era como ter meu avô contando os detalhes de quando nasci.

Quando já estava prestes a sair da casa de meu avô, ouvi a voz de Alcione no quintal conversando com minha mãe. Segundos depois, minha amiga entrou aflita, com lágrimas nos olhos.

— Pelo visto, já soube da novidade. Sem amiga e sem namorado — brinquei, também com olhos rasos de lágrimas.

Alcione ficou me olhando sem entender, depois se aproximou de mim, abaixou-se e sentou-se na minha frente. Mesmo curiosa com o que eu acabara de dizer, Alcione ficou muda. Eu, então, continuei a falar, certa de que sabia o motivo da visita fora de hora de minha amiga, já que costumávamos nos encontrar na escola ou nas tardes livres para cantar.

— E nem te contei ainda sobre o que ouvi do Elton. Você acredita que ele... — fiz uma pausa sem saber se ria ou se chorava. — Ele, menina...

— Amiga, estou grávida!

CAPÍTULO 13
HORA DE DIZER SIM

Eu adorava visitar Alcione e ainda mais as longas conversas que tinha com Conceição, avó de minha amiga. Muitas vezes, ela pedia-nos licença e, minutos depois, ouvia a voz dela me chamando de seu quarto. Eu corria, curiosa e ansiosa para ouvi-la e a encontrava diferente, com pose de bailarina, ombros estirados, queixo erguido, um brilho no olhar, uma leveza nos gestos, um lenço na cabeça, que a tornava jovial. Tudo muito diferente da Conceição que eu vira minutos antes, na sala.

Sempre me lembrava do rosto curioso de minha mãe, com seus olhos divertidos, comentando comigo a transformação de Conceição: "É a cigana que a acompanha. A entidade!". Como ela ficava mais jovem, linda. Não saberia explicar como aquela metamorfose capaz de remoçá-la, de mudar sua voz, postura e a textura de sua pele acontecia.

— E os sonhos? Me conte! Como estão? — questionava de forma tão natural, como se já soubesse deles. Ela, contudo, queria ouvir minha versão.

Tomada de emoção e fascínio, eu contava-lhe os sonhos com detalhes de acordo com o que me lembrava. Era tudo tão fracionado, com passagens marcantes e com uma fusão de sentimentos. Eu falava mais sobre como despertava desses sonhos, trazendo toda aquela emoção, muitas vezes sem saber ao certo o que acontecera de fato.

Conceição ria e, depois, séria, mas sem tirar do rosto a expressão jovial que transmitia confiança, relatava:

— Todos nós temos dons. Todos, sem exceção. Uns têm mais sensibilidade para desenvolver, outros ignoram por medo, por não acreditar — Conceição fez uma pausa, juntando os cabelos do lado esquerdo, e, num sorriso suave, continuou: — Você consegue reviver sua vida anterior. Já pensou nisso? — notando meu silêncio, o quanto eu era incrédula a respeito daquele assunto, prosseguiu: — Nossa passagem por aqui não é por acaso. São reencontros necessários, combinados antes de reencarnarmos, para acertos. É a oportunidade que temos para revivermos uma situação, de fazermos prevalecer o amor, o perdão.

Mesmo que eu fosse incrédula, Conceição deixava-me emocionada com suas palavras e conseguiu o mesmo efeito quando a consultei sobre o pedido de casamento de Elton.

— O que diz seu coração? Eu poderia aconselhá-la a não se casar, lhe dizer que não seria feliz, mas o que deseja? Seu livre-arbítrio sempre prevalecerá. Sempre! Você pode e deve ser dona de suas escolhas, assim como também será cativa de suas consequências.

— Será que serei feliz com minhas escolhas?

— A felicidade é um estado de espírito. Está no simples, no sabor da conquista, no silêncio do abraço. Está também no reencontro, na troca de olhares, no encontro de corações, numa grande amizade. Aproveite esses momentos e seja feliz.

Com lágrimas nos olhos, estiquei minha mão e alcancei as de Conceição, tão macias e carinhosas. Fiquei, então, observando o sorriso e o olhar franco daquela mulher.

— Faça suas escolhas pensando no melhor para você. Se elas não derem certo, não se arrependa, não seja prisioneira de culpas. Saia com a sensação de ter aprendido algo, pois sempre aprendemos. É com esse olhar que vencemos os desafios impostos pela vida.

Semanas depois de nossa conversa, em um sábado de agosto frio e chuvoso, casei-me com Elton em uma cerimônia simples. O casamento não aconteceu na igreja, porque Divina queria que fosse em uma, e minha mãe em outra. Então, para acabar com a briga, limitamo-nos a dizer nosso sim diante do juiz. Tia Nena, tio Odair, Alcione e meu irmão mais novo foram meus padrinhos. Foi Divina quem escolheu os padrinhos de Elton, que apenas vi na cerimônia.

Não me emocionei, pois estava mais temerosa com o futuro. Sair daquele bairro deixava-me com medo, insegurança. Não estava preparada para viver no interior, então, mesmo deixando meus pais e meus irmãos, escolhi viver com Elton.

Com a barriga já saliente, Alcione foi a pessoa que mais chorou com a cerimônia. Acho que ela queria e merecia um casamento no civil, como aquele. No entanto, meu irmão não quis. Ele estava numa fase rebelde, não querendo nada. Sua fuga era o medo do que estava por vir. Ele gostava de Alcione, mas ter um filho não estava em seus planos. Pensava que estava tão novo, não tinha trabalho e ainda era dependente de meus pais.

A notícia da gravidez de Alcione mexeu com todo mundo, e cada um teve uma reação diferente. Eu fiquei muito feliz, e Alcione, diante da minha reação, emocionada, já me deu a criança como afilhado sem consultar meu irmão. A partir desse dia, passou a me tratar como comadre. Ela era moderna, ousada, mas também carente do lado conservador que não tivera em casa, sendo criada pela avó.

Seu Betinho ficou orgulhoso de o filho lhe dar um neto. Meu irmão mais velho, contudo, ficou ainda mais recolhido. Minha mãe só chorava, e não sabíamos qual era o motivo das lágrimas: se pela mudança, pelo neto que estava por vir ou pelo meu casamento. Eram muitos acontecimentos. Conceição ficou séria e só me abençoou com palavras bonitas, que ela bem sabia dizer e que sempre me emocionava.

Alcione acabou mudando-se para nossa casa nas vésperas de meu casamento. Meu pai foi acolhedor, e sua ação fez-me lembrar de meu avô, de sua generosidade, da delicadeza com que tratava Alcione, acho até mais que meu irmão mais novo, imaturo e assustado.

Durante o casamento, Divina não disse nada e saiu séria nas poucas fotos que tiramos para registrar o momento. Era notório que não era do seu gosto aquela união. Na semana que antecedeu o casamento, ela me via conversando com Elton e ignorava minha presença, o que era recíproco, pois eu também não me importava com a opinião dela.

— Não vê a bobagem que está fazendo? São muito novos, não vai dar certo.

— Mãe, está decidido. Se não é do seu gosto, lamento. Se preferir, como já disse, posso alugar uma casa para viver com Marina.

Divina começava a chorar, então, acabou aceitando, ainda que contrariada, aquela união, com a condição de que o casal morasse com ela. Preferiu aceitar-me como nora a ter seu único filho longe.

Minha mãe foi contra eu morar com Divina, mas, quanto ao casamento, fez gosto na união por ter simpatia por Elton. Ela acompanhara o crescimento de meu noivo, vira-o tornar-se um homem responsável, e considerou aquilo qualidade suficiente para abençoar nossa união. Meu pai demonstrou todo o seu ciúme, tentou me fazer mudar de ideia, depois, talvez por influência de minha mãe, concordou. Quanto a mim, estava muito encantada com Elton, com sua cordialidade, com seus carinhos, sua proteção, a ponto de não ver problema em me casar e morar com a sogra, solução que encontrei para não viver no interior.

A festa, que se resumiu a um almoço realizado na casa de meu avô após a cerimônia, foi organizada e oferecida por tio Odair como presente de casamento. Tão generoso e festeiro esse meu tio. Pensei que Divina não fosse à festa, mas ela foi a primeira a aparecer em casa e a última a sair abraçada com a garrafa de vinho, apesar de sempre criticar quem bebia. Ela estava arrumada, com os cabelos presos, usando uma roupa nova que ela mesma confeccionara e um perfume forte de talco, dos seus favoritos.

Depois de anos sem aparecer em minha casa, Alison, para minha alegria, veio ao meu casamento. Como fiquei feliz em vê--lo. Ele estava lindo, da minha altura, magro, vestindo um terninho que meu tio lhe dera de presente. Tinha os cabelos longos, na altura do pescoço, e foi ele quem me ajudou a tirar o vestido de noiva. Foi uma das tardes mais divertidas que tive ao seu lado. Alison falava com uma desenvoltura e experiência, como se tivesse passado pelas bodas de ouro.

— Saiba dizer não, e não deixe sua sogra crescer! Seja dona de si! — falava e gesticulava com seus conselhos, de forma que eu me dobrava de rir. — Você fez uma boa escolha. Forte esse moço — ficou sério do nada e falou com seu tom protetor, deixando-me séria também. Sentia-me protegida ao lado de meu primo. — Que ele seja gentil com você.

Minha mãe jamais teria uma conversa comigo sobre sexo, mas tive uma aula particular com Alison e Alcione, que se juntou a nós quando fui me trocar. Eu, que era tomada pelo romantismo, fiz das aulas um conto dos mais belos a ser realizado comigo.

Quando, por fim, os convidados foram embora, todos nós estávamos muito cansados devido aos preparativos, à festa e à atenção que tivemos de dispensar a todos os convidados. Dançar no mínimo três músicas com meu pai, com tio Odair, com meu marido, sorrir para a família, que não era grande, mas exigia de mim cordialidade, experimentar uma bebida preparada por tia Nena, ver com minha mãe os presentes espalhados pela cama, tudo isso me deixou exausta.

Ainda assim, já tarde da noite, quando parte dos convidados recolheu-se para pernoitar na casa de meus pais, eu fui para casa de Elton. Minha mala e algumas caixas com pertences já haviam seguido no dia anterior e foram depositadas no quarto do meu marido.

O quarto de Elton havia sido completamente modificado. Meu pai presenteara-nos com uma cama de casal e um guarda--roupa grande. Soube que ele parcelara a compra e ficara muito feliz por fazer isso. Ganhei a penteadeira da tia Nena, que ainda me deu alguns perfumes e um pote com talco. O móvel ficou lindo, colocado na parede perto da porta, e o espelho, o maior que eu tivera na vida, permitia que eu me visse da cintura para cima. Era também amplo o bastante para refletir minha cama de casal coberta pela colcha presenteada por Conceição.

— É, ficou bonito — disse Divina com os olhos percorrendo o quarto.

Antes da chegada dos móveis, Elton, com a ajuda de meus irmãos, pintou o cômodo com rosa e desenhos azuis, à moda da época.

Eu estava eufórica com o que estava por acontecer. Meu namoro com Elton não passou de beijos, abraços e de muito calor. Somente. Eu bem que queria "avançar", mas a criação dele e as crenças religiosas de Divina impediam que algo mais acontecesse entre nós antes do casamento. Coube a mim respeitar.

Eu sabia pouco, mas o bastante para querer experimentar. Alcione tinha caixas de livros, e eu adorava ler. Lia até escondido da minha mãe. Não sei se ela sabia o conteúdo daquelas obras, das partes picantes, o que me fazia sentir vergonha de expor. Então, por conta disso, aguardava Elton romântico, carinhoso, com beijos suaves, ora intensos, pelo pescoço, algo sensual.

Com o término da festa, meu pai ofereceu-se para levar para suas residências alguns parentes que não quiseram pernoitar em nossa casa, e Elton acompanhou-o. Foram todos na velha e guerreira perua vermelha de meu avô.

Em determinado momento da festa, tive a sensação de ver meu avô. Ele estava sério, com ar preocupado. A agitação da festa fez-me esquecer desse fato e direcionar minha atenção aos convidados.

Quando todos partiram, fiquei em casa. Minha sogra já roncava em seu quarto, e passava das onze horas quando saí do banho. Coloquei a camisola que Alcione me ajudou a escolher e fiquei no meio da cama, esperando Elton chegar. Estava ansiosa. Levantava-me a todo momento, ora para retocar a maquiagem, ora para borrifar mais perfume em meu corpo. Acho que, naquela noite, acabei com o batom contornando meus lábios. Impaciente, lembrei-me do creme que tia Nena me dera, então, corri para procurá-lo nas caixas que ainda aguardavam minha boa vontade para desfazê-las. Achei fácil o produto e lambuzei o corpo.

Acabei cochilando. O cansaço, o dia tumultuado, tudo contribuíra para que eu tivesse dormido, mas ansiava pela chegada dele. Despertei com o barulho da bacia de alumínio rolando no quintal e imaginei que Elton tivesse tropeçado nela. Acendi a luz e olhei o relógio. Era meia-noite e meia quando a porta de nosso quarto se abriu, assim como meu sorriso.

Elton estava visivelmente cansado. Observei o suor escorrendo de sua testa. Apressado, ele tirou a camisa e, sem dizer nada, apagou a luz, deixando somente a claridade da luz do quintal iluminar nosso quarto.

Fiquei trêmula, com receio, sem saber o que fazer, tomada de timidez. Quando o senti bem perto de mim, ele deu-me um beijo rápido e salgado por conta do suor. Com agressividade, tirou minha camisola e, quando me notou despida, fez-me deitar, pesando o corpo sobre o meu. Eu estava incomodada com os movimentos bruscos de Elton, com sua respiração ofegante ao meu ouvido, e, em questão de minutos, ele, sem nenhuma gentileza, soltou um gemido e rolou o corpo ao lado do meu. Fez isso sem se preocupar comigo, com o que eu sentia, se me machucara ou não, como estava sendo grosseiro.

Deixei as lágrimas correrem por meu rosto e, tomada por uma tristeza, olhei para o lado. Embora a luz estivesse apagada, a pouca claridade que nosso quarto recebia do quintal foi suficiente para que eu o visse de bruços, dormindo, com a respiração alta.

— Então é isso? — perguntei-me, chorando.

CAPÍTULO 14
A VIDA QUE SEGUE...

Fui tomar o primeiro café da manhã na casa de meus pais. Deixei meu marido e sogra roncando. A noite fora péssima e longa o bastante para que eu quisesse que o dia amanhecesse para sair dali.

— Vamos, gente! É para hoje! — exigia minha mãe com os olhos arregalados, passando a vassoura no quintal e ditando ordens para meu pai e meus irmãos.

— Uma líder de quartel! — brinquei ao vê-la no comando. A única poupada era Alcione.

Minha mãe riu e parou o que estava fazendo. Observou meu rosto cansado, meus olhos, e, depois de me estudar um pouco, comentou:

— Você não dormiu bem. Eu te conheço — abriu um sorriso enorme e sussurrou: — Claro! Foi noite de núpcias.

Deu um sorriso encabulado e calei-me. Pensei e tentei, quando me vi sozinha com minha mãe e com Alcione, me abrir, contar o que estava sentindo, o quanto fora decepcionante aquela primeira noite, mas não tive oportunidade.

Minha mãe parecia perceber minha necessidade de desabafar, então, num momento, disse com sabedoria de mãe que não quer se intrometer na vida da filha casada.

— Casamento é assim mesmo. Você se acostuma. — E não tocou mais no assunto.

Alcione estava curiosa para colher meus depoimentos, especular os detalhes de minha noite de amor, mas resolvi não compartilhar minhas impressões com ela. Decidi colher as palavras de minha mãe, com a certeza de que era assim mesmo, que eu iria me acostumar, que o romance cabe perfeitamente nos livros, mas não na vida real.

Servi-me de uma xícara de café e fiquei encostada na porta, vendo minha família trabalhar para deixar o quintal em ordem. Vi a indiferença de meu irmão mais novo com Alcione, que, ainda assim, o olhava com carinho. Testemunhar aquela cena fez-me acreditar que eu colocara muita expectativa onde não deveria. "Viver uma ilusão resulta em sofrimento", concluí.

Depois disso, ouvi do outro lado do muro a voz enjoada de Divina.

— Elton! Vamos para a igreja. Anda, menino!

Elton entrou no quintal da casa de meus pais, ignorando a mãe com suas ordens costumeiras. Estava feliz e sorridente, quando disse:

— Quando acordei e não te vi, achei que tudo não passasse de um sonho.

Meu pai e meus irmãos apenas balançaram a cabeça depois de trocarem olhares, e minha mãe e Alcione suspiram, vendo ali romantismo. Eu, contudo, interpretava tudo aquilo como uma farsa e custava a entender aquela situação.

Exatamente três sábados após meu casamento, um caminhão grande e amarelo encostou em frente à casa de meus pais. Eu vi a cena da janela do meu quarto de casada e meus olhos encheram-se de lágrimas. Ouvi, então, a voz de minha mãe e larguei o que estava fazendo para me juntar a eles.

Não sei com que velocidade cheguei à rua e, rente ao caminhão, apreciava tudo com tristeza. Fechei os olhos e ansiava, ao abri-los, não ver mais ali o caminhão que transportaria a mudança de minha família. Caminhão que os levariam para o interior, para a nova vida, a qual eu abandonei antes de tentar.

— Filha, me ajude com as plantas! — pediu minha mãe ao me avistar passando a mão pelo caminhão, imersa em devaneios.

Meu pai, meus irmãos, amigos, meu marido e outros homens da vizinhança ajudavam-nos a levar os móveis até o caminhão, e ver tudo aquilo me entristecia. Eu desejava encontrar algum botão para voltar no tempo. Tempo em que o nosso espaço era o quintal sob as ordens de minha mãe, em que o carinho de meu avô estava presente e em que eu olhava o movimento da rua com curiosidade e saboreava os bolinhos de chuva de minha mãe e seus doces de goiaba. Tempo em que via meu pai taciturno, com o rosto escondido no jornal, sabendo, contudo, que ele estava ali, em que eu sentia alegria de ver tia Nena entrando no portão com seu sorriso e seus abraços e em que saboreava as visitas do tio Odair e de Alison. Isso era saudade.

Em pouco tempo, os móveis já estavam no caminhão. Um homem gordo de sorriso amarelo e sem camisa ajeitava a carga e enlaçava os móveis com uma corda para arrojá-los e evitar que caíssem.

Queria que a mudança acontecesse lentamente para que eu pudesse aproveitar aquele momento com minha família. Senti vontade de me esconder em uma das caixas e partir com eles.

Meu pai chorou ao me abraçar, e eu senti sua lágrima bater em meu ombro, o que me fez apertá-lo ainda mais, também tomada pela emoção. Quando nos afastamos, percebi suas mãos trêmulas. Ele tentava fazer-se de forte e, depois de respirar fundo, subiu no caminhão, pedindo para agilizar a partida.

Minha mãe parecia anestesiada e, quando me envolveu com um de seus abraços sufocantes, fez-me, séria, várias recomendações.

— Vamos logo! Alcione já está nos esperando. Vamos passar na casa da Conceição, sim! — afirmou brava, pois meu pai não queria, mas faria o esforço pela nora.

Vi Alcione no dia anterior à mudança. Eu a havia acompanhado até a casa de Conceição, onde ela pernoitou para se despedir da avó. Com lágrimas nos olhos, minha amiga me disse que aquilo não era uma despedida. As cartas nos manteriam unidas. Antes de ir embora, ela fez-me mostrar o endereço anotado.

Meu irmão mais velho, sempre seco e distante, deu-me um abraço. Estava indo contrariado para o interior, mas não tinha recursos para se manter na cidade. Se eu tivesse casa, o hospedaria.

Para meu irmão mais novo tudo era festa. Ele fez de suas gracinhas, deu-me vários beijos e abraços e fez recomendações que eu não esperava para meu marido, mas que me encheu de orgulho.

— Cuide bem dela. Do contrário, venho buscá-la.

Quando todos se acomodaram no caminhão, e o motor do veículo foi ligado, meu coração disparou. Vi minha mãe na janela, em lágrimas, enquanto o caminhão começava a andar. Tive vontade de saltar entre os móveis e ir junto.

Conforme o veículo se distanciava lentamente, vi alguns vizinhos acenando para minha família e vi também minha mãe me olhando pelo retrovisor. Caí, então, num choro compulsivo. E, mais adiante, até onde meus olhos puderam alcançar, vi meu pai e meus irmãos em cima do caminhão, e isso provocou em mim um aperto no peito, uma dor inexplicável.

Elton foi muito gentil em me acolher em seus braços e dizer palavras que, naquele momento, me fizeram me lembrar do homem delicado e bondoso com quem aceitei me casar.

— Já foram? — foi o que minha sogra perguntou ao nos ver entrando na casa. Fria, Divina estava diante da mesa descascando batatas e, como sabia da indiferença de minha mãe, não quis se juntar a nós. No dia anterior, ela tivera a oportunidade de ver meu pai e despedira-se dele, desejando-lhe sorte. — Agora, seque as lágrimas e vá passar roupa. Nada melhor que esquecer os problemas se ocupando!

Eu estava tão triste e nervosa que puxei da mão de Elton as chaves da casa para entregar ao novo dono e saí disparada.

— Mãe! Precisava falar assim?

Divina falou algo que não fiquei para ouvir. Quando cheguei à casa, custei a acertar a chave na fechadura e, depois de abrir as portas e ver o vazio, gritei a ponto de ouvir minha voz num eco. Era tão grande a dor que acabei caindo no chão e ali fiquei, sozinha, lamentando aquela tristeza.

Depois de alguns minutos que ele me deu para viver aquele luto, Elton foi me buscar e foi carinhoso ao me abraçar, tirando-me dali aos poucos, daquele vazio, do sofrimento.

Quando passei pela casa do meu avô, a dor aumentou de forma que não consegui ficar muito ali. Era um palco vazio de personagens que enriqueceram minha vida, e eu tinha a certeza de que não os teria de volta. Nesse momento, percebi a importância de valorizarmos os momentos que passamos ao lado de quem amamos, pois não teremos essas pessoas para sempre.

Fiquei muito mais abalada com a mudança do que podia imaginar. Elton ficou bem preocupado comigo e aceitou a recomendação de Divina de me medicar com um calmante.

Acordei tarde no dia seguinte, sentindo dores no corpo e dor de cabeça. Quando cheguei à cozinha, ansiava por água, café, pão, e ouvi de minha sogra:

— Acordou agora, bela adormecida? Já tirei a mesa. Café na minha casa é até as oito horas da manhã. Pensei que já estivesse acostumada.

— Eu perdi a hora...

— São onze horas já. Não é bonito uma mulher casada dormir até tarde. Marido nenhum gosta de mulher preguiçosa.

Eu estava tão injuriada, com a cabeça tão pesada, que não quis retrucar e tive uma certeza: tudo mudara na minha vida. Já estava colhendo as consequências de minhas escolhas.

Divina não gostava de mim, e confesso que era recíproco. Minha sogra falava mal de mim para suas clientes enquanto tirava medidas e entregava roupas feitas. Eu ouvia a tudo, e ela parecia fazer isso com gosto.

— Beleza não é tudo! — concordava contrariada quando alguma cliente me elogiava, mas logo rebatia. — É engraçadinha. Ainda assim, meu filho merecia uma mulher melhor, mais corajosa, que não ficasse pelos cantos chorando a falta da barra da saia da mãe. Eu queria uma nora mais forte, não isso.

Farta, eu reclamava para Elton dos desaforos, e, quando ele a questionava, Divina desmentia-me, toda sentida:

— Elton, meu filho, não vê como essa mulher é ardilosa? Que ela está colocando mãe contra filho. Você acha que eu, que quero apenas seu bem, falaria algo assim de sua esposa, da mãe, quem sabe, de meus netos? Não esperava essa ingratidão! Abri as portas da minha casa para recebê-la...

Quando estávamos a sós, ela cutucava-me:

— Quatro meses de casados. Cadê o filho? Um casal tem que ter pelo menos um filho. Onde já se viu?! Eu engravidei na noite de núpcias.

— Deus sabe de todas as coisas e do momento certo...

— É bom consultar um médico. Você pode ter o ventre seco e assim não cria expectativas em meu filho. Sei que ele sonha tanto em ser pai. E, se você não for capaz disso, ele pode tomar suas precauções.

— Qual seria o problema de eu não ter filhos, Divina? — exaltei-me de uma forma que não consegui me conter. — Você gosta tanto, acha tão essencial, mas só teve um filho. Por quê? Peraí! Será que sei o motivo? Será que isso se deve ao fato de ter vivido um casamento de aparência? Pois, pelo que sei, você e seu marido dormiam em camas separadas. Você já era viúva antes de ele ter morrido. Nem ele a aguentou! Aliás, ele estava decidido a ir embora, mas você colocou a igreja no meio. Imagina! Uma mulher separada! — e continuei falando de coisas das quais ela nem se lembrava.

Depois da discussão, tranquei-me no meu quarto. Elton chegou tarde da boate e estava bravo, pois já soubera de nossa briga.

— Tinha de trazer à tona o que contei para você? Agora minha mãe está chateada e brigou comigo, porque você expôs a vida íntima dela.

— E o que ela estava fazendo falando da nossa vida íntima? Ok! Ela pode, tem todo o direto de se meter, mas se esquece da vida dela? Esse é o problema, Elton! Sua mãe se esquece de que tem uma vida para cuidar e quer fazer hora extra na nossa!

Elton pegou-me pelo braço, nervoso.

— Você vai pedir desculpas para minha mãe! — ordenou, arrastando-me até a sala, onde Divina, fingindo estar sentida, começou a trabalhar em seu máquina de costura. Segundos antes, ela estava atenta à nossa briga.

Fiquei muda, mas incomodada com a mão de Elton apertando meu braço.

— Vai, Marina! O que tem a dizer para minha mãe?

— Nada — senti os dedos de Elton pressionarem ainda mais meu braço e, para me ver livre da situação, disse baixinho: — Desculpa.

— Ela não ouviu.

Repeti e fiquei nauseada ao sentir o cheiro do talco que ela estava usando. Assim, depois dessa exposição, vi-me livre daquela pressão.

— Você é como uma filha para mim, menina. Te quero muito bem — Divina simulou um sorriso para mostrar ao filho uma bondade inexistente. — Guardei um prato de comida para você no forno.

Eu não disse nada. Virei as costas, fui para meu quarto e fiquei no escuro, em silêncio. Ouvi a voz alterada de Elton com a mãe, mas não quis saber detalhes. Depois, ouvi meu marido batendo o portão e logo imaginei que ele estivesse tomando a rua.

Fiquei com um misto de raiva e sentimento de culpa por colocar meu marido naquela situação, dividido entre duas mulheres diferentes, pelas quais ele sentia amores distintos. Queria as duas por perto, por isso a necessidade de apaziguar a situação. Aprendi que Divina tinha pontos com ele e que saíra com vantagem, a ponto de me colocar como vilã da situação.

Acordei com a chuva caindo forte, e não demorou muito para que eu visse Elton entrar todo molhado e cambaleando até a cama. Ele abraçou-me, e senti o cheiro de bebida, suor, e o roçar de sua barba em minha pele. Tentei afastá-lo de mim, mas ele, com sua força, deteve-me e despiu-me de maneira bruta. Eu lutava para me esquivar, contudo, não havia saída diante de sua pressa de me possuir.

Tudo se repetiu, e a dor, mais uma vez, foi maior que o prazer — se é que existia prazer.

Os meses que me separavam de minha família era amenizados pelas cartas longas, detalhadas de minha mãe e de Alcione. Todas eram leves, divertidas, e nelas as duas contavam suas rotinas e algumas vezes me enviavam receitas. Alcione era a responsável por me enviar receitas. Ela descobrira no interior seu talento para doces e salgados, o que muito ajudou no orçamento da família. Minha mãe, em suas cartas, elogiava a nora, pois, mesmo com a barriga grande, impedindo que ela se aproximasse da pia, Alcione ficava em pé, mexendo massas, arrumando tudo no forno, sem reclamar.

Ao terminar de ler as cartas, eu concluía que minha família estava bem, feliz. Se tinham problemas, omitiam-nos nas poucas linhas que me mandavam. Quando eu estava triste, relia e chorava como se fosse a primeira vez que meus olhos tinham contato com aquelas novidades.

Assim que as lia, corria para escrever cartas em resposta às que recebia. Sempre as enviava separadas, os respectivos destinatários.

— Você está fazendo seu marido gastar mais com selos ao colocar duas cartas no correio. Se as cartas são destinadas à mesma casa, por que não as coloca num só envelope? Não tem dó do marido? Assim vai longe.

Eu aprendi a ignorar Divina, pois minha vontade maior era a de responder às cartas.

Um dia, tia Nena veio me visitar, o que me deixou muito feliz. Foi uma tarde divertida, em que rimos muito. Tínhamos o corpo semelhante, por isso ganhei várias roupas.

Divina não participou da conversa e mantinha os olhos enviesados para minha tia. Eu sabia o motivo, mas não fazia conta disso.

Antes de ir embora, tia Nena contou-me as novidades, entre elas que fora conhecer a casa de meus pais no interior, e prometeu que me levaria na próxima oportunidade.

— Não acho bom sair assim. Agora que é casada, é melhor ir com o marido — palpitou Divina da máquina de costura, com a fita métrica no pescoço e os ouvidos atentos à nossa conversa.

— O que impede minha sobrinha de ir comigo? Ela irá, sim. Quero ver quem impedirá isso! — desafiou tia Nena, fazendo-a calar-se.

Tia Nena foi embora levando com ela toda a alegria, e novamente me vi só.

***

No dia seguinte, ainda sob o efeito da visita e tomada pela felicidade do encontro com minha tia, resolvi lavar as roupas que ganhara de minha tia, mas não as encontrei.

— Eu dei as roupas na igreja. Onde já se viu usar aquelas roupas, Marina?! Uma mulher casada! Mulher do meu filho não usa aquilo! Muitos decotes, roupas curtas, justas demais. E as cores?! Aquilo não fica bem para uma mulher casada. Uma depravação. Sua tia, uma...

Senti meu rosto queimando, quando, muda, dei dois passos em direção à minha sogra e, encarando seu rosto e buscando focar em seus olhos estrábicos, disse:

— Divina, você tem uma hora para trazer minhas roupas de volta. Do contrário...

— O que vai fazer? — afrontou-me, mas recuou, quando me viu dando mais dois passos em sua direção e parando quase a um palmo de seu rosto.

— Coloco fogo na sua roupa e em todos os seus molambos. E, se falar para o Elton, queimo as dele também. Duvida?

Divina saiu em disparada em direção à rua, enquanto dizia:

— Está possuída de coisa ruim! Coitado do meu filho...

Em menos de uma hora, as roupas estavam de volta ao meu quarto e sobre minha cama.

Além dos problemas com Divina, minha tristeza só aumentava, pois não recebia mais cartas de Alison. Meu carinho por ele era grandioso, e ler suas cartas poderiam alegrar minha vida naquele momento. Soube que meu primo estava trabalhando para minha tia Nena e depois, numa das últimas cartas, ele comentou onde estava. Eu tive de me abrir com ele sobre o que estava vivendo, que não era fácil. Pensei em confidenciar a situação com Alcione, mas temia que ela pudesse revelar algo para minha mãe e preocupá-la.

Tia Nena era tão decidida que eu temia o que pudesse fazer. Ela não era boba, tinha percebido o clima e questionou-me mais de uma vez como eu estava, como estava meu casamento. Eu apenas respondi que tudo estava bem e me calei.

Numa noite, acordei com alguém nos chamando no portão. Acordei assustada e vi no relógio que mantinha na cabeceira da cama que passava da meia-noite. Senti um aperto no peito e lembrei-me de Elton, que chegava tarde da boate. Olhei para o lado e o vi dormindo, num sono profundo. Ele chegara, e eu nem percebera, pois ele não mexera comigo, o que foi para mim um alívio.

A voz no portão começou a ficar ainda mais forte, e ouvi a pessoa bater palmas. Elton, então, despertou, e Divina, assustada, veio bater na porta do nosso quarto.

Elton saiu na frente, seguido por mim e minha sogra. Nós duas nos mantivemos atrás dele, enquanto ele caminhava apressado até o portão. Estava escuro, e custou-me reconhecer quem era à nossa porta.

— Tia Nena?! — foi o que disse ao vê-la se aproximar ao lado de Elton. Corri para abraçá-la, e, depois de sentir seu abraço apertado, ela revelou o motivo da visita inesperada àquela hora da noite.

— Minha querida... — tia Nena começou a falar, então, percebi seu olhar triste. — Seu irmão mais velho...

— O que houve com ele, tia? — perguntei já sentindo as pernas trêmulas.

— Seu irmão foi preso.

CAPÍTULO 15
TROCA DE FAVORES

No passado, durante o sonho...

Marina estava eufórica. Mesmo com tudo o que pesava sobre suas costas, os olhares que a recriminavam, ela sentia-se livre e com objetivos. Entre eles, retomar a fábrica da família. No entanto, a moça era esperta e sabia que não poderia se precipitar assim, do nada. Se agisse dessa forma, seria, com certeza, enfraquecida pela avó e pelo primo.

Em suas especulações, Marina descobriu que a avó e o primo estavam viajando. Não soube ao certo o motivo daquela viagem, se fora planejada para fazer o rapaz esquecer os dias no hospital, entre a vida e a morte. Esse tipo de proteção era típico de sua avó. Soubera, contudo, por intermédio de Elton, acionista da fábrica e amigo da família, que a viagem era de cunho profissional, a negócios.

Diante desse cenário, não custou a descobrir o acesso para sua entrada triunfal aos negócios da família. E soube bem quando mandou Divina entregar um bilhete a três quarteirões de onde morava.

— Aguarde a resposta! — enfatizou ao vê-la na calçada, apressada.

E dera certo. No final da tarde, tinha Elton sentado à mesa. Ele aceitara prontamente seu convite para jantar.

Elton fora funcionário de seu avô, um conselheiro que o patriarca muito estimava. Estimava-o tanto que, antes de morrer, o avô de Marina deixara ações para o homem. Elton era sério, comprometido, dedicado aos negócios da família, por isso fora muito bem aceito como acionista da fábrica. Tivera um casamento feliz até ficar viúvo, do qual tivera uma filha, Eunice.

No histórico do bom homem havia também o nítido interesse que ele nutria por Marina, que nunca fizera gosto de ter o viúvo como companheiro. Agora, diante de sua falta de crédito, lembrou que poderia aliar-se a ele depois de explicar o mal-entendido que passara nos últimos dias.

E deu certo. Depois de esvaziar quase duas garrafas de vinho, Elton já estava ao lado de Marina, quase a beijando. A mulher, fazendo-se de difícil, rejeitou-o, dizendo que já era tarde. O homem, ainda que sob o efeito do álcool, ao qual não era acostumado, saiu desculpando-se, todo desajeitado, tentando equilibrar o corpo sob efeito do álcool.

No dia seguinte, muito educado e já de posse de sua timidez, contatou Marina para pedir-lhe desculpas. Ela, então, convidou-o para um chá. Daí por diante, a vida do solitário viúvo mudou com os convites e a vida divertida que Marina oferecia.

Ela tinha pressa, então, dois meses depois do primeiro encontro em sua casa, casaram-se em segredo a pedido de Marina.

— Chamaria vovó e meu primo para a cerimônia, se estivessem aqui, mas ficarão felizes em saber a novidade. Faremos uma surpresa. Será de gosto da vovó, sem dúvida — Marina abriu um sorriso malicioso interpretado pelo noivo como o mais belo visto na vida. Ela estava satisfeita. Via como uma troca de favores. Cada um entraria com o que podia oferecer. — Também poderíamos chamar Eunice, sua filha, minha enteada, mas em viagem...

Eunice, filha do viúvo, vivia viajando, tirando proveito do dinheiro que o pai vinha acumulando na vida, não fez gosto na união. Por meio dos empregados, ela soube do enlace quando retornou da Europa, e que o pai estava vivendo na casa de Marina. Pretendia fazer uma surpresa a ele com sua chegada, contudo, fora recebida com uma novidade ainda maior.

— Por que não me contou? — perguntou de imediato.

— Queríamos lhe fazer surpresa. Não é, meu amor? — adiantou-se Marina, enlaçando seu braço no do marido.

Eunice ficou furiosa, mas era uma moça vivida o bastante para entender que não poderia armar uma situação ali, naquele instante. O pai estava apaixonado e seduzido por Marina, e, pensando no lado prático, teria mais dinheiro para percorrer o mundo.

Marina ensaiava retornar à empresa com a novidade, mas não o fez porque a avó e o primo, os sócios majoritários da companhia, continuavam viajando a negócios.

O casamento de Marina e Elton não era dos mais felizes. Ela rejeitava-o, embora fizesse questão de demonstrar para quem os visse que se tratava de um casal modelo e que eram apaixonados.

Para se ver livre de Elton, Marina pedia a Divina que colocasse remédios fortes no chá e no leite do marido antes de ele dormir. A empregada obedecia às ordens, pensando, sem saber, no quanto aquilo era perigoso para o patrão. Quando não usava medicamentos para mantê-lo longe, alegava indisposição, e não tardou para tirá-lo da vida. Fez isso assim que conseguiu dele as assinaturas de que precisava.

Numa noite, enquanto discutiam no segundo andar da casa, Marina empurrou Elton e ficou imóvel ao vê-lo rolar na escada. Quando ele parou no penúltimo degrau, ainda vivo, e pediu ajuda à esposa, ela apagou a luz e virou as costas.

Divina, que, na hora da briga, estava embaixo da escada, escondeu-se e de lá assistiu a tudo, ficou horrorizada.

— Meu Deus, ela o matou! Um homem tão bom...

Divina poderia tê-lo ajudado, mas ficou paralisada, sentada no chão, chorando, com medo. Quando tomou coragem, já era tarde. Ao acender a luz, viu que o homem estava imóvel e gritou por socorro.

Horas depois, quando Eunice estava debruçada sobre o pai morto, e a polícia tentava afastá-la dele, Marina perguntou:

— Meu Deus, como isso foi acontecer?! Ele me falou que iria até a cozinha pegar água. Deve ter tropeçado. Pobre homem.

Estou muito abalada. — Marina simulou que estava passando mal, e duas enfermeiras do resgate foram acudi-la. — Divina, pegue o calmante, por favor.

Horrorizada com a simulação da mais nova viúva, Divina apanhou os comprimidos e foi levá-los ao quarto de Marina, onde ela estava deitada, sozinha.

Depois de bater na porta do quarto, ouviu a voz fraca e simulada de Marina para que entrasse e assim o fez. Deu o comprimido à patroa, serviu-lhe a água, mas não aguentou ficar calada. Divina revelou o que vira, que presenciara Marina empurrar o marido escada abaixo. Para sua surpresa, a mulher ouviu a tudo calada, mas, depois, rindo, disparou:

— Não fiz nada sozinha! Você me ajudou! — afirmou numa voz alta, rude, ao ver a mulher à sua frente tremendo, negando com a cabeça o que a outra afirmava. — Aquele pó que eu pedia para você colocar no leite e no chá de Elton era um veneno. E foi você quem o envenenou aos poucos, Divina.

— Não! Eu não sabia!

— Quem preparava o chá e leite dele? Eu? Não, era você quem preparava. Eu o empurrei para me defender, mas ele, acredito eu, não resistiu por conta do chá e do leite que você preparava. O veneno enfraqueceu o coração de Elton. Vou pensar se voltarei a tomar mais algumas coisas vindas de suas mãos. É você quem compra todos os ingredientes...

Divina sentiu suas pernas tremerem, e seu medo foi tão grande que ela deixou a bandeja cair no chão, fazendo barulho, enquanto as lágrimas corriam por seu rosto.

O barulho da bandeja coincidiu com a freada brusca do ônibus na rodovia. De volta ao presente, acordei assustada, livre do sonho, com vontade de chorar. Senti meus olhos marejados. Tia Nena, que estava ao meu lado, pousou a mão carinhosamente sobre a minha e encostou a cabeça em meu ombro. Senti-me protegida e bem distante do sonho do qual tive vagas lembranças fracionadas, como sempre acontecia.

Tudo aconteceu num impulso, no desespero de eu ficar com minha família. Nem sei se foi algo egoísta, mas pensei na oportunidade de sair dali, de sentir os abraços de quem eu amava, já que naquele casamento tudo soava frio.

— Você não vai, Marina! A essa hora? E em que ajudará indo ao interior? — argumentava Elton sob a influência de minha sogra, que ficou atrás dele, como uma sombra, palpitando sobre meu comportamento e minha decisão de viajar com tia Nena para o interior. — Não acha melhor esperar? Ver o que acontecerá com seu irmão? Depois, iremos para lá. Acho que não conseguirei ir por conta do trabalho, mas... ou, então, podemos pedir para sua mãe vir para cá, passar uns dias, o que pode ser bom para ela.

— Na minha casa? Lola, aqui? — questionou Divina, mas foi ignorada.

— Elton, meu irmão foi preso! Minha família precisa ficar unida. Acho que por não ter irmão — disse de propósito, com os olhos em minha sogra —, você não sabe o que é isso. — E, achando que a presença de minha sogra estava demais em meu quarto, pedi: — Divina, poderia fazer companhia para minha tia na sala? Ela está sozinha.

— Era o que me faltava! Fazer sala para uma mulher como aquela! — saiu resmungando, deixando-me com meu marido, que, cansado e vendo que eu não mudaria de ideia, se sentou na cama e ficou me olhando.

Parei de falar quando ele me deu trégua em me fazer desistir da viagem. Numa bolsa coloquei três vestidos, roupas íntimas e uma sandália. Tirei a camisola e notei os olhos de Elton percorrerem meu corpo. Não dei importância a isso e rapidamente coloquei um vestido florido, justo na barriga, que valorizava meu corpo. Elton não gostava daquela roupa e que eu a usasse, mas nem dei ouvidos a seus comentários. Sentei-me em frente ao espelho da penteadeira e prendi os cabelos no alto da cabeça. Nesse momento, vi, através do espelho, Elton na mesma posição, olhando-me com ar apaixonado. Naquele instante, pensei no quanto gostaria que ele me amasse da forma que me olhava.

Coloquei o relógio no pulso, levantei e acomodei a bolsa no ombro. Elton acompanhou-me e voltou a pedir que eu ficasse.

— É minha família, Elton. Tenho que ir. Vamos, tia Nena. Estou pronta. — Despedi-me rapidamente de meu marido, e saímos.

— Marina, espere! — pediu meu marido quando me viu no portão. Parei e vi Elton correndo em nossa direção. Esperava que ele dissesse que eu não precisava voltar — e acho que era isso que eu queria ouvir —, mas fui surpreendida pelo abraço dele.

Elton quis nos acompanhar, mas minha tia, já irritada com comportamento de meu marido, de sua frieza diante do meu problema de família, não permitiu que nos acompanhasse. Ela foi taxativa ao dizer que pegaríamos um táxi.

Saímos apressadas, ainda sob a luz da lua, com a rua deserta. Respirei fundo. Apesar dos acontecimentos, aquilo me dera alívio e paz.

Agora estávamos no ônibus. Amanhecia, e faltava pouco para eu encontrar minha família.

Quando desci do ônibus, na rodoviária pequena, com poucas plataformas, senti um leveza no ar. Depois, fui tomada por uma ansiedade em rever minha família, já distante de mim há meses. Nossos laços sendo mantidos somente por cartas.

Tia Nena, já familiarizada com a cidade pequena e acolhedora, saiu andando pelas ruas, enquanto eu a acompanhava. Não tardou, e chegamos ao novo lar de minha família.

A casa era ampla e estava localizada em um terreno espaçoso, como meu avô sonhara ter e meu pai realizara. A propriedade era plana e possuía um jardim em andamento. Roseiras haviam sido plantadas em fileiras. Já imaginei como tudo aquilo ficaria bonito na primavera.

Minha tia batia palmas, chamava pela cunhada, enquanto eu apreciava a beleza do lugar. A primeira pessoa que vimos foi meu pai, que chegou ao nosso lado vindo da padaria. Tinha esse hábito antes de ir trabalhar. Nós nos abraçamos sem dizer nada. Percebi que ele estava mais magro e ainda mais calado. Minha mãe não estava diferente. Abalada, tomara remédios para controlar a pressão alta. Meu irmão mais novo não estava em casa, tinha saído para trabalhar. Conseguira um emprego numa fábrica.

Quando me viu, Alcione começou a chorar, e eu não tive uma reação diferente. Nós nos abraçamos felizes, e eu senti sua barriga grande entre nós. Depois que desfizemos o abraço, acariciei e beijei a barriga de minha cunhada. Apesar do motivo que me levara até lá, fiquei muito feliz em revê-los.

Não encontrei a alegria costumeira de minha mãe. Seus olhos expressivos ainda estavam ali, e, em meio a um comentário e outro, consegui vê-la arquear as sobrancelhas, deixando seus olhos vivos. Os bobes na cabeça ainda estavam lá. A vaidade ainda fazia parte da sua vida, o que me animou.

Meus pais limitaram-se a me contar alguns poucos detalhes do que acontecera com meu irmão mais velho, e eu não saberia dizer se por vergonha ou por não quererem falar sobre o assunto.

— Seu irmão, sempre reservado... — iniciou Alcione. — Ficou ainda mais, quando chegamos aqui. Todos estavam felizes, mas ele permanecia calado. Ele conseguiu um emprego que rendeu duas semanas. Nunca sabemos o motivo da dispensa. Depois, ele começou a sair cedo e a voltar tarde. Achávamos que estava procurando emprego — contava Alcione com detalhes, enquanto lavava a louça e eu as secava. Ela aproveitou que estávamos sozinhas na cozinha para detalhar tudo.

— E não estava?

— Não. Quando seu Betinho perguntava, ele balançava a cabeça e dizia que não havia arrumado nada. Depois começou a passar as noites fora. Ficamos muito preocupados. Sua mãe escrevia sobre isso nas cartas, mas, antes de enviá-las, acabava rasgando-as e escrevia outras. Dizia que você não precisava acompanhar os problemas de casa.

— Eu a entendo... — refletiu por alguns segundos sobre sua vida de casada e sobre ter escolhido poupar a mãe dos acontecimentos. — Tia Nena pouco soube dizer o motivo. Apenas me contou que ele matou um homem... — falei com dificuldade, pois custava a acreditar nisso.

— Ele estava saindo com uma mulher casada — revelou Alcione, quase sussurrando. — O homem era o dono da padaria e surpreendeu os dois na cama. Aconteceu uma briga entre os dois, então, seu irmão deu um tiro no homem. O cunhado alegou legítima defesa. A moça, em depoimento, disse o mesmo. É o que esperamos para a liberdade do seu irmão, quando houver o julgamento. Agora temos de ter paciência, pois tudo é tão lento.

— Quero vê-lo.

Tia Nena foi quem ajeitou tudo para que a visita acontecesse naquele mesmo dia. Fomos tia Nena, minha mãe e eu. Meu pai já tinha visto meu irmão no dia anterior. Alcione quis nos acompanhar, mas minha mãe não deixou por conta da gravidez.

Tudo foi muito rápido. Tínhamos direito a fazer uma visita de minutos. Quando chegou minha vez, senti um nó na garganta, um medo ao vê-lo ali. Quando meu irmão me viu, baixou a cabeça, e eu encontrei força não sei de onde para sorrir e dizer o quanto o amava e estava ao seu lado. Por fim, fiz uma promessa que nem sabia se poderia cumprir.

— Você sairá daqui e superará tudo isso. Erga sua cabeça, meu irmão. Você sairá daqui, acredite nisso — repeti.

Ouvir a voz de meu irmão alegrou-me, pois vi que ele se sentiu à vontade para desabafar comigo, abrir seu coração. Ficamos alguns momentos em silêncio e choramos juntos. Acho que eu nunca tivera uma oportunidade de dizer o quanto o amava. Aquela foi a oportunidade de falar e ouvir, o que me deixou emocionada.

Logo foi anunciado o fim da visita. Recebi um abraço apertado e caloroso de meu irmão e retribuí o gesto.

— Mande um abraço para o cunhado! — falou meu irmão.

— Te amo, meu irmão. Você logo estará longe daqui — disse isso já a alguns passos de distância.

— Queria ter sua certeza. Foi bom vê-la, minha irmã. Obrigado por ter vindo.

Aquelas palavras ficaram em mim como uma despedida. Fiquei bem abalada com aquele encontro e o revivi pelo resto do dia.

A falta de meu irmão fez a família perder a alegria. Meus pais, por conta de minha visita, tentavam disfarçar, mostravam-me a casa, os detalhes da beleza do lugar tranquilo. Eu sentia, contudo, que eles tinham vergonha de caminhar na rua e serem apontados como os pais do assassino. Eles sabiam bem qual era o peso do preconceito.

— Não quero que fique preocupada — disse minha mãe quando estávamos sozinhas e falei sobre ajudá-los financeiramente. Eu gostaria de enviar-lhes dinheiro, mas não era possível, já que eu dependia do Elton. — Nena está pagando um advogado. Ela é um irmã que não tive e sempre nos ajuda em momentos difíceis. Acho que esse dinheiro é da herança da casa do seu avô. Veja como ela é generosa. Nunca vire as costas para ela, Marina. Não saberia enumerar o que sua tia já fez por nós. Odair também é muito presente, mesmo vivendo longe.

— Sei disso. Ela é muito especial para mim também.

— Estamos confiantes de que seu irmão logo sairá da cadeia e será novamente um homem livre — disse, mudando de assunto. — Tenho fé em Deus de que passaremos ilesos por essa prova. Agora, vou fazer um doce de goiaba...

Meu preferido, que ela bem sabia.

Meu irmão mais novo chegou no início da noite. Os poucos meses no interior deixaram-no mais bonito, mais forte. Os problemas não tiravam dele o bom humor, a alegria de mexer com meus pais, de fazê-los rir. Eu observei que ele estava também mais próximo e carinhoso com Alcione.

No meio da noite, acordei para tomar água e vi meu irmão mais novo no quintal. Notei que ele estava chorando, então, abracei-o e fiz de tudo para manter-me firme.

— Já reparou como o céu daqui é diferente, mais iluminado? — ele perguntou-me. — Gosto de vir aqui às vezes para apreciar o céu. Lembrar-me dos bons momentos, pedir força.

— É uma prece. Isso é muito bonito. — O silêncio tomou conta de nós quando eu disse: — Tio Odair virá para cá também. Vai tirar férias.

— A verdadeira família é essa, que se junta seja por qual for o motivo.

Dois dias depois, quando tia Nena partiu, resolvi ficar mais um tempo com meus pais. Eles não falaram para não influenciar minha decisão, mas vi pelo sorriso e o olhar emocionado deles que haviam gostado e precisavam mais de mim naquele momento.

Meu irmão mais novo e eu fomos levar tia Nena até a rodoviária. Lá, despedimo-nos numa alegria intensa, esquecendo-nos até do sofrimento de ter meu irmão mais velho preso.

— É tudo muito bonito por aqui, calmo — observei no retorno para casa. Estávamos abraçados, numa intimidade que não tínhamos quando morávamos juntos. Talvez até causamos curiosidade às pessoas da cidade, que não sabiam quem eu era, ao me verem abraçada com ele, já conhecido como marido de Alcione. Isso o fazia justificar-se a cada passo:

— Minha irmã. Mora em São Paulo. É casada, vive lá — dizia. Já ao passar pelas fofoqueiras de plantão, dizia: — Meu amor, vai ter que voltar mesmo?

Ríamos pela rua, felizes e despreocupados como na infância.

— Você é feliz, meu irmão?

— Meu filho está chegando, por que não seria? Gosto de Alcione também. É claro que fiquei com medo no início, mas...

Ouvir uma confissão de meu irmão era algo novo e ao mesmo tempo divertido. Éramos adultos! Parecia que até pouco tempo atrás estávamos no quintal do meu avô brigando e brincando e agora estávamos ali, no interior, falando de nossas vidas.

— Por tudo isso, sou feliz, sim. E você?

Eu fiquei séria e senti meus olhos marejarem. Meu irmão abraçou-me e disse algo parecido ao que ouviu quando se mudaram:

— Ele é grande, mas não é dois. Pego ele se não a estiver fazendo feliz. Vou buscá-la! — Meu irmão riu, e eu o acompanhei. Mudamos de assunto, e preferi não revelar meus sentimentos em relação ao casamento. Achei que minha família já tinha problemas o bastante para ainda se preocuparem comigo.

No dia seguinte, acordei com barulho na casa e um falatório. Meu sobrinho adiantara o tempo e resolvera nascer na madrugada. Meu irmão levou Alcione para o hospital e contou tudo na volta.

— Por que não chamou a gente? — perguntou meu pai, alterado.

— Está tudo bem. Ele nasceu bem e forte. Alcione decidiu que se chamará Carlos Alberto Queiroz, em homenagem ao vovô.

Ficamos todos emocionados. Minha mãe chorou de soluçar o que vinha represando havia muito tempo. Em meio a tantas tristezas, aquela fora uma alegria que também emocionou meu pai, que abraçou meu irmão. Ele estava muito feliz.

O nascimento de meu sobrinho e afilhado adiou minha volta. Fiz duas ligações para a boate onde Elton trabalhava, e em uma delas o avisei do nascimento do meu sobrinho e que demoraria a voltar.

— Esqueceu-se de que é casada, que tem marido e que faz mais de uma semana que está fora de casa?

— Meus pais estão frágeis, Elton, e minha amiga precisa de apoio agora. Não tenho como voltar agora.

— Minha mãe acha...

Desliguei o telefone, sem esperar que ele retrucasse. O que menos me preocupava àquela altura era saber a opinião de minha sogra.

Aquele bebê iluminado trouxera alegria para a casa e fizera meus pais lembrarem-se de sorrir e de que a vida é cheia de surpresas, nem todas agradáveis, mas que é possível viver bons momentos quando depositamos nossos olhares no que vale realmente a pena.

Meu sobrinho era lindo. Dei seu primeiro banho, troquei suas fraldas e dava-lhe mamadeiras, já que, para a tristeza de Alcione, rejeitara o leite materno.

— Você será uma boa mãe, comadre — comentou Alcione.

Apenas ri. Pensava em ter filhos, mas, quando me lembrava de Elton, a vontade dissipava-se como uma nuvem no vento.

— Acho bom voltar para seu marido. Não pode deixá-lo assim, por tanto tempo. Parece até que não gosta dele, Marina.

Está tão à vontade aqui. Sei que sente nossa falta... — disse minha mãe com cuidado —, mas agora tem uma família também. Não pode deixá-lo assim, esperando por sua vontade. Vocês estão praticamente em lua de mel...

Arrumei lentamente minha bolsa, desejando viver cada segundo ao lado de minha família. Tudo parecia resolvido quando me despedi, aos prantos, de meus pais, de meu sobrinho e de minha cunhada. Meu irmão mais velho não pôde mais receber visitas depois do dia em que o vi, pois fora transferido para o presídio na cidade vizinha para aguardar julgamento, que já fora marcado.

Meu irmão mais novo acompanhou-me até a rodoviária. Gentilmente, ele carregou minha bolsa e uma sacola com bolo fresco, um sanduíche e uma garrafa de suco, tudo preparado por Alcione. Mesmo com poucos dias de maternidade, ela não se privara de arrumar para mim essa surpresa.

Ela ficou muito emocionada com minha partida e ainda fez uma sacola com doces caseiros e lembrancinhas para Conceição.

E assim parti do interior, com o coração aos saltos e lágrimas nos olhos. Lamentei não ficar mais, rever tio Odair de quem tinha tanta saudade e ter notícias de Alison. Que falta eu sentia de meu primo.

Quando o ônibus estacionou na rodoviária em São Paulo, Elton estava à minha espera. Achei-o mais magro, e ele não escondeu a felicidade ao me ver.

Em casa a recepção não foi das melhores. Divina abordou-me com suas pérolas:

— Lembrou que tinha casa? Como uma mulher de família deixa o marido assim? Ele faltou no trabalho para buscar a princesa. Onde já se viu?! Imagine que ele queria pedir afastamento do trabalho para viajar atrás de você. É claro que não deixei!

Relevei o comentário por consideração a Elton e por estar cansada demais para retrucar. Acompanhada de meu marido, entrei no quarto e fechei a porta.

Elton cruzou os braços e ficou me olhando trocar de roupas. Eu precisava de um banho quente e da cama para relaxar. Pensava nisso, quando vi o rosto de meu marido refletido no espelho da penteadeira. Ele rompeu o silêncio ao dizer:

— Minha mãe acha que devemos nos separar, Marina.

CAPÍTULO 16
PREÇO DA LIBERDADE

— E o que você acha, Elton? — disparei ao ouvir a pergunta, sem demonstrar surpresa. Experimentar a liberdade nos dias que passei ao lado da minha família deixou-me à vontade para pensar sobre a proposta.

— Eu gosto de você... — foi o que Elton disse, sem tirar os olhos do chão, envergonhado por expor seus sentimentos.

Ouvir aquelas palavras não mudaram em nada o que eu sentia. Não me pareceu verdadeiro o bastante para modificar tudo o que vinha ocorrendo. Ficamos em silêncio, quando, tomada por uma coragem impulsiva, daquelas que nos faz falar sem pensar, me sentei na cama ao lado de Elton e disse, esperando apoio:

— Eu quero cantar. Pensei que você pudesse me apresentar na boate onde trabalha...

— Não! — meu marido nem esperou eu terminar de falar e exaltou-se. Elton levantou-se e tomou distância de mim. Encostou as costas na porta e de lá ficou me olhando de forma que eu não saberia expor. — Não é lugar para minha mulher colocar os pés, muito menos a voz.

— Você sabe que cantar é algo de que gosto muito. No ônibus, pensei nisso, no quanto me faria feliz...

— Não! Aquele lugar não é para pessoas direitas!

— Que preconceito é esse, Elton? Não é de lá que sai nosso sustento? Nosso alimento, o aluguel...

— Esqueça isso...

— Eu poderia ajudá-lo com as despesas...

Calado, Elton aproximou-se de mim, pegou nos meus braços e gritou de uma forma que me assustou.

— Não!

Ele virou as costas e saiu batendo a porta. Encostada na porta, comecei a chorar, observando meus braços ainda vermelhos devido à força com que foram apertados. Sequei as lágrimas e abri a porta. Resolvi que não ficaria ali, de cabeça baixa, aceitando as coisas como ele queria.

Ao abrir a porta, ouvi a voz de Divina. Logo concluí que ela estava atrás da porta ouvindo nossa conversa, como era de seu feitio. Então, sem querer ser notada, fiz o mesmo: mantive a porta entreaberta o suficiente para ouvir o que conversavam, tomando cuidado para não ser notada.

— Ela é sua mulher! Como deixa a dominar a conversa desse jeito, meu filho? Cadê sua autoridade de marido? Você começou a falar, e ela o dobrou de forma que o assunto virou para outro lado. Agora, ela quer ser cantora de boate! Está a um passo de se perder como a tia dela. É isso mesmo? Vai sustentar uma... — parou de falar e depois prosseguiu: — Não foi isso que conversamos.

— Eu gosto dela, não entende?

— Você está enfeitiçado por essa aí. Veja bem o que ela fez com você! Saiu de casa e ficou dias fora, sem lhe dar notícia. Disse que estava na casa da mãe. Será que estava mesmo?

— Ela ligou duas vezes para a boate me procurando — Elton defendeu-me.

— Para lhe pedir dinheiro, aposto! Para se divertir onde estava. Vai saber se não estava com outros homens, enquanto você ficou aqui trabalhando e chorando a falta dela — Divina parou de falar e fez uma careta. Elton não retrucou. — Mulheres! Ela disse uma coisa, e você acreditou nela. Que bobo! Não sei como fui criar um homem tão fraco...

— Chega, mãe! É um assunto nosso, vou resolver.

— Desse jeito? Com essa postura? — minha sogra atiçava, demonstrando claramente o quanto me queria distante do filho. — Falo para o seu bem, Elton! Essa mulher não é para você. Não deveria ter permitido que você entrasse nessa família. A tia é do sereno, o primo é invertido, e, agora, o irmão é assassino! O que está esperando para sair dessa família, filho? Ser vítima de sua esposinha? — A última palavra saiu debochada.

Elton saiu de casa sem responder. Abriu a porta de forma brusca, nervoso, e caminhou em direção à rua, sem olhar para trás. De onde estava, eu fiz o mesmo para que Divina percebesse que eu ouvira os conselhos que ela dera ao filho e o que pensava de mim e de minha família.

A partir daí, minha vida tornou-se ainda mais reprimida em um casamento e em uma casa onde eu não era feliz, onde meus sonhos eram sufocados com pás de cal depositadas pelo meu marido e, quando tinha oportunidade, pela minha sogra.

A escola já tinha terminado, e Elton, com seus pensamentos arcaicos, muitos deles plantados e regados por minha sogra, não permitia que eu trabalhasse, cantasse e saísse. Além disso, ele passou a implicar ainda mais com minhas roupas.

Divina contribuiu para isso, pois, entre os passeios, ir à igreja estava no roteiro. Eu gostava de acompanhá-la somente pela oportunidade de cantar. Vendo que eu me sobressaía, que as pessoas gostavam de minha voz e que me pediam para cantar mais, minha sogra inventou que eu tinha um comportamento duvidoso na igreja, que os homens ficavam ouriçados comigo. Dizia que alguns conversavam demais comigo, o que insinuava uma liberdade ousada na casa de Deus. Eu?! Eu que não saía do lado de Divina, aspirando seu perfume de talco. Elton, então, proibiu-me de ir à igreja e cantar. Minha sogra divertia-se com a situação e contou outra versão na igreja. Fiquei sabendo o que ela dissera por meio de outra religiosa.

— Divina disse que você se sentia explorada por cantar e não receber nada. Ela disse que por isso você não quis mais ir...

Desmenti a versão de Divina, mas obviamente foi tudo em vão, pois ela tinha credibilidade devido à sua fidelidade à igreja. Ouvindo os conselhos de Conceição, escolhi relevar e esquecer. Em meu íntimo, o que mais agradava na igreja que minha sogra frequentava era a oportunidade que eu tinha de soltar a voz.

Com tudo isso, tornei-me um pássaro na gaiola. Um pássaro que não podia cantar ou ser visto.

Minha vida limitava-se àquele casamento frio e mais distante do que eu imaginava ser. Meus contatos com minha família aconteciam apenas por cartas. Eu chegava a escrever duas, três cartas, e apenas recebia uma. Certa vez, comentei o fato com minha sogra, e ela me devolveu uma resposta pronta:

— Deve ter extraviado. Acontece. Já escrevi tantas cartas para meus parentes, e eles não receberam. Tanto que parei de escrever.

Eu me convencia disso, mas não desistia de enviá-las e fazia isso com muito gosto. Passava tardes fechada em meu quarto, escrevendo, e tinha o cuidado de ser discreta em minhas cartas. Falava de saudade, relembrava algumas passagens, comentava minha vontade de comer algo que minha mãe preparava e pedia receita para providenciar os ingredientes. Também perguntava por todos. Nas cartas que enviava para Alcione, sentia-me de volta às nossas tardes, conversando, cantando. Fiquei muito feliz quando soube que ela estava cantando no coral da igreja. Pedia foto do meu sobrinho e recebi uma certa vez. Ele estava lindo, grande, no colo de minha mãe, e Alcione e meu pai estavam ao lado dele. Em outra foto, meu irmão mais novo o segurava no alto. Fiquei nervosa com a foto, com medo de a criança cair. Depois, acabava rindo do meu medo a distância. Também escrevia para meu irmão na cadeia, o que causou revolta em minha sogra, que, na minha frente, disse para Elton:

— Agora vai gastar dinheiro com isso também! Com carta para preso!

Segurei-me para não responder na frente de Elton.

Das qualidades de Divina, não poderia deixar de citar o fato de que ela era muito trabalhadora e fazia costuras belíssimas. Por conta do excesso de trabalho com as costuras, eu cuidava dos afazeres domésticos. Era a empregada que Divina pedia a Deus. Eu não só cuidava da casa, como da cozinha também.

— Viu os vidros, Marina? Não estão bons, muita poeira! — Divina sempre me criticava. Em outro momento, falava de minha comida. — Acho que está exagerando no óleo, no sal, no açúcar. Está fazendo muito! Viu o tanto que jogou fora? Está fazendo muito bolo. Olhe o gás! Tenha dó do seu marido, menina! Ele fica em pé naquela boate durante muitas horas para dar o melhor para você. Saiba reconhecer...

Algumas vezes, eu me irritava e respondia:

— Choveu, por isso os vidros ficaram assim. Há um pano ali no armário, Divina. Pode passar se quiser. Se quiser cozinhar, fique à vontade. Muito bolo? Você come todos os que faço e ainda oferece às suas clientes. Já reparei nisso.

Divina calava-se, mas não deixava de reclamar para o filho na primeira oportunidade.

Nossa casa era grande para três pessoas, e os cômodos eram espaçosos, o que me rendia muito trabalho. Eu não tinha experiência em serviços domésticos, pois minha mãe se sentia ofendida em delegar tarefas em casa. Ainda assim, foi com ela que aprendi o básico, o que se tornou avançado quando me casei e me tornei a diarista oficial da casa.

O quarto da minha sogra era sempre mantido fechado. A limpeza era feita com a porta aberta. Seu eu fechasse para limpar atrás da porta, minha sogra aparecia com a velocidade da luz no cômodo, sentava-se na cama e ficava supervisionando minha árdua tarefa. Eu nem gostava de ficar muito ali, pois cheirava a mofo e talco.

Eu sabia o motivo de o quarto ser mantido fechado, desde quando namorava Elton. Era no cômodo que Divina guardava todas as suas economias provenientes das costuras. Todo o dinheiro era guardado numa caixa de sapato que ficava armazenada sobre o guarda-roupas. Era o seu cofre particular.

Os dias de ir à feira e ao mercado eram minha oportunidade de ver o mundo fora daquele presídio que minha vida se tornou ao lado de Elton e Divina.

Eu aproveitava as saídas para visitar Conceição.

— Me sinto tão presa, sem saída nesse casamento — confidenciava a Conceição, em uma das vezes que fiz uma visita rápida a ela, antes de ir à feira. — Outro dia, você me falou de outras vidas, e eu fiquei pensando... O que será que fiz a eles para estar tão ligada assim a essas pessoas?

— Seus sonhos devem ser reveladores, Marina, mas, ao acordar, você só tem lembranças do quanto são perturbadores. Não reclame, agradeça. É a oportunidade que temos ao reencarnar ao lado de pessoas que, de alguma forma, já participaram de nossa vida e com quem nem sempre fomos gentis — dizia com leveza e simplicidade que me confortavam.

Pouco depois, saí correndo para não ter de fazer relatórios para minha sogra sobre a demora.

Minhas visitas à casa de Conceição eram constantes. Ela era tão acolhedora, discreta. Sabia o quanto eu era infeliz naquele casamento, mas não fazia especulações. Deixava-me livre para falar sobre o que eu sentia. Confiava, então, meus segredos, meus sentimentos a ela.

— Vir aqui é como voltar no tempo em que era feliz. Não vejo Alcione, mas vem à minha mente toda a recordação de como nos divertíamos e cantávamos...

— A felicidade não está no passado, Marina. É sua responsabilidade fazer escolhas e vivenciar momentos felizes. Você não pode se debruçar na janela e contemplar o passado como única oportunidade de ser feliz, de fazer diferente. A oportunidade está no agora.

Em outras ocasiões, eu chorava a falta da minha família. Nas visitas à casa de Conceição, ficava sabendo mais do que estava acontecendo por lá, porque Alcione lhe escrevia com mais frequência. Eu recebia apenas uma carta por mês. Acreditava no extravio da correspondência e contentava-me em ler as cartas destinadas a Conceição, que me mostrava tudo sem censura.

Foi em uma dessas cartas que fiquei sabendo que o julgamento de meu irmão mais velho fora marcado. Senti o coração acelerado e uma urgência de participar desse momento ao lado de minha família, o que logo passou, pois não tinha dinheiro e era muito dependente de meu marido.

Certo dia, arrumando a casa, entrei no quarto de minha sogra. Ela estava ocupada com suas clientes, e eu agradeci intimamente por poder limpar o cômodo sem sua supervisão. De repente, quando tirei algumas caixas que ficavam armazenadas embaixo da cama para tirar o pó, deparei-me com um envelope e minha surpresa foi grande ao ver que era uma carta de Alison endereçada a mim. A correspondência estava aberta, e, a partir disso, não tive dúvidas de que deveria mexer mais nas caixas. Descobri, então, entre os tecidos várias cartas destinadas a mim.

Senti o rosto queimando, enquanto lágrimas escorriam por meu rosto. Naquela hora, tive vontade de tirar satisfação com Divina, mas me contive. A curiosidade de ler notícias de pessoas tão especiais para mim era mais o mais importante naquele momento.

Tive o cuidado de recolher todas as cartas ali guardadas e as escondi dentro do vestido. Depois, devolvi a caixa vazia ao mesmo lugar.

Quando saí do quarto, tomada de uma frieza que não saberia explicar de onde surgiu, preparei o almoço. Anunciei que a comida estava na mesa, mas recusei-me a sentar-me com Divina. Aleguei que estava sem fome. Não conseguia nem olhar para minha sogra.

— Está sem fome? Será que vem aí o meu netinho? — brincou Divina toda sorridente. — Já passou da hora. Vou adorar educá-lo com meu Elton.

— Deus queira que não, que nunca venha — murmurei com vontade de chorar.

Quando Divina voltou para sua máquina de costura, recolhi a mesa, lavei a louça e depois me tranquei no quarto, pegando em seguida as cartas que escondera em minha gaveta.

141

Eram várias. Contei vinte cartas e fiquei pensando em quantas outras ela não teria lido, escondido de mim, rasgado ou jogado fora. Fiquei revoltada com a invasão de minha privacidade.

Havia cartas de Alcione, de tia Nena e de Alison, em que contavam sobre suas vidas, alegrias e novidades. Ali estavam as respostas das perguntas que eu fazia em minhas cartas.

Numa delas, Alison dizia onde estava e o quanto ficaria feliz em me ver. Abracei as cartas e chorei muito. Foi a forma que encontrei de tê-los por perto. Como estava feliz, ainda que triste pelo comportamento de Divina.

Só não consegui esconder esse sentimento de Elton e falei sobre o ocorrido à mesa, durante o jantar, na frente de Divina.

— O que é isso, meu filho?! Vai permitir que ela invente mentiras sobre sua mãe assim? O que eu ganharia em fazer isso? Em esconder cartas da família dela? — Divina, vermelha, com os olhos ainda mais estrábicos e com a voz alterada questionava Elton. Ela nem olhava para mim.

— A senhora fez isso, mãe?

— Era só o que me faltava! Ver você acreditando nessa aí. Veja bem quem você colocou dentro de casa, Elton! Olhe o tipo! É uma mentirosa!

— Que tipo de mulher você queria para seu filho, Divina? Que fizesse tudo o que faço por vocês e ainda lavasse seus pés?

— Viu só como ela é desaforada, meu filho? Me destrata, desacata. É desrespeitosa. Sem contar o que fez comigo...

Nesse momento, minha calma chegou ao limite. Levantei-me da mesa de forma brusca e, antes de sair, disse olhando para Divina, com a voz alterada como a dela:

— Sua falsa, dissimulada, oportunista! Isso é pouco para começar a descrever a mulher perversa que você é!

Divina começou a simular que estava passando mal, já que não se abalara a ponto de chorar como queria. Elton correu para socorrê-la, e eu, vendo sua simulação, parei de falar e saí irritada, sem dar importância para sua cena malfeita, convincente somente para o filho.

No quarto, comecei a chorar. Sentia raiva de tudo, daquela situação, da minha falta de opção. Estava ali, presa com minhas dores, quando Elton chegou, grosseiro.

— Você vai pedir desculpas para minha mãe!

Comecei a rir, ainda com os olhos vermelhos de chorar.

— Pedir desculpas? Ela vai pedir desculpas para mim também por ter escondido minhas cartas?

— Você está sendo infantil, inventando histórias para ganhar atenção. Isso não tem cabimento! Minha mãe não faria...

— Não vou mais medir forças com sua mãe. Ela está certa, não é isso? Pois bem! Isso só confirma o que venho percebendo há algum tempo, que não tenho credibilidade com você. Qualquer coisa que eu diga vai por água abaixo quando sua santa mãe diz o contrário.

— Não seja irônica! — Elton disse puxando meu braço e insistindo para que eu pedisse desculpas para a mãe dele. — Vamos agora conversar com ela! Peça desculpas! Somos uma família, e tenho certeza de que é mais um mal-entendido de sua parte.

— De minha parte? Me solte, Elton! — gritei, desvencilhando-me de suas mãos. — Não vou! Chega! Ela roubou, sim, minhas cartas e as escondeu debaixo da cama! Fez isso porque é maldosa, porque é ruim! Venenosa!

Elton calou-me quando me esbofeteou. O impacto foi tão forte que me fez cair na cama. Meus cabelos cobriam meu rosto, presos nas lágrimas. Formou-se entre nós uma fração de silêncio, e eu o vi de costas, respirando fundo, com as mãos espalmadas na porta. Por fim, ele disse:

— Estou esperando por você na sala e minha mãe também. Estamos aguardando seu pedido de desculpas.

Não sei dizer de onde tirei forças, mas levantei-me da cama três vezes mais forte do que imaginava ser.

Ainda de costas, ele continuou a falar:

— Minha mãe tem feito tudo para agradá-la, e esse é o pagamento? Você está sendo ingrata.

Olhei para a penteadeira, de onde peguei um vidro grande de perfume, presente de tia Nena, e não pensei duas vezes quando o lancei nas costas de Elton.

Ele virou-se com cara de dor e surpreso com minha fúria e colocou as mãos nas costas, tentando alcançar em vão o local onde sentia dor. O vidro, depois de atingir as costas de meu marido, espatifou-se no chão e imediatamente o perfume exalou pelo quarto. Recolhi o maior caco de vidro e ameacei-o com aquela arma improvisada e pontiaguda.

— Nunca mais você vai me bater! Nunca mais, está me ouvindo?

Ele aproximou-se para me bater mais umas vez, mas viu meu rosto vermelho, o sangue escorrendo e o brilho do vidro preso em uma de minhas mãos, então, saiu do quarto. Quando olhei para as costas de Elton, ainda que coberta pela camiseta que usava, notei que estava manchada de sangue.

Chorando compulsivamente, arrastei-me até a banqueta da penteadeira e me vi refletida no espelho. Vi meus cabelos emaranhados, uma das alças de minha roupa caída, meus olhos vermelhos de chorar, meu rosto com hematomas causados pela brutalidade de meu marido. E o que mais me doeu e me fez derrubar todos os perfumes existentes na penteadeira com as mãos foi ouvir minha sogra cantando pela casa, feliz da vida.

Fui ao banheiro levando comigo, além de dor e tristeza, os cacos de vidros, ignorando a presença de minha sogra sentada à máquina de costura. Cheguei a notar seu rosto virado em minha direção, acompanhando e divertindo-se à custa de minha dor. E não poupou sarcasmo ao recomendar:

— Elton saiu nervoso. Você maltrata meu filho — depois da pausa, disse: — Coloque uma batata sobre o rosto, pois alivia o hematoma — e, rindo, prosseguiu: — Vida de casada não é fácil! Usei algumas vezes quando meu marido... quando eu batia de frente em portas.

Tive vontade de costurar a língua de minha sogra na máquina, mas preferi me silenciar.

No banheiro, tomei um banho tentando livrar-me da dor que sentia. No quarto, exausta de tanto chorar, adormeci na cama com a toalha enrolada no corpo.

Elton chegou tarde da noite, bêbado, e, ao me ver, como se nada tivesse acontecido, tirou minha toalha. Sufocada pelo cheiro forte de aguardente, lutei, mas não foi o suficiente para evitar que pesasse, sem delicadeza, seu corpo suado sobre o meu, de prender com seu joelho minha perna, forçando-me e conseguindo, assim, me imobilizar. Ansioso para satisfazer seus instintos, Elton agiu com brutalidade, sufocando minha boca quando comecei a gritar devido à dor, ao incômodo.

Depois de satisfeito, ele rolou pela cama e adormeceu, e eu fiquei em silêncio, com o corpo dolorido e os olhos abertos no escuro, sentindo as lágrimas quentes rolarem por meu rosto.

Depois de casado, Elton passou a ter o hábito de ser acordado por mim, mas, na manhã seguinte ao ocorrido — como fiquei sabendo depois por Conceição —, ele despertou com a claridade do dia invadindo as frestas da janela. Curioso, ele estranhou o fato de não me ver ao seu lado. Chegou a me chamar, contudo, não obteve resposta. Não tardou para Divina bater na porta do quarto.

Elton abriu a porta perguntando por mim, e Divina começou a chorar e a gritar, conduzindo-o ao seu quarto.

— Cadê Marina, mãe?

A mulher, ainda chorosa, pegou a caixa de sapatos vazia e jogou contra o filho.

— Sua esposa levou minhas economias de anos!

— Como assim?! Onde ela está? — Elton ficou desesperado, correndo pela casa, abrindo armários e gavetas, até constatar a falta de minhas roupas e de meus objetos pessoais. Ficou gritando meu nome, despertando a atenção dos vizinhos.

— Maldita mulher, me roubou tudo e fugiu! Viu só quem você colocou em nossa casa? — Divina disse ao vê-lo sentado à mesa, cabisbaixo e triste.

— Chega! — falou baixinho, mas Divina ficou insistindo, repetindo, até que ele explodiu. — Chega! Saia da minha frente!

Ela foi embora! Está feliz agora? — levantou-se, deixando a cadeira cair no chão.

— Vou avisar a polícia...

— Cale a boca! — disse baixinho e, repetindo mais alto, explodiu em lágrimas, desesperado. — Cale a boca!

Soube mais tarde por Conceição o que aconteceu após minha fuga. Saí dali, daquela prisão, da gaiola, dos olhos estrábicos de Divina, para nunca mais voltar. Para ser livre e cantar.

CAPÍTULO 17
ZEUS

Na rodoviária, após me certificar mais uma vez do endereço no envelope que tinha nas mãos, segui a orientação do guarda e encaminhei-me apressada e arrastando duas sacolas pesadas com meus pertences ao guichê onde comprei a passagem.

Minutos depois, estava dentro do ônibus. Senti um sorriso formando-se em meu rosto, contrastando com as lágrimas que escorriam. Quando o ônibus começou a andar, olhei para o lado e vi uma criança no colo da mãe. Ele estava acordado, atento, enquanto ela dormia. Era um menino gordinho, com um furinho no queixo, e começou a rir para mim. Retribuí o gesto sorrindo, mas ele ficou sério ao notar minhas lágrimas. Rapidamente, então, sequei o rosto e fiz o melhor ao voltar a sorrir.

Acabei adormecendo e só acordei com a voz do motorista anunciando uma parada de vinte minutos. Saí com a bolsa atravessada no corpo, com todo cuidado, como se estivesse carregando uma criança prematura. Tinha naquela bolsa todo o dinheiro que me levaria para longe da vida que tinha.

A viagem não teve a duração esperada. Pelos cálculos, eu chegaria ao meu destino no fim da tarde, mas o ônibus quebrou no caminho, atrasando o roteiro previsto.

Quando desci na rodoviária, experimentei um misto de medo, alegria, ansiedade e contentamento por ter deixado a quilômetros de distância aquele casamento e aquela casa que só trouxeram tristeza ao meu coração, que me machucavam e sufocavam meus sonhos.

O táxi deixou-me, por fim, em meu destino. O trajeto até lá foi o melhor possível, de novidade, fazendo-me esquecer das horas anteriores de terror em minha vida. O motorista, simpático e muito falante, fez o caminho contornando a praia e falando sobre as maravilhas do lugar. Confesso que em alguns momentos não dei ouvidos para ele, pois estava focada na beleza da natureza, no brilho especial do sol quando ele pousava sua luz nas ondas altas que agitavam o mar.

Descansei as mãos ao colocar as sacolas no chão depois de descer do táxi. Certifiquei-me se o endereço estava correto olhando a placa fincada na fachada de um bar de esquina. Respirei fundo e apreciei o lugar. Havia vários prédios, e a rua era movimentada, assim como as pessoas que transitavam pelo lugar. Tive a sensação de que já estivera ali antes e isso me fez tão bem, me encheu de coragem.

Dei alguns passos e parei em frente ao endereço que tinha anotado no envelope e senti o coração saltar e minhas mãos ficarem trêmulas quando guardei o papel na bolsa. O número estampado na coluna revestida de tijolo à vista era o mesmo do envelope. Insegura, certifiquei-me mais uma vez antes de dar mais um passo. Meu coração estava quase saindo pela boca, enquanto eu pensava que em mais alguns minutos o encontraria.

— Não tem ninguém com esse nome aqui — foi o que ouvi de uma moça, na verdade de um rapaz travestido. Estava lindo, perfumado, com uma roupa colada ao corpo e usava brincos e colares de cores e formatos exagerados, o que o tornava ainda mais curioso e atraente para mim. — Agora, se me dá licença, preciso voltar...

— Alison Queiroz, esse é o nome do meu primo. Tem certeza de que não o conhece? Ele me escreveu, pôs esse endereço, o número... — vi a impaciência da moça crescendo, enquanto balançava a cabeça negativamente, revirava os olhos e mexia os saltos altos no tapete azul que enfeitava a entrada. — Está certo que faz alguns meses que recebi essas cartas, faz quase um ano...

— Olhe... a rotatividade aqui na boate é grande. É possível que ele tenha trabalhado aqui, mas não tenho como ajudá-la agora — ela me viu abrir a boca e disse rapidamente: — Nem posso descobrir isso pra você, se é que esse é seu próximo pedido. É confidencial, entende?

Resolvi não insistir mais. Agradeci e fui andando para apreciar o lugar. O prédio era bonito, moderno. Estava ainda ali, parada na calçada, com as sacolas nas mãos, quando a porta se fechou e avistei um letreiro imenso, que tomava a fachada do lugar. Em luzes coloridas e chamativas estava escrito "Zeus".

Fiquei curiosa para entrar no lugar, mas estava cansada e também triste por não ter encontrado meu primo. Decidi que precisava descansar e depois voltaria a procurar Alison. Se ele vivera por ali, naturalmente alguém haveria de conhecê-lo e me ajudaria a saber de seu paradeiro.

Estava andando e pedindo a Deus um sinal, um lugar para repousar, quando um jovem esbarrou em mim, fazendo minhas sacolas caírem no chão.

— Desculpe-me, estava distraído — falou o jovem enquanto apanhava as sacolas. Nesse instante, senti sua mão tocar a minha, e ficamos assim por uma fração de segundos, o suficiente para nossos olhos se encontrarem. Fiquei olhando o sorriso e os olhos do rapaz até que ele quebrou o silêncio: — Desculpe-me mesmo, estou apressado.

Apenas ri como uma boba, vendo-o pegar distância e, para minha surpresa, entrar no Zeus. Lamentei, naquele momento, não ter lhe perguntado sobre meu primo, contudo, também não sabia seu destino. Só pensei que aquele lugar tinha a resposta que eu procurava. O que não sabia é que teria ali muito mais respostas para minha vida.

Na mesma rua do Zeus encontrei um hotel pequeno, de poucos andares, sem luxo, que, para mim, a designação mais apropriada seria pousada, mas a dona do local, uma mulher falante, de cabelos loiros e encaracolados e olhos espantados, fazia questão de ressaltar que o lugar se tratava de um hotel. Ela tirou todas as minhas dúvidas.

— Mais conforto é mais caro, claro! Quarto com banheiro coletivo, mais barato. Dou café da manhã. Você não encontrará melhor na região, só se for a casa de sua mãe. E pelo jeito... — analisou-me dos pés a cabeça, fixou o olhar no meu rosto com o hematoma e continuou: — Não deve estar vindo de lugar melhor que este aqui. Já lhe aviso que não quero rolo com polícia, namorado gritando... aqui é lugar de luxo e requinte — falava tão bem do lugar que nem reparava que baratas passeavam sobre o balcão.

Minutos depois, fechei a porta do meu quarto. Era simples, mas me senti no paraíso. Cobertas por poeira da rua, as cortinas que enfeitavam a janela de madeira estavam puídas. As paredes careciam de pintura, assim como a mobília precisava ser trocada, mas, como tudo era provisório para mim, ficar ali era o que eu precisava.

Depois do banho, com a toalha enrolada na altura dos seios, os cabelos molhados, o corpo relaxado, resolvi abrir a janela, o que me revelou a rua movimentada, carros e pessoas em fila na frente da boate Bochiche. Achei tudo tão bonito, e eu tão bem com aquela mudança.

Tive o cuidado de guardar meus pertences, que não eram muitos. Entre as roupas colocara o quadro que meu avô fizera com a notícia de meu nascimento. Era uma das poucas lembranças que me faziam sentir perto dele.

Deitei-me na cama e, pouco depois, adormeci, e não tardou para que o passado, a outra vida, se revelasse.

***

Marina era a viúva mais feliz que Divina conhecera em toda a sua vida. Depois da morte de Elton, ela tornara-se uma mulher bem-humorada e passara a tratar bem a empregada, que a via com ódio e medo e, por conta disso, preferia tê-la a distância. Mantinha-se por perto somente quando necessário.

— Sua enteada está aqui. Quer lhe falar — anunciou Divina, sem querer olhar para a patroa, que, sentada na cama com a bandeja sobre as pernas, tomava seu café da manhã com frutas, sucos e fatias de pão.

— Enteada?

— Não precisa me anunciar, Divina — falou Eunice, entrando no quarto de Marina. — Que história é essa de que tenho de desocupar minha casa?

— Minha querida, eu estava querendo falar-lhe, mas você anda pelo mundo... Eu vendi a casa! Consegui uma boa quantia pelo imóvel, ou melhor, pelo terreno. A casa estava em pé sabe Deus como...

— A casa que foi de minha mãe, minha herança! Como se apoderou da minha...

— Minha casa. Faço dela o que bem entender. Seu pai, antes de tropeçar na escada, fez uma doação para mim. Elton era um homem tão generoso.

— Quer dizer que, além de meu pai não ter deixado nada para mim, porque você havia colocado tudo em seu nome, e de eu descobrir na leitura do testamento que estava praticamente deserdada, minha casa...

— Entrou no pacote. Lamento que a herança que sua mãe deixou para você não tenha sido suficiente. Se tivesse administrado melhor seu dinheiro, a história seria outra, mas como você só soube gastar... Enfim, dinheiro tem dessas coisas! Se não investe, você perde. Seu pai, como um ótimo administrador, um acionista, deveria ter...

— Eu exijo que você devolva o que é meu por direito! — Eunice gritou de forma que Divina, encolhida na parede, sentiu o corpo estremecer.

— Eu exijo que saia do meu quarto — falou Marina pacificamente, enquanto mordia a fatia de queijo. — Divina, essa marca de queijo não é boa. É melhor voltar à anterior — disse, ignorando Eunice, que, estressada, estava a ponto de atacá-la.

— Você me deixou na miséria, sem nada!

— Não tenho culpa de você ter se comportado como uma garota mimada, cujo único propósito na vida era acabar o dinheiro de sua família. Uma desocupada, com 30 anos, que se comporta como uma adolescente mimada. Quer saber? Saia da minha frente. Você me cansa.

Eunice ficou vermelha e tentou avançar sobre Marina, mas Divina defendeu a patroa. A mulher não se abalou.

— Saia daqui, garota. E de minha casa também. Logo começarão os trabalhos para por este lugar abaixo. Recolha suas malas e suma. Do contrário, será recolhida e jogada no aterro. E garanto que, se isso acontecer, ninguém sentirá sua falta. Meu casamento com seu pai foi muito curto, sem ceias de Natal... acho que por isso não criamos vínculos!

— Isso não ficará assim. Você terá o que merece.

— Está me ameaçando? — Marina perguntou rindo, com o olhar desafiador.

Eunice nada disse. Saiu pisando firme, sem olhar para trás. Enquanto isso, Divina, nervosa, tinha receio do que a moça pudesse fazer.

Quando Divina voltou ao quarto, Marina riu alto relembrando o encontro que tivera com a enteada.

— Ela a ameaçou — relembrou Divina.

— Não tenho medo.

— Pois deveria. A senhora tem colecionado inimigos! — Divina falou num tom mais alto, diferente do tom de uma serviçal medrosa, e Marina sentiu que estava diante de uma nova ameaça.

Depois de alguns dias, Marina dormia à tarde, quando ouviu um barulho na janela. Ao levantar-se para ver, deparou-se com um jovem correndo no seu jardim e sentiu o coração acelerado. Ela, então, chamou Divina e contou o que vira.

— Será que Eunice o mandou aqui...? — Marina questionou.

— Não. Eu já sei quem é. Não é a primeira vez que o vejo rondando a casa.

— Você o conhece? Fala de um jeito...

— É o Betinho, filho de Malia e de Odair. O menino ficou pela rua depois que o pai morreu daquele jeito, assassinado e enterrado como indigente — Divina fez uma pausa com medo da reação de Marina e continuou: — E a mãe também faleceu na cadeia. O pobre rapaz virou um morador de rua. Revira lixo, come restos. Se bem que ele não parece estar atrás de comida, de roupas usadas. Já o surpreendi ao pé de sua janela com uma faca na mão.

Marina sentiu o corpo tremer, mas não quis passar a impressão de medo para Divina, por isso riu e disse:

— Quanta bobagem! Deve estar desorientado com a perda dos pais, sem ocupação! É isso, um ocioso. Um vagabundo cabeça de vento. Quando o vir rondando minha casa, me avise. Agora saia, pois preciso descansar.

Divina obedeceu a ordem da patroa e saiu sem falar nada, deixando Marina no silêncio de seu quarto e na companhia de seu passado.

— Filho de Malia, que também me odiava, pois acreditava que eu havia matado Odair. Ele deve ter o mesmo sentimento da mãe em relação a mim.

Nesse momento, a fechadura da porta rodou. Ouvindo passos, Marina sentiu medo do que estava por vir.

Eu acordei do sonho e me vi de volta ao presente, ouvindo gritos na rua. Ao despertar, trouxe do sonho medo e frio e acabei me convencendo de que dormira sem coberta e que fazia frio naquela noite. Cobri-me, adormeci, contudo, acordei novamente assustada, sentindo uma mão pesada sobre meu ombro.

— Não! — gritei e, quando me vi sozinha e certa de que estava livre de Elton, sorri e voltei a dormir tranquilamente.

Relaxei tanto que despertei tarde o bastante para perder o café da manhã. Depois de tomar um banho, arrumei-me e, diante do espelho e com a ajuda das maquiagens de tia Nena, consegui disfarçar o hematoma do rosto.

— Tenho horário, Marina — falou a loira de olhos espantados, antes mesmo dos cumprimentos cordiais de boa educação. — Às nove horas recolho tudo e vou tratar do almoço. Se quiser, pode fazer a refeição aqui. À parte, como já expliquei...

— Não se preocupe. Farei as refeições na rua. Me diga uma coisa: essa boate, Zeus...

— Chique demais! Não é para qualquer um, não. Só entram convidados, artistas, gente selecionada. Muitas pessoas ficam na fila por horas e não conseguem entrar.

A mulher tratou de contar-me detalhes sobre o lugar e fez a mesma cara da moça que me recebeu à porta do lugar, quando perguntei sobre Alison.

— Não o conheço. Alison Queiroz... eu me lembraria facilmente desse nome. Aqui no meu hotel ele também não ficou hospedado... — depois de fazer uma pausa, tomou a liberdade de falar comigo olhando para meu hematoma: — Não sei quem fez isso com você, mas sei que não merece. Parece ser uma moça tão boa. Aliás, mulher nenhuma merece isso. Foi um homem, não foi? — parou e notou meu silêncio e meus olhos tímidos, fugindo dos seus.

— Eu me machuquei. Não foi nada mais que isso. Me machuquei sozinha — menti.

— Pode colocar maquiagem para esconder bem, como profissional, mas eu reconheceria as marcas da violência no seu olhar. Pode denunciar, é um direito seu. Em pensar que há mulheres que se sujeitam a isso e dizem que amam o parceiro, que o amor é maior que isso! Não me convence. Pra mim, isso é falta de amor-próprio.

Depois de conseguir me desvencilhar da conversa com a dona do hotel, saí à rua com uma certeza: enviar uma carta para meu pais. Tomei o cuidado de colocar somente meu nome no remetente. Tratei de contar-lhes a verdade, com cuidado, sem deixá-los preocupados, mas não contei que estava à procura de Alison. Não citei Elton nem Divina na carta, pois eram nomes que eu mesma não fazia questão de me lembrar. Limitei-me a dizer o quanto estava bem e feliz e que era dona de mim.

Após postar a carta, senti-me aliviada e decidi visitar alguns comércios da região para perguntar sobre meu primo. Saí, contudo, sem a resposta pela qual tanto ansiava.

Parei na porta da boate Zeus e fiquei pensando no que fazer. Lembrei-me, então, do rapaz com quem eu esbarrara e que tinha um sorriso tão familiar. Fiquei em devaneios, pensando na possibilidade de ele ter sido amigo de Alison e de os dois terem trabalhado juntos. O rapaz, bem-vestido, não parecia ser empregado do lugar, e acabei concluindo que seria um cliente. Sorri da ideia, sem saber o motivo.

— Você de novo aqui, criatura? — um moço calvo, usando óculos, abordou-me. Apesar de estar sem maquiagem, a voz e a forma de gesticular fez-me recordar do rapaz vestido de mulher com quem eu conversara no dia anterior. Abri um sorriso, e ele correspondeu. — Não faço ideia de quem é o moço que está procurando. Não é primo coisa nenhuma, né? Ele aprontou com você? Deve ter se aproveitado desse corpinho e deu o endereço errado para deixar você ainda mais perdida na vida. Esses homens não prestam.

— Quero me candidatar à vaga — falei rapidamente, quando meus olhos fixaram-se na placa com o anúncio. Sentia que precisava entrar ali, onde, eu acreditava, estariam as respostas que procurava.

— Você?!

CAPÍTULO 18
VIDA NOVA

— Você, docinho? Não! — finalizou, mesmo depois de toda a minha insistência e de me medir com ar de pouco caso.

Cansada e percebendo que não teria chances com ele, resolvi tirar meu time de campo. Voltei para o hotel, que, para mim, parecia mais uma pensão e das piores. Dei cinco minutos para a dona do lugar, mas estava muito chateada para ficar ouvindo suas queixas. Pedi licença e fui para meu quarto.

Joguei-me na cama e fiquei olhando o teto mofado, pensando que entrar na Zeus poderia ser o caminho para descobrir o paradeiro de meu primo e conseguir também algum dinheiro. O que eu tinha não renderia muito, pois tinha de pagar as diárias do lugar onde estava hospedada. Pensei no jovem com quem me esbarrara na noite anterior. Não saberia explicar o porquê, mas ele significou muito. Acho que depositei nele as esperanças de saber algo sobre Alison. Como assim meu primo passara por ali, e ninguém o conhecia? Por fim, não conseguira êxito naquela cidade e precisava tomar uma decisão. Ficar ali, esperando as coisas acontecerem, não estava nos meus planos.

Estava assim, em meio a devaneios e certa de que o melhor era fazer as malas, ou melhor, as sacolas, e partir dali — mesmo sem saber para onde —, quando, de repente, ouvi duas batidas na porta seguidas de mais duas impacientes, acompanhadas da voz apimentada da dona do hotel.

Abri a porta, e, para minha surpresa, meu quarto foi invadido pela dona do hotel e o rapaz da Zeus, que entrou batendo uma mão na outra, como se assim se livrasse do pó, e com os olhos atentos no quarto.

— Você tem dez minutos para se apresentar em seu novo trabalho!

— Como?! — confesso que fiquei surpresa com a mudança de opinião do rapaz, tanto que ele deve ter lido meus pensamentos ao dizer:

— A chefe — dizia isso com ênfase, cuidado e respeito — tem olhos de águia e vê tudo o que se passa por aqui. Parece que ela a viu, gostou de você e decidiu contratá-la. Você teve sorte, porque ela estava viajando...

— Como assim? Quem é?

— Quer ou não quer o trabalho, docinho? — falou saindo do quarto, seguido pela dona do hotel, que estava boquiaberta e feliz com a visita. — Quando eu chegar lá, já a quero na porta! E lhe dou um conselho: Salazar, o dono disso tudo aqui, é tranquilo, contudo, não pode esperar o mesmo da chefe.

Abri um sorriso que clareou meu dia, peguei minha bolsa e saí em disparada.

Chegamos praticamente juntos. Ele abriu a porta da boate, acendeu a luz, e ali se abriu um mundo novo, com brilho, com cheiro diferente, com uma combinação que me fez me sentir bem, sorridente.

— Vamos! Se apresse, docinho. Vai ficar aí, como uma pateta? — disse e saiu andando, indiferente à minha alegria de descoberta, ao brilho do meu olhar fixo no globo luminoso. — O trabalho aqui é árduo, não fácil! — ele dava-me as instruções, e eu, acanhada, abraçada à bolsa, confirmava com sorriso que estava entendendo tudo. — Você terá de limpar as mesas e o chão. E, à noite, não é diferente. A chefe e toda poderosa gosta de ver tudo maravilhoso.

— Onde ela está? Quero conhecê-la, agradecer...

O rapaz começou a rir alto, divertido, quando disse:

— Docinho, não é assim. Você mal chegou e já quer audiência com ela! — ficou sério ao aconselhar. — Ela fica sobre nossas cabeças, vendo tudo. Olhe para cima. Tá vendo o mezanino, com vidros escuros? Ela fica atrás dele, comandando, ditando regras. Poderosíssima!

Segurei-me para não rir do exagero dele e concentrei-me em suas orientações. Minutos depois, estava vestida com meu uniforme e equipada com minhas novas ferramentas de trabalho.

— Espero que saiba mesmo fazer tudo muito bem. Ela, a chefe, contrata, mas tenho carta branca para devolvê-la para a rua. Fique sabendo disso — comunicou-me com ar desafiador e saiu rebolando num jeans largo.

Comecei a fazer a faxina. Estava tão acostumada a limpar a casa de Divina, que o trabalho ali era o de menos. Além disso, seria remunerada.

E foi assim o início de minha nova vida. Meu trabalho começava no fim da tarde e varava a noite. Durante o dia, dormia o quanto podia e, no fim da tarde, depois de sanar a curiosidade da loira, da dona do hotel, sobre as celebridades que eu via na Zeus, conseguia ir trabalhar.

O lugar era um show. As luzes na pista de dança e no palco deixavam-me fascinada. Fiquei emocionada quando vi pela primeira vez o globo espelhado, os neons. Sempre havia um convidado da casa para comandar a mesa de som, e era difícil dizer qual era o melhor. *Disco* e *soul music* predominavam e embalavam jovens negros, brancos, heterossexuais e homossexuais. Todos se divertiam, envoltos por muito brilho e cores vivas. Era comum ver roupas de lurex, com seus fios brilhantes, dourados e prateados. Uísque, cerveja e vodca predominavam, e o Dry Martini estava em alta. Aquele era o meu lugar.

Em menos de um mês, fui promovida à recepcionista e ganhei com a nova função um uniforme que adorei. Um vestido preto, básico. Eu usava os cabelos presos, como as outras moças que lá trabalhavam, e gostava de usar brincos grandes e maquiagem forte, moda na ocasião.

Com o tempo, fui conhecendo os outros funcionários da boate, alguns rapazes, que, como o braço direito da chefe — que passei a chamar de Docinho —, se vestiam divinamente como mulheres. Eram tão perfumados, bem-vestidos, equilibrados em seus saltos. Eu ficava maravilhada enquanto os observava.

Quando conseguia me aproximar de algum dos funcionários, perguntava por meu primo, mas não obtinha resposta. Certa noite, trocando os cinzeiros, vi o rapaz que esbarrara em mim logo no primeiro dia na cidade. Ao vê-lo, sorri como se tivesse reencontrado um amigo. Ao aproximar-me dele, Docinho, meu supervisor, segurou meu braço e fez-me recordar de uma das leis do lugar: não se envolva com funcionários, clientes. Não toque em ninguém, a menos que seja questionada.

Fiquei um bom tempo apreciando o rapaz. Era tão elegante que parecia cliente do lugar e estava sempre acompanhado de belas mulheres. Passei a vê-lo outras vezes, mas, como estava constantemente acompanhado, mantinha-me a distância e comecei a acreditar que ele não teria a resposta que eu precisava sobre Alison.

O tempo foi passando, e o trabalho ajudou-me a deixar o passado de lado. O dinheiro que consegui juntar nos dois primeiros meses completou o dinheiro que eu pegara na caixa de sapatos de Divina. Quando isso aconteceu, separei a quantia, somei um valor a ela, envolvi tudo num papel e postei o envelope remetido à minha ex-sogra. Não coloquei remetente e não escrevi uma palavra. Ao receber o dinheiro, tinha certeza de que a mãe de Elton saberia do que se tratava.

Senti um alívio tão grande em pagar aquela dívida e também absolvida pelo que fizera.

Todas as semanas, eu mandava cartas para minha família, era o que tinha para diminuir a saudade.

A dona do hotel, que passou a me tratar ainda melhor, pois eu não era apenas sua hóspede, mas também funcionária da Zeus, era uma solitária e tinha bom coração, tanto que percebeu minha tristeza quando contei sobre as cartas, a falta que sentia de cada um dos meus familiares.

Ela ouviu-me em silêncio e achou um jeito de secar minhas lágrimas, bem a seu jeito. Foi até a recepção, fez-me acompanhá-la, pegou a lista telefônica e rapidamente achou o número de telefone da fábrica onde meu irmão trabalhava, depois de eu lhe dizer o que sabia: nome da fábrica, cidade e o nome do meu irmão mais novo. Ela discou e, depois de especular, conseguiu localizá-lo. Enquanto isso, fiquei apreciando seu gesto, boquiaberta. É curioso, porque quando estamos envolvidos em um problema, parece que nenhuma ideia nos vem à mente, mas uma pessoa de fora facilmente consegue nos auxiliar.

— Seu irmão está vindo falar com você. A mocinha me pareceu simpática e aceitou nos ajudar — e depois, com ar sério, disparou: — Seja breve! Não vou cobrar a ligação, mas não estou em condições de dar um presente tão caro como interurbano...

Eu a interrompi dando-lhe um beijo no rosto, e ela, por sua vez, ficou sem graça e deixou-me com o telefone na mão, tomada por uma forte emoção.

— Meu irmão?!

— Marina, não acredito! É você mesmo? Onde está? Menina, você...

— Estou bem. Tenho pouco tempo. Não sabe como é bom ouvi-lo! Como estão nossos pais, Alcione, o pequeno Carlos, meu afilhado? E você, como está? E o nosso irmão? — perguntava eufórica, apressada, ansiando por respostas, enquanto as lágrimas corriam pelo meu rosto.

— Calma, você vai passar mal! — divertia-se meu irmão com seu bom humor que me enchia de alegria. Ele contou-me rapidamente que todos estavam bem e que, quando minhas cartas chegavam, esperavam ansiosamente para lê-las. Minha mãe fazia isso em seu quarto, sozinha, e sempre saía do cômodo abraçada aos papéis, com os olhos tomados por lágrimas. — Alcione vai ficar agitada quando eu lhe disser que conversamos. Minha irmã, o que aconteceu?

O silêncio fez-se entre nós, e depois rompi em lágrimas, o suficiente para deixar meu irmão exaltado.

— Se eu pego ele! Quem diria que.... — fez uma pausa. — Ele esteve em casa, à sua procura. Eu não o vi, pois estava na fábrica. Alcione me contou os detalhes, já que seu Betinho e dona Lola inicialmente esconderam isso de mim e, quando me contaram, falaram por cima o que tinha acontecido. Pelo que soube, Elton chegou à nossa casa num estado deplorável e confessou que não a vinha tratando bem, mas que estava arrependido e a queria de volta. Nosso pai se transformou, se alterou e acabou colocando-o para correr, dizendo que, se algo acontecesse de mal a você, ele seria o culpado. Nossa mãe chorou muito e só melhorou quando começou a receber suas cartas.

— Eu não tive escolha, estava sufocada ali...

— Você não deve satisfação a ninguém, minha irmã. Minha única irmã....

— Diga para eles que estou bem, feliz e leve e que os visitarei na primeira oportunidade. — Respirei fundo e voltei a chorar a falta que eles faziam na minha vida. — Como está nosso irmão? Quando tudo isso aconteceu, ele estava perto de ser julgado.

— Você não soube? Aconteceu que...

Nesse momento, a ligação foi cortada. Fiquei desesperada, mas depois me contive e vi que passara muito tempo ao telefone, por isso não quis abusar e pedir para ligar novamente.

Sentia-me bem e leve por ter ouvido meu irmão mais novo, mas fiquei angustiada por não saber notícias de meu irmão mais velho. Descobriria tudo depois.

Dias depois, como agradecimento, levei a dona do hotel ao Zeus, depois de pedir autorização de Docinho.

— Não vá abusar, docinho. A chefe está gostando do seu serviço, até a elogiou. Não se sinta metida à besta. Pode trazer sua amiga para passar a noite com a gente.

E assim foi a nossa noite. Eu trabalhava, mas divertia-me vendo a dona do hotel toda pomposa, bem-vestida, tanto que custei a reconhecê-la quando a vi pronta para sair de casa. Ela ficou muito agradecida e tornou-se ainda mais minha amiga.

Certo dia, cheguei cedo ao trabalho e vi o palco, que eu só tinha acesso quando trabalhava como faxineira. Eu, que havia muito tempo sonhava em cantar ali, vi o lugar vazio e uma força apoderou-se de mim, encorajando-me a pegar o microfone e soltar a voz. Cantei uma das músicas de que mais gostava e que ouvia nas noites enquanto trabalhava. O barulho das pessoas conversando era tanto que elas não me ouviam cantar.

Ali fiquei num solo, sem acompanhamento, cantando, sentindo-me livre, exercendo o dom que Deus me dera livremente, experimentando uma sensação tão boa e tomada por uma energia que só aquele que faz o que gosta conhece.

Cantei de olhos fechados, sentindo a emoção da música me envolvendo, quando, já finalizando, ouvi alguém batendo palmas. Abri os olhos e, quando me dei conta do que estava fazendo, percebi que ferira o regulamento da Docinho.

Fiquei muda, séria, sem graça, ao ver, ocupando uma das mesas e a poucos metros de mim, o rapaz com quem eu esbarrara na rua. Ele era o único presente. Estava elegante como sempre, bem-vestido, usando uma blusa azul com gola rulê. Estava com as pernas cruzadas e mantinha um cigarro preso entre os dedos. Sobre a mesa colocara seu Dry Martini.

Desconcertada, larguei o microfone e já me preparava para sair, quando Docinho apareceu. Pelo seu jeito, vi que ele estava bravo com minha atitude.

— Desculpe-me, eu sabia que não podia, mas é que gosto de cantar... — olhei em volta, e o rapaz já não estava mais, o que me enfraqueceu diante de Docinho.

— Regras são regras, e você as quebrou. Falei que não podia — ele parou e respirou fundo quando disse: — Está despedida, Docinho. Tem dez minutos para pegar suas coisas e sair daqui...

Tentei me justificar, mas ele foi taxativo:

— Ordens da chefe. Ela a viu e ouviu do mezanino. Eu avisei...

CAPÍTULO 19
A DESCOBERTA

Vendo-me arrumar as poucas coisas que tinha armazenado na boate num quarto lateral dos fundos, que servia de alojamento para os funcionários, Docinho insistiu:

— Ela quer vê-la. Pediu para dispensá-la, mas quer...

— Não vou! — disse por fim, entre lágrimas, quebrando o silêncio que se formara entre nós desde que eu soube da demissão. O único som que ouvia era dos passos de Docinho atrás de mim e de minhas lágrimas. O melhor de tudo é que estávamos no meio da tarde, e eu não precisaria me despedir das meninas às quais me afeiçoara. — Não vejo motivo de me encontrar com essa mulher que nunca fez questão de me ver.

— Via sim, lá de cima — rebateu Docinho olhando para o alto, como se estivesse venerando algo maior, grandioso. Acompanhei seu olhar e apenas vi o vidro escuro através do qual, vez ou outra, eu distinguia um vulto. Atarefada com meus afazeres, não ousava vê-la. Agora, com a demissão, o que eu tinha a fazer lá?

Docinho ficou falando, tentando convencer-me, pois, no fundo, ainda que tivesse aquele jeito durão, deixava transparecer que gostava de mim.

— Oportunidade de demonstrar gratidão. Não podemos deixar as portas fechadas quando saímos.

— Está certo, eu vou — disse por fim, encorajada. As lágrimas haviam cessado, mas meus olhos continuavam vermelhos. Fui, contudo, de cabeça erguida.

Subi rápido as escadas que me levavam ao mezanino, na ânsia de me ver livre de tudo, já que não era aceita ali.

Chegando ao corredor de acesso à sala da poderosa e misteriosa mulher, diminui os passos e senti um aperto no peito, que atribuí aos últimos acontecimentos. A porta estava entreaberta e, ainda assim, dei duas batidas antes de entrar na sala.

— Com licença — falei ao ver a cabeleira loira presa num coque no alto da cabeça. Ela estava sentada de costas para a porta, virada para a cortina de vidro escuro que dava visão para o palco. O perfume forte e inebriante tomava conta da sua sala muito bem decorada.

Comecei a falar apressada, tomada por um nervosismo que não conseguia controlar. Aquela mulher intimidava-me, mesmo sem eu ver seu rosto. Acho que sua postura fazia eu me sentir assim.

— Não acredito que tenha alguma coisa relevante para me dizer, então, muito obrigada — fui finalizando depois de lançar algumas palavras como uma metralhadora.

Foi quando, antes de se virar e revelar seu rosto, ela disse, bem no momento em que dei as costas e caminhei rumo à porta:

— Tenho uma prima bem briguenta, que me defendeu várias vezes na vida! Não achei que ela, agora adulta, fosse desistir fácil, sem lutar. Está uma chorona!

Foi, então, que ela virou a cadeira e levantou-se, elegante, usando um lindo vestido que valorizava seu corpo magro. Ela veio caminhando em minha direção com passos miúdos e equilibrados. Custou-me reconhecer a pessoa diante de mim.

— Não estava procurando Alison Queiroz? Achou! Me chamo Diana agora.

Fiquei muda, mas não me contive e fui correndo para abraçá-lo. Alison estava muito transformado e adotara trajes femininos.

Ainda surpresa, disparei:

— Por que fez isso comigo? Me viu sofrendo durante todo esse tempo enquanto procurava por você e não se manifestou...

— perguntei, dando um passo para trás, e meu gesto paralisou-a também.

— Por dois motivos. Não queria que o pessoal a visse como protegida, e eu sabia que você conseguiria mostrar seu talento e se destacar por isso. Eu a vi no dia em que veio me procurar. Fiquei tentada a ir ao seu encontro, mas...

— Seria mais divertido me ver sofrendo, não é? Uma espécie de castigo...

— Nada disso! Por que eu a castigaria? Não tenho motivos para isso — ela aproximou-se de mim, mas dei um passo para trás, arredia. — Por querer seu bem e saber que você poderia conquistar mais. Está realmente demitida, mas do cargo de recepcionista! Quero vê-la como cantora, no palco.

— Não sei se eu quero agora. Você me fez de boba... — disse isso ainda confusa, sentindo-me enganada e caminhando em direção à porta. No momento em que tocava a maceta da porta, ouvi de meu primo:

— Ele nos deixou.

— Ele? Quem?

— Seu irmão mais velho partiu... — Senti a dificuldade na voz de Alison, então, virei-me rapidamente, com lágrimas nos olhos, tentando assimilar o que estava por vir. — Esse foi o outro motivo que me deixou em silêncio. Não queria ser portadora dessa notícia para você.

Estática e chorando, vi que meu primo também chorava. Aquilo foi a prova de que eu não guardava mágoas dele. A família o conheceu com jeito afeminado, com preferência às brincadeiras das meninas.

Meu irmão mais velho, não. Embora fosse quieto, ele tinha seus momentos de rispidez e sabia da afeição de Alisson, por isso o tratava mal. Lembro-me de uma vez em que meu irmão o chamou de maricas e deu-lhe um empurrão. Coloquei-me entre eles e foi a minha fez de empurrá-lo, em defesa do meu primo. Alison, ainda que fosse maior que eu, escondeu-se atrás de mim. Depois do ocorrido, fui consolá-lo no canto do quintal, que elegemos como nossa casinha. Ficamos ali, brincando, enquanto eu consolava meu primo, que logo deixou que o sorriso tomasse conta do rosto outra vez no lugar das lágrimas derramadas devido à rejeição.

— Senti muito sua falta. Não tenho irmãos, e vocês eram como irmãos para mim — disse Alison aproximando-se e envolvendo-me em seus braços. Eu não o rejeitei. Agarrei-o com força e deixei as lágrimas correrem solta. — Me perdoe. Também acho que a ideia de não me revelar não foi das melhores, mas minha intenção era boa. Acredite em mim, por favor.

— Quando liguei para o interior para conversar com meu irmão, ele começou a falar, mas a ligação caiu. Ele não conseguiu me dizer o que tinha acontecido. Meu Deus, e meus pais? Como eles estão? Fui muito egoísta, fugi do que estava vivendo e me ausentei de minha família.

— Tudo aconteceu como tinha de acontecer, Marina. Já tinha problemas demais — falou e parou de repente, e eu percebi que meu primo sabia de tudo. — Você fez bem em tomar a decisão que tomou.

— Não me arrependi. Se bem que, no começo, quando não o encontrei, fiquei pensando se o certo não seria aguentar o casamento do jeito que era, já que eu havia feito essa escolha.

— Vivemos nossas escolhas, nosso livre-arbítrio, mas nada nos impede de mudar de posição, de trilhar outros caminhos para nosso bem e nossa busca incessante de felicidade.

Deixei-me ser novamente abraçada por Alison e senti seu calor, seu carinho, o beijo que ele deu em minha testa, seu querer bem.

— Não quero que vá embora. Me desculpe mais uma vez por tudo. Não calculava estender tudo isso por muito tempo, mas também tinha receio de lhe contar sobre seu irmão. Não sabia como agir.

Acabei convencida da boa intenção de Alison. Ficamos ali por uma hora, conversando e fazendo confidências sobre nossas vidas. Descobri também como havia chegado naquele emprego, protegida pelo meu primo.

— Pode contar comigo, minha prima, estou sempre do seu lado. Precisei de um tempo para entender por que você não respondia minhas cartas.

Contei-lhe tudo o que desencadeara minha fuga: o fato de minha sogra ter escondido as cartas, inclusive as dele, e a violência de Elton.

De repente, Alison disse:

— Quero que vá ver seus pais, sua família. Quero vê-la aqui no sábado — determinou, por fim, levantando-se e tomando posse novamente de sua posição de chefe. Posição que lhe fora atribuída e que meu primo vinha executando brilhantemente. A forma de falar, inclusive, separava trabalho de família. — Sábado aqui e no palco. O que acha desses dias com eles? Fará muito bem para você.

Em menos de duas horas, eu saía do banho com os cabelos molhados e arrumava minha bolsa para a viagem, enquanto a dona do hotel acompanhava meus movimentos.

— Você volta?

Parei meu afazeres, minha agitação em pegar uma coisa aqui e outra acolá, e respondi com um sorriso para minha nova amiga que sim, que voltaria. Nossa amizade nascera na solidão que a vida nos proporcionara.

Eu estava eufórica com aquela viagem, ansiosa para abraçar minha família, de saber os detalhes, de ter o afeto deles. A noite de viagem foi tranquila, ainda que eu não tenha conseguido conciliar muito bem o sono, tudo devido à agitação.

O taxista deixou-me na casa de meus pais exatamente às sete e meia da manhã, e encontrei minha mãe entre suas plantas, conversando com suas roseiras. Fiquei um tempo ali, apreciando seu cuidado, seu ar engraçado, o mesmo de quando eu era criança, ao lidar com as plantas.

Quando ela me notou, as plantas perderam a prioridade. Como cheguei de surpresa, minha mãe começou a gritar, o que fez a casa toda despertar, exceto meu irmão mais novo, que já estava no trabalho.

Foi um reencontro entre lágrimas, falatório, retrospectivas, e nosso barulho foi tanto que meu afilhado e sobrinho acordou. Ele apareceu todo despenteado, e eu fui ao seu encontro. Tê-lo no colo foi emocionante. Já estava dando seus primeiros passos, assim como Alcione já mostrava a barriga saliente do segundo filho.

Encontrei minha amiga bem, animada e diferente daquela moça espevitada que ficava correndo atrás do meu irmão. De todos, achei ela afortunada por ter conseguido casar-se com quem queria e ser feliz por sua escolha.

Mais tarde, sozinha com minha mãe, nós duas conversamos por horas. Ela estava mais magra, mas não dispensava a vaidade. Os cabelos estavam tingidos e enrolados nos bobes, seus seios continuavam fartos e seu olhar curioso ainda estava ali. Achei-a conformada com a perda de meu irmão e depois descobri o motivo, o que me fez sentir aliviada.

— Estou indo a um centro espírita aqui perto. Uma vizinha me levou lá. Me sinto tão bem — revelou com um sorriso.

— Que bom! É preciso acreditar para continuar.

— As palestras e os passes têm me trazido muito conforto. Conceição me aconselhava a ir, mas eu ignorava o bem que o centro faz. Agora, com tudo o que aconteceu... — minha mãe fez uma pausa, e seu olhar perdeu-se no horizonte. Não tive coragem de aprofundar a conversa, considerando que isso pudesse lhe trazer lembranças e lágrimas, no entanto, fui surpreendida por sua força e seu gesto altivo ao dizer: — O espírito é eterno, e a morte é somente a libertação do corpo físico. O espírito segue para o astral, para aprendizagem, e volta com outra roupa.

Ouvi as palavras de minha mãe como um bálsamo. Palavras que me fizeram acreditar na continuação da vida do espírito. Em silêncio, ainda ouvi mais alguns aprendizados dela. A serenidade de dona Lola me contagiou.

— De todas as dores que tive na vida, experimentar a perda de um filho foi a pior, mas, como acredito em Deus e nas orações que faço, sempre digo: "Seja feita a Sua vontade" e entrego em

Suas mãos. Não desacredite dEle. Deus foi o suporte que me colocou de pé.

Meus olhos, a essa altura da conversa, já não seguravam as lágrimas. Eu nada disse; apenas pousei minha mão, gentilmente, sobre as delas, quando as percebi finas e frágeis, mas firmes e macias.

Meu pai esquivou-se do assunto. Não só desse, mas da minha separação também. Com minha mãe, contudo, fui franca, apesar de poupá-la de ouvir alguns detalhes para que não sofresse. Meu pai, que vinha se tornando com o tempo muito conversador, chegou até sugerir minha volta para Elton. Eu fiquei brava, exaltei-me, contudo, controlei-me. Acabamos nos abraçando, em silêncio, pois, mesmo com pensamentos tão diferentes, estávamos unidos pelo amor.

Meu pai, dessa vez em que o vi, fez-me lembrar de meu avô. No pouco tempo em que passei por lá, fez questão de sair comigo de braços dados e de apresentar-me aos amigos e conhecidos exatamente como meu avô fazia. Aquele cuidado e gosto em me exibir deixou-me feliz e saudosa de um tempo que não voltaria. Ele tanto falou, contrariou, mas vinha mostrando-se filho de quem era. Penso que todos somos assim. No fim, parecemos com nossos pais de alguma forma.

Foi Alcione quem me detalhou o que se dera com meu irmão mais velho. Tudo aconteceu na véspera do julgamento, quando todos na casa, ansiosos, preparavam-se para a audiência, esperançosos de que ele fosse considerado inocente, visto que agira por legítima defesa ao matar o marido da amante. A mulher com quem ele se relacionara e viúva da vítima colocara-se a favor do meu irmão. Os advogados haviam conversado com nossa família e apontado as chances de vê-lo livre, quando foi armada uma rebelião no presídio. Meu irmão foi ferido e infelizmente não resistiu. Foi um golpe terrível para nossa família ver meu irmão sair dali daquela forma.

Alcione detalhou-me tudo o que aconteceu, mas depois, tomada pela emoção, mudou completamente de assunto e fez-me viajar no tempo, não tão distante, em que éramos moças sonhadoras que passavam tardes no quarto cantando. O tempo cuidou para que tudo se modificasse e que nossos sonhos tomassem outras formas.

Alcione levou-me para seu quarto e colocou em meu colo as últimas cartas enviadas por Conceição. Fez-me tão bem ler aquelas notícias. Era como se eu tivesse diante de mim a autora das cartas, dizendo-me boas palavras, como era do seu perfil.

Alcione, impulsiva e já cansada de me observar lendo as cartas, rompeu meu silêncio ao perguntar:

— Me conte... como está o coração? — ela, ainda que fosse minha amiga, sem segredos, foi discreta sobre minha separação e em nenhum momento me perguntou sobre eu ter deixado Elton. Somente fez referência ao que acontecera naquela pergunta: — Agora que é livre, coração à disposição...

— Estou bem assim, só — interrompi, sem dar importância ao sorriso que se formara em meus lábios. Se ela conseguisse ler pensamentos, saberia naquele momento o que se passava em minha cabeça: o rapaz com quem me esbarrara quando cheguei à cidade, que eu apreciava de longe todas as noites e que me aplaudira quando me viu cantando.

— Você não me engana. Esse sorriso apaixonado é o quê?

— Não quero ninguém na minha vida, Alcione — disse rapidamente, tratando de ficar séria e dissipar o sorriso do rosto. — Tenho medo de me iludir e sofrer novamente.

— Precisa ter alguém para cuidar de você. Ninguém nasce para ilha, Marina. Permita-se!

— Há um rapaz... — iniciei rindo, como quando éramos adolescentes trocando segredos. Alcione correu para mais perto de mim, como se assim pudesse me escutar melhor, e eu continuei: — Lindo! Mas não sei nem o nome dele. Interessante que sempre o vejo, mas está tão distante. Sei lá, pode ser bobagem minha. Acho que ele nem percebe minha presença.

Alcione, do seu jeito, incentivou-me a aproximar-me do rapaz. Achei divertidos os conselhos dela, ao mesmo tempo em que os considerei sensatos. Acabamos rindo. Foi uma tarde maravilhosa, como nos velhos tempos.

Já no início da noite, meu irmão mais novo chegou e fez uma festa quando me viu. Choramos juntos quando nos abraçamos, mesmo sem precisarmos dizer algo um para o outro. A dor era equivalente.

Ele tratou de receber-me ao seu jeito. Conversamos, rimos, falamos de nossas lembranças até tarde da noite. Minha mãe e Alcione fizeram-nos companhia na varanda, sob o céu estrelado, e meu pai, acostumado a dormir cedo, lutou para ficar entre nós, contudo, acabou recolhendo-se a contragosto.

E assim foram meus dias no interior, ao lado de minha família.

Sabendo que eu sentia saudades de tia Nena, meu irmão levou-me até a casa de um de seus amigos, um dos poucos que possuía telefone, e assim conseguimos falar com ela.

Foi tão bom ouvir a voz de tia Nena, saber que ela também sentia nossa falta. Ela era a única que tinha notícias do tio Odair, que, aventureiro, estava naquela época vivendo em Manaus. Como dizia meu avô: "Ele tem espírito aventureiro. É do mundo".

Como tudo que é bom acaba rápido, minha passagem por ali não foi diferente. A despedida foi triste como sempre. Meu pai saiu pouco antes de minha despedida com o neto no colo, dizendo de forma engraçada que eles não precisavam passar por aquela separação e que não tinha coração para isso. Minha mãe ainda pediu para que eu ficasse com eles, mas não me vi vivendo ali. Havia um palco esperando-me, e Alison proporcionara essa realização. Não deixaria de lado.

Meu irmão mais novo levou-me até a rodoviária, e foi divertido. Não trazia comigo lembranças de tê-lo tão perto de mim, com seu carinho e sua amizade. Sabíamos que tínhamos um ao outro, mas isso nunca fora dito antes.

— Agora, nós só temos um ao outro. Se cuide. Não vou perdoá-la se deixar que algo de ruim lhe aconteça — ele disse ao me abraçar, quando os passageiros já começavam a entrar no ônibus. — Se precisar, é só chamar.

— Te amo, meu irmão.

Ele não disse nada; ficou me olhando emocionado, incapaz de falar. Tenho certeza de que se segurou para não chorar.

Assim o vi, quando, antes de tomar meu assento no ônibus, acenava e agradecia por tudo.

Quando o ônibus partiu, vi meu irmão, através do vidro, acenando para mim. Depois, o vi de braços cruzados, observando o ônibus tomar distância, e olhei para ele até o último segundo, com o coração partido por deixá-los.

Minutos depois, já me refazendo da partida, estabilizei meu coração e acabei adormecendo. E o sonho, que fazia tempo que não tinha, aconteceu novamente. Eu voltei ao passado.

CAPÍTULO 20
PRIMEIRA VEZ NA MINHA VIDA

No sonho, o retorno ao passado deixou-me agitada.

Marina ficou temerosa ao ver a fechadura mexendo e pensou que fosse Divina, mas, ao perguntar quem estava ali, não obteve resposta. Ela não admitiu para si, contudo, temeu por alguns segundos que pudesse ser Betinho, filho de Malia, atrás de justiça, já que a culpava pela morte dos pais. Pelo que entendera, Betinho culpava-a pela tragédia que sua vida se tornara. Marina lembrou-se também de Lola. Ela estava muito brava por a moça ter entregue Alison para a polícia pelo assassinato de Odair.

Quando a porta se abriu, Marina sentiu seu coração disparar ao ver quem surgira atrás dela.

— Rafael?

— Sim, seu primo. Aquele em que você atirou! Felizmente, você não conseguiu me tirar do testamento da família. Era esse seu intuito, Marina?

— Eu não tinha intenção. Você sabe...

— Não sei de mais nada! E vim aqui para avisá-la, pessoalmente, que vovó e eu estamos de volta e que não faça nada para nos afrontar. A vovó não quer vê-la, não está bem de saúde, e você não é bem-vinda aqui — Rafael ficou em silêncio olhando para Marina e, por fim, disse: — Não sei o que fez para conseguir sua liberdade, mas tenho certeza de que fez alguma jogada.

— Jogada?

— É sua cara fazer isso. Você é ardilosa, estrategista, ambiciosa, maldosa e tudo mais de ruim. Como pode uma pessoa deixar aflorar o que há de pior em si? Você é o exemplo disso. Já estou inteirado das novidades. Soube do seu casamento relâmpago com Elton, de sua viuvez e que deixou Eunice desamparada. Você não perde tempo, Marina! Em um piscar de olhos, você se apossa das vidas...

— Não diga isso! Não sou assim! — gritou ao mesmo tempo em que colocava as mãos nos ouvidos para não escutar as palavras certeiras do primo.

— É, sim, um monstro. Sabemos que é, Marina.

— Saia da minha casa agora!

— Não tenho intenção de ficar mais. Só vim até aqui por isso, para adverti-la de que queremos distância de você. Espero não ter que repetir.

Marina, rapidamente refeita, não se fez de atingida pela recomendação. Foi até a porta do quarto e, ao abri-la ainda mais, disparou:

— Se era esse o recado, está dado. Agora, saia daqui! Vocês me excluíram da vida de vocês, então, não devo tolerá-los em minha casa. Nem você nem vovó.

Antes de sair, Rafael avisou:

— Não faça mais nenhuma das suas, Marina. Você não sabe do que sou capaz. Se eu atirar será para por fim. Entendeu?

— É uma ameaça?

— Não mexa com a vovó, pois ela é a única família que me resta. Minha prima, aquela que amei, ficou no passado, quando atirou em mim — disse isso e saiu batendo a porta, deixando Marina aos prantos, triste por ter sido desprezada.

Divina apareceu minutos depois no quarto, e Marina descarregou toda a sua raiva na empregada.

— Como deixou ele entrar em minha casa, em meu quarto? E o que está fazendo aqui? Eu não a chamei!

— Eu não vi quando o senhor Rafael entrou. Só quando saiu, rápido, na velocidade da luz. Sempre tão educado, prestativo. Hoje, me cumprimentou sério, com o rosto desfigurado. Você magoou muito esse rapaz, Marina. Com sua amargura, conseguiu ofuscar a alegria desse jovem.

— Chega! Saia daqui, Divina! Se veio aqui para isso, para me deixar ainda pior, é melhor que saia...

— Só vim avisá-la do que soube há pouco — disse apressada, antes de ser colocada para fora do quarto, e ficou observando Marina calar-se e olhar para ela à espera da continuação da notícia. — A ricaça, aquela Nena, que foi presa por ter matado o amante novinho com quem mantinha relacionamento...

— Sei, sei, o que tem ela?

— Saiu da cadeia. Está livre e fiquei sabendo que está ansiosa para se encontrar com a traidora que a fez ficar trancada naquele inferno. Disse que se vingará e que as coisas não ficarão por isso mesmo. Inclusive, está até anunciando o nome...

— Como soube disso, Divina? — Marina perguntou temerosa, pois usara informações que Nena lhe confidenciara para obter sua liberdade. E, pelo jeito, a mulher já sabia que a moça negociara essas informações como pagamento para sua liberdade.

— Não se fala de outra coisa. Ela disse que se vingará — repetiu na certeza de que atingia Marina e divertiu-se ao ver o pânico se instalar no rosto da patroa.

— Não! — acordei nessa hora, gritando no meio do ônibus que me levava de volta para casa, fazendo algumas pessoas próximas direcionarem o olhar para mim. Sem graça, desculpei-me pelo vexame e encolhi-me em meu canto, sem conseguir voltar a dormir. Já amanhecia, e deixei meu olhos correrem livres pela paisagem que se revelava do lado de fora do ônibus. Fiz isso sem me esquecer de algumas partes do sonho, sentindo a angústia de ser tão odiada e ameaçada.

Minha chegada ao hotel fora muito aguardada. Nem eu imaginara isso. A dona do estabelecimento fez festa quando cheguei e foi logo dizendo:

— O pessoal da Buchicho está atrás de você! Anotei vários recados — disse a mulher, entregando-me as anotações, pelas quais passei os olhos rapidamente.

— São recomendações para o *show*! Preciso descansar um pouco antes de ir para lá. Minha primeira apresentação para o público será hoje! — revelei empolgada. A dona do hotel, então, acompanhou-me até o quarto.

Chegando lá, joguei-me na cama, sentindo-me em casa. O local perdera a impessoalidade para mim. Sentia-me também aliviada por ter visto minha família após todo o ocorrido e assim, recapitulando minha vida, adormeci. Acordei horas depois, com a dona do hotel batendo na porta.

Foi quando saltei da cama e descobri que estava atrasada. Depois de tomar um banho rápido, arrumei-me. A dona do hotel ficou no meu quarto, contando-me as novidades dos dias em que eu estivera ausente. Tinha comigo a liberdade de falar sobre os outros hóspedes, então, fazia comigo suas queixas e seus relatos. Só me interrompeu para me admirar e dizer como eu estava bonita.

Eu estava simples, com os cabelos molhados e presos, sem maquiagem, e usava um vestido solto, como Docinho recomendara. Ao sair, disse:

— Me deseja sorte? — a mulher pegou minhas mãos e apertou-as, e eu senti muito carinho vindo dela. E, assim, saí correndo para o outro lado da rua. A boate esperava-me.

Docinho arqueou as sobrancelhas quando me viu, e seu gesto seguinte foi consultar o relógio.

— É bom se acostumar a chegar mais cedo, pois precisa se produzir. Como subirá no palco, de qualquer jeito...

Nem lhe dei ouvidos; só fui seguindo-o até o camarim, onde me esperavam. Então, iniciou-se um desfile de roupas, maquiagem, falatório e sugestões. Até Alison apareceu para dar suas sugestões, algo que não costumava acontecer. Ele geralmente não se envolvia.

— Vamos acertar para que chegue mais cedo, pois precisa ensaiar... — disse Alison, depois de fazer uma pausa. Percebi seus olhos lagrimejando quando finalizou: — Estou muito feliz por tê-la aqui.

Quando viraram a cadeira, vi-me diante do espelho e fiquei estática, ouvindo os comentários atrás de mim. Não me lembrava de ter me visto daquela forma, tão produzida, com o rosto levemente maquiado. Olhando para o espelho, me vi refletida como um belo quadro capaz de atrair todas as atenções. Estava com os cabelos presos e alguns fios estavam soltos em volta do pescoço. O vestido que eu usava era verde escuro e justo, com os ombros à mostra. Usava também uma joia no pescoço bem fina e brilhante.

Minha primeira apresentação no palco foi ainda melhor. Acho que atraí bons olhares e isso se repetiu por algumas apresentações. Foi em uma das minhas primeiras aparições que um olhar me cativou. Fazia tempo que eu o procurava na plateia, e lá estava ele, elegante, com seu sorriso lindo, entre os aplausos. Assim que o vi, recordei-me de quando nos esbarramos na rua. Ainda assim, pareceu-me que aquele não fora nosso primeiro encontro.

Na saída do *show*, a caminho do camarim, senti alguém puxando meu braço. Era ele. Senti meu coração aos saltos e não me reconheci quando senti aquilo. Ele soltou meu braço e, sorridente, apresentou-se. Pareceu também apressado e preocupado em ser visto ao meu lado.

— Marina, sou Rafael — prendeu-me no seu olhar, ao mesmo tempo em que o vi acelerado ao se apresentar com urgência. — Me encontra na saída, lá fora? Pode ser? — consultou o relógio e disse: — Daqui a uma hora, na rua de trás. Preciso muito conversar com você.

Não consegui desviar-me do olhar de Rafael. Um olhar forte, cativante. Assenti com a cabeça, e ele tomou distância, perdendo-se entre as pessoas que transitavam pelo lugar com seus copos nas mãos, cigarros entre os dedos, tudo sob o efeito da música alta que invadia o lugar após o espetáculo.

Quando Rafael saiu, fiquei refletindo sobre aquele momento, sem entender o fascínio que ele exercera sobre mim a ponto de aceitar encontrá-lo sem ao menos conhecê-lo bem. Aquela, contudo, seria uma oportunidade ímpar, e eu estava disposta a aproveitá-la.

Em festa, as moças que trabalhavam na casa faziam seus comentários sobre minha apresentação, mas eu estava com a cabeça em Rafael, repetindo seu nome. Nome que me soava tão familiar, próximo, e que me fazia tão bem.

Arrumei-me o mais rápido que pude e adiantei minha saída do trabalho. Por hábito, trocava-me depois do *show* e ainda ficava com minhas colegas de trabalho, bebendo e aproveitando o clima descontraído da noite. Foi nesse clima que me aproximei das bebidas. Nunca tivera vontade de experimentar drogas ilícitas, pois era muito careta. Tive muitas oportunidades, mas não quis. E quando o cigarro começou a se tornar muito presente em meu dia, resolvi parar. Fiz isso muito obstinada, amassando a cartela vazia, depois de fumar o último cigarro. Escrevi a data e guardei-a na bolsa para me recordar de meu objetivo.

Naquela noite, senti vontade de fumar e beber, porém, não fiz nada disso. Não contei sobre o encontro, porque Docinho já me recomendara que não me envolvesse com nenhum frequentador da boate. Eu não queria desapontar meu primo, já que sabia da autoria da ordem. Ainda assim, não tive como recusar o encontro com Rafael e acabei convencendo-me de que, já que aconteceria fora do local do trabalho, não haveria problema.

Cheguei ao local combinado cinco minutos atrasada, e Rafael já estava me esperando. Fazia frio, mas ele parecia não se importar. Com uma das mãos no bolso, ele usava a outra para equilibrar o cigarro entre os dedos. Quando me viu, abriu um sorriso que fez eu me sentir perdoada pelo atraso. Ali, fora da boate, vi o quanto, além de belo, ele era charmoso.

Conversamos por algum tempo numa cafeteria que havia no bairro. Eu já passara em frente ao local algumas vezes, tinha curiosidade de conhecê-lo, mas só naquela ocasião, com Rafael, tive a oportunidade de entrar. O lugar era aconchegante e discreto, o que me deixou confortável. Começamos a conversar, e eu falei de minha vida. Não achei certo expor, logo de início, meus capítulos com Elton, não naquele primeiro encontro, contudo, não deixei de lado minha família, a distância que me fazia sofrer, a saudade de meu avô. Não tinha como deixar de falar sobre a importância que ele tinha em minha vida. Falei tanto que, de repente, parei e notei que ele, com ar de riso no rosto e com seus olhos verdes, estudava os meus.

— Falei demais. Desculpa.

— Adorei cada segundo — falou, pousando sua mão quente sobre a minha.

Naquele momento, fiquei tímida, puxei minha mão e apressei-me para ir embora, alegando o horário. Ele não insistiu. Deixou-me perto do hotel e só foi embora quando me viu fechar a porta. Era muito gentil.

A partir daí, nossas saídas noturnas passaram a ser frequentes. Eu ficava ansiosa para os *shows* e para vê-lo na plateia. Cheguei a vê-lo acompanhado de mulheres, o que me deixou irritada, mas não via motivo para exigir dele que se distanciasse das moças. Rafael era simpático, frequentava o lugar havia muito tempo, antes de eu surgir ali, então, vi como natural o fato de que tivesse amigos. Acabei, por fim, convencendo-me disso.

Em uma de nossas saídas, uma chuva repentina nos pegou, e ele sugeriu que nos abrigássemos em seu carro. O veículo estava tão perto que não vi outra alternativa a não ser aceitar o convite. Não nos molhamos muito levando em consideração a chuva que desabara quando nos abrigamos no carro. Ele, então, ligou o rádio, e ficamos conversando. De repente, Rafael ficou sério, e eu fiquei muda. Ele aproximou-se, e o beijo entre nós foi inevitável, ardente. Então, Rafael deu a partida no carro, e, quando perguntei para onde estávamos indo, ele apenas sorriu. Minutos depois, parou o carro diante de um prédio de quatro andares, novo, com instalações modernas.

Rafael estava tão apressado que enfrentou o temporal para sair do carro e me puxar com ele. Nunca a chuva foi tão divertida. Eu, que temia temporais, senti-me encorajada ao lado de Rafael. Ele cumprimentou o porteiro, e nós seguimos para o elevador. Beijamo-nos, então, com a mesma força de momentos antes, no carro.

Ele abriu a porta do seu apartamento, e eu fiquei fascinada com a organização, com a mobília moderna e bem distribuída pelos cômodos.

Enquanto admirava o apartamento, Rafael sumiu num dos cômodos e apareceu momentos depois trazendo uma toalha. Gentilmente, começou a secar meus cabelos e fazia isso tão próximo de mim, com os olhos fixos nos meus, que tornamos a nos beijar.

Um silêncio fazia-se entre nós no intervalo dos beijos, que me deixavam hipnotizada. E foi assim que fiquei quando ele caminhou até o bar e nos serviu vinho em duas taças. Antes de me entregar a bebida, colocou uma música.

— Muito bom! Não que eu tenha conhecimento em vinho, mas... — disse depois de provar.

— É o meu favorito. Gosto de saboreá-lo ao lado de pessoas especiais. Gosta da música? — ao ver que eu respondera positivamente, prosseguiu: — Chama-se *For once in my life*. É da Gladys Knight. Assisti ao *show* nos Estados Unidos.

Rafael ficou relatando uma de suas viagens àquele país, mas eu estava perdida em seus olhos, em sua boca, percorrendo seu rosto, seus gestos. Ele parou de falar e ficou apreciando-me tomar mais um gole do vinho. De repente, tirou a taça de minha mão e colocou-a sobre o móvel, ao lado da sua.

Ele parou na minha frente e começou a beijar-me suavemente. Beijou-me nos lábios e no pescoço e, com naturalidade, puxou a alça do meu vestido, momento em que senti o corpo tremer. Ele parou, olhou nos meus olhos e, gentil, perguntou se estava tudo bem. Balancei a cabeça afirmativamente e sorri, incapaz de falar algo que pudesse estragar aquele momento.

Rafael foi cuidadoso e delicado, como nunca imaginei que um homem pudesse ser, e abraçou-me tão forte, fazendo sentir-me protegida e amada. Foi como me senti... pela primeira vez em minha vida.

Amamo-nos com a calma e a urgência necessárias, no instante certo. Era como se nos conhecêssemos, como um reencontro de almas.

Depois, ele seguiu para o banho, contudo, colocou antes *For once in my life* para tocar novamente. Voltou com o corpo molhado e amamo-nos novamente.

Acabei adormecendo e só despertei quando vi o sol se infiltrando no quarto. Olhei para um lado e para outro, mas não o vi. Saí, então, pelo apartamento, com um lençol cobrindo meu corpo, chamando por Rafael, porém, não obtive resposta. De repente, vi sobre o móvel, ao lado das taças sujas de vinho, um papel dobrado com meu nome. Abri com cuidado e vi algumas cédulas.

Marina, precisei sair. Quando deixar o apartamento, entregue a chave para o porteiro.

Rafael

Li e reli o bilhete achando-o tão frio, distante. E aquele dinheiro? Uma noite comprada? Senti-me mal a ponto das lágrimas correrem por meu rosto.

À noite, durante meu *show*, procurei-o enquanto cantava, contudo, não o vi. Na noite seguinte, Rafael também não apareceu.

Na sexta-feira, enquanto cantava a última música de meu *show*, surpreendi-me ao olhar para a plateia. Fiquei estática com o que vi. Se estivesse no início da apresentação, talvez não conseguisse continuar.

A surpresa tinha nome, endereço e estava ali, na primeira fila. Estava sentada com as pernas juntas, com a saia cobrindo-lhe os joelhos. Em seu colo apoiava uma bolsa pequena, que ela segurava firmemente, e, mesmo com a boate tomada pelo cheiro de cigarro, de fumaça, de amantes e casais, pude sentir o cheiro de talco e ver, ainda com a pouca claridade dos jogos de luzes, seus olhos ainda mais estrábicos voltados para minha direção.

Divina estava ali, a poucos passos de mim. Ela conseguira me encontrar.

CAPÍTULO 21

ADEUS, AMOR

— Foi por isso aqui que você deixou meu filho?

Foi dessa forma seca e agressiva que Divina me cumprimentou, mas não que eu quisesse abraços, beijos e rosas! Não! Principalmente vindo dela. Fiquei ali, estática, como quando a vi.

Do mezanino, Alison observava a movimentação no palco e viu Divina começar a caminhar em minha direção. Meu primo foi ágil e levou-nos para uma sala reservada, ali mesmo no térreo, ao lado dos camarins, onde tivemos nossa breve e intensa conversa.

Estávamos nós duas a sós, depois de meses, o que para mim foram anos.

— Está ainda mais bonita, não tenho como negar — Divina disse diante do meu silêncio, da minha angústia em tê-la tão perto, examinando-me com seu ar severo, com aquela voz estridente. Seus olhos estrábicos examinavam meu vestido vermelho, longo, meu decote. O cheiro de talco de minha ex-sogra deixava o ambiente sufocante.

— Como me achou aqui? — foi o que disse sem querer, pois essa era a pergunta que vinha remoendo minha mente desde o momento em que a vi na plateia. Foram tantas as vezes em que questionei, em silêncio, a presença de Divina ali que, por fim, saltou de minha boca a pergunta, ainda que eu tivesse falado baixo.

— Não foi difícil. Quando Elton esteve na casa de seus pais, eles disseram que não tinham notícias suas, mas eu não acreditei nisso. Depois que recebi seu envelope com o dinheiro, mesmo sem remetente, vi o carimbo da cidade de origem. Tinha comigo uma das cartas do seu primo, o endereço, então, foi fácil encontrá-la. Eu estava apostando no endereço de sua tia, mas...

— Então confessa que mexeu em minhas cartas, que se apossou delas?

Divina riu de uma forma que me fez ter vontade de avançar sobre ela, mas me contive.

— Você conseguiu colocar o Elton contra mim — eu disse, quebrando o sorriso de Divina. — É claro que ele acreditaria em você...

— Sou a mãe dele — disse sorrindo, com ar confiante. Depois, séria, disparou: — Vim buscá-la. Proponho que recomecemos do zero, que esqueçamos esse intervalo. Me comprometo a não contar suas aventuras para meus netos.

— O que está dizendo? Está me chamando de aventureira?!

— Como deveria chamar uma mulher casada que sai escondida, no meio da noite, da casa do marido, do respeito do lar que a acolheu quando a família se mudou? Como deveria chamar a mulher que deixou o marido que lhe deu casa, comida, do bom e do melhor e largou tudo para se aventurar numa boate como cantora? — disparou nervosa e rápida.

— Quem disse que tenho saudade da vida que deixei, Divina? — desafiei-a com ar sorridente, mesmo com o nó que se formava em minha garganta e me deixava triste pela visita do passado.

— Seu lugar é ao lado de Elton. Sei que extrapolei no zelo. Entenda, ele é meu único filho, meu alicerce.

— Não volto.

— Ele mudou muito sem você. Não achei que fosse assim com sua falta — Divina falava sem dar ouvido ao meu desespero em negar a volta. Enquanto eu dizia que não voltaria para Elton, que não o queria de volta, ela continuava com seu discurso, ignorando meu alívio em me ver livre do passado. — Tornou-se agressivo, um alcoólatra... Foi nisso que você transformou meu filho com sua ausência. Tenho que admitir que você é o antídoto para o sofrimento que ele está vivendo.

— É uma escolha dele ser assim, Divina. Agressivo e alcoólatra ele já era comigo no quarto, na intimidade...

— Todos os casais têm suas diferenças, mas é preciso haver tolerância. Não se pode desfazer o que Deus uniu. Abandonar no meio da noite...

— Quando há amor — interrompi, elevando a voz. — Mas, quando o sentimento é o contrário disso, não vejo motivo para sustentar uma relação. Não tinha mais estrutura física e emocional para suportar o que o Elton vinha fazendo comigo.

— Ele pode mudar.

— Não. E acredito ainda que ele sempre foi assim. Quando nos casamos, Elton só revelou o que conseguiu esconder de mim durante nosso namoro. Ou eu era ingênua o bastante para não perceber o filho que você criou, com a educação e os valores que depositou nele.

— É culpa sua ele estar dessa forma. É por ele que estou aqui me humilhando...

— Ninguém é culpado por nada que o outro decida para si. Nós fazemos nossas escolhas. Não podemos atribuir ao outro as consequências do que sofremos. Não posso, pelo egoísmo, pela falta de amor, pela indiferença, me debruçar na bebida como subterfúgio e apontar o outro como culpado pelo meu estado. Onde fica o amor-próprio? Eu me amo muito para seguir minha vida, traçar meus caminhos. Posso não acertar na escolha, contudo, posso mudar, buscar atalhos, seguir por outra via.

— Você mudou — disse me analisando.

— Divina, não desejo o mal de Elton. Tenho carinho pela parte boa da nossa história, de quando o conheci ainda menino — fiz uma pausa por conta da emoção que me embalou e continuei: — Nós descobrimos juntos a vida adulta, e, por tudo isso, não me sinto culpada pelas escolhas dele. Não levo isso para a vida. Inclusive, agradeço pelo que aconteceu. Não carrego mágoas do que fizeram comigo.

— Foi para o seu bem...

— Com certeza! Me fez ver a possibilidade de ter uma vida além da gaiola em que vocês me mantinham. Agora, se me dá licença, nossa conversa acabou.

— Prefere ser uma mulher largada, falada, perdida na noite a voltar para meu filho.

— Esse troféu é seu, como sempre quis. Só seu. Prefiro ser livre e buscar minha felicidade, que, definitivamente, não é ao lado de Elton — disse isso e fui saindo, quando Divina pegou forte no meu braço. Senti toda a sua fúria nesse gesto e gritei para que me largasse. Com um movimento brusco, fiz minha ex--sogra soltar meu braço. Eu compreendi ali seu desespero.

Alison, que se mantivera o tempo todo do outro lado da porta, resolveu entrar na sala ao ouvir minha voz exaltada.

— Está tudo bem, Alison — disse para tranquilizá-lo. — Divina está de saída.

Antes de sair, Divina, com os olhos arregalados e ainda mais estrábicos, disse:

— O invertido e a perdida! Vocês se merecem!

Alison ameaçou segui-la, mas eu o contive.

— Deixe o passado ir de vez, meu primo — falei isso e desabei em seus braços. Chorei muito e senti-me protegida em seu abraço. Alison, por sua vez, manteve-se em silêncio, fortalecendo--me com seu carinho.

Minhas lágrimas foram derramadas por tudo e todos os acontecimentos que fizeram parte de minha vida. Por todas as perdas, principalmente. Como senti a falta do Rafael. Não queria ter me apegado tanto a ele. Estava tão sufocada com aquele sentimento, que acabei desabafando com Alison sobre meu envolvimento com o rapaz.

No entanto, tive o cuidado de preservar o nome de Rafael e algumas circunstâncias, mas meu primo era vivido o bastante para captar mais do que eu falava.

— Você se enamorou de algum cliente? Marina, é a regra número um da casa: mantenha distância dos clientes da boate. Eles só querem usá-la, como objeto, e nada mais...

Ouvir isso me fez chorar ainda mais. A palavra objeto fez-me lembrar de Elton, pois era como me sentia sendo sua esposa, principalmente à noite, quando ele pesava seu corpo suado sobre o meu, com seu hálito de bebida alcoólica, e saciava seus desejos.

Alison silenciou ao ver meu estado, meu choro compulsivo, e abraçou-me mais forte.

— Minha prima, tenha cuidado com quem se envolve. Criei essa regra porque também já fui vítima dessa situação. E a sugestão foi de um amigo. Salazar, dono disso tudo aqui. Amei e, quando vi, estava sozinho, tendo que pagar para manter o relacionamento oportunista. Logo no primeiro encontro, ouvi as dificuldades. Que ele morava com a mãe e com a irmã de aluguel, que o dinheiro não estava dando para as despesas... Sensibilizado com o suposto amor, dei dinheiro, financiei carro, tudo para ouvir depois que ele ficaria noivo de uma moça com quem tinha um longo namoro e que, até então, eu desconhecia. Esse rapaz chegou a me dizer que poderíamos nos ver eventualmente. Como ter fracionado quem amamos?

De repente, Alison parou de falar, e eu fiquei olhando para seu rosto em silêncio, triste, e foi a minha vez de abraçá-lo forte e doar meu amor.

— Eu sobrevivi, e você também conseguirá — disse, por fim, desvencilhando-se do abraço com um sorriso.

E esse foi o lema que acolhi, mesmo ainda pensando em Rafael, que deixara de aparecer na boate depois do nosso encontro. Eu ficara muito envolvida, iludida, e cheguei a passar pela calçada do seu prédio. Tive vontade de procurar por ele, mas meu orgulho não deixou.

— Você precisa se ocupar. Só cantar à noite é pouco — orientou Alison. — Tenho uma amiga que precisa de uma acompanhante e acho que você é ideal para o cargo, que é de confiança. Você é jovem, delicada, agradável e belíssima. Vai enchê-la ainda mais de vida! Quem mais eu poderia indicar?

Fique feliz com a proposta. Poderia ganhar um dinheiro extra e ainda conciliar com a noite na boate, com os *shows*.

Na noite seguinte, subi radiante no palco. Achei que estava recuperada, vivenciando outro momento feliz com o desafio do emprego indicado por meu primo. Cantei com a alma e emocionei-me. Foi tão forte o sentimento que, num determinado momento, fechei os olhos e os abri com os aplausos. A energia estava tão boa que me revigorou.

Notei, então, um olhar no meio do público que fez meu coração acelerar. Lá estava Rafael, elegante, com as pernas cruzadas, cigarro entre os dedos e um sorriso que me deixou saudosa. Ele acenou e fiquei desconcertada, mas firme em continuar meu número.

Na saída, esperava encontrá-lo no corredor à minha espera, contudo, ele não estava. No camarim, pus um vestido mais leve, que nem por isso deixou de ser gracioso e muito elegante, com seu brilho dourado que combinava com o salto alto que eu usava. Peguei o dinheiro que estava na gaveta e saí entre as pessoas que se divertiam pela boate. Encontrei Rafael no mesmo lugar em que eu o vira durante a apresentação.

Ele sorriu ao me ver chegar.

— Junto com o bilhete que me deixou havia esse dinheiro. Acho que deve ter se esquecido. Ou pensa que fiquei com você por dinheiro?

Rafael ficou sério, levantou-se e ficou me olhando, a poucos palmos de distância. Estava sério e, em seu silêncio típico, deixou-me falar. O que fiz, tentando ser discreta em meio ao som alto.

— O que acha que sou? Pensei até em deixar o dinheiro na portaria com a chave.

— Por que não fez isso? — perguntou sério. Depois, tragou o cigarro e esmagou-o no cinzeiro. Franziu os olhos quando virou o rosto para soltar a fumaça, num charme só seu.

Fiz uma pausa, olhei sua camisa com dois botões abertos, deixando à mostra a corrente dourada sobre o tórax perfeito. Depois, fitei seus olhos e joguei o dinheiro em sua direção. Já virava as costas para sair quando ele segurou meu braço, fazendo-me voltar para sua direção.

— Tive um problema de família, hospital, por isso saí correndo — disse apressado, com o rosto quase colado ao meu, para que, apesar da música alta que tocava, pudesse ser ouvido. — Deixei o dinheiro para que voltasse para casa. Não sabia se estava desprevenida. Em nenhum momento, quis ofendê-la, Marina.

Aquelas poucas palavras me convenceram do meu sofrimento tolo. O fato de estar acompanhando um familiar no hospital justificava sua ausência na boate, seu distanciamento. Fiquei confusa, pensando se aquela não seria uma saída estratégica dele, se era o sinal que precisava para correr de Rafael. Estava me recordando da história vivida por Alison, quando ouvi seu convite.

— Me encontre no café. Vou sair agora. Não sei qual é seu horário aqui, até que horas trabalha, mas, se puder, me encontre lá para que possamos conversar melhor. Disse que não pode se envolver com ninguém daqui — falou com um sorriso.

— Eu não vou. Acho melhor a gente não se ver mais.

— Ainda bem que acha! É sinal de que não tem certeza. Te espero lá.

Rafael disse isso confiante e, desta mesma forma, saiu sem olhar para trás.

— Não vou! — gritei inutilmente em meio à música alta que agitava a boate.

Uma hora depois, eu estava entrando na cafeteria. Não foi difícil encontrá-lo entre as pessoas presentes. Estava sentado a uma mesa encostada na vidraça. Mexia o café com uma lasca de canela. Foi o homem mais charmoso que conheci.

Quando me viu parada diante dele, levantou-se, e seu sorriso apareceu na mesma hora. Os olhos de Rafael anunciavam a felicidade em me ver. Pude notar isso no brilho de seu olhar.

Os minutos iniciais foram suficientes para desfazer o mal--entendido, e ele convenceu-me de que tudo fora criação da minha imaginação. Rafael tinha o talento de me convencer com seu carinho e com seu olhar silencioso do quanto tínhamos algo forte nos ligando.

Por fim, depois de pagar a conta, ele pegou minha mão e saiu me puxando pela cafeteria.

Quando aceitei a carona de Rafael, eu pretendia ir para casa, contudo, ele levou-me para seu apartamento, e tudo aconteceu ainda melhor que na primeira vez em que ficamos juntos. Havia muita sintonia, muito amor entre nós. A música, o vinho, o aconchego do lugar faziam eu me sentir viva e amada.

Naquela noite, Rafael estava mais falante, e eu concluí que isso se devia à recuperação do seu familiar, contudo, não quis me aprofundar no assunto. Deixava-o livre para falar. Não queria ser invasiva; queria participar da vida de Rafael até onde ele permitisse.

Rafael seguiu para o banho e deixou a porta aberta, por isso eu conseguia ouvir sua voz ao longe, abafada. Ele gostava de viajar e estava relatando uma de suas viagens, desta vez sobre as belezas e os vinhos que experimentara no Chile.

No cômodo ao lado, eu levantei-me da cama com o lençol amarrado na altura dos seios e fui caminhando em direção ao banheiro, com a intenção de me juntar a ele no chuveiro. No percurso, acabei esbarrando numa cômoda e deixei a carteira de Rafael cair. Quando a peguei para colocá-la no lugar, senti um relevo, ao qual não dei importância. Acabei descobrindo de que se tratava o objeto, quando, ao colocar a carteira sobre o móvel, ele escapou.

— Fui ao Chile a trabalho e me apaixonei pelo lugar. As noites geladas no Deserto do Atacama são maravilhosas com uma boa companhia e vinho... — dizia ao desligar o chuveiro. Sua voz chegava mais perto do quarto e de repente cessou. Ele ficou mudo ao ver meus olhos marejados e me ver segurando sua aliança.

Eu fiquei surpresa, com o coração acelerado, quando descobri a aliança de ouro saltando da carteira. Peguei a argola, levantei-a contra a luz e vi no centro Rafael molhado, com a toalha presa na altura da cintura. Naquele momento, notei a intensidade de seus olhos verdes e, desta vez, seu rosto sério, sem o costumeiro sorriso, tudo isso emoldurado pela aliança.

No interior da joia, gravado em letras trabalhadas, eu li: "Rafael e Eunice - Julho de...". As lágrimas, então, tomaram conta de meus olhos, impedindo-me de continuar.

CAPÍTULO 22
COLECIONADORA DE INIMIGOS

Depois daquela descoberta, tive a pior noite em meu quarto de hotel. Experimentei um sono fracionado, entre lágrimas, remoendo cada trecho, a descoberta, a sensação de decepção. Em meio a isso, quando, finalmente, consegui conciliar o sono, o passado veio nítido e certeiro.

— Que novidade é essa de que Eunice está com uma barraca na feira? — perguntou Marina sorridente para Divina, enquanto as duas caminhavam em direção à igreja.

— Foi isso mesmo que eu soube e lhe contei: a pobre está na miséria. Sem recursos para ir à cidade vizinha, está vendendo a roupa do corpo para se manter.

— Preciso ver com meus olhos! — falou com alegria.

Marina desviou-se do percurso inicial e parou na rua ao lado, onde constatou com seus olhos a veracidade do boato. Eunice, filha de Elton, estava vendendo o que tinha na rua.

O encontro das duas gerou faíscas. Houve troca de farpas, mas Marina não se deixou abater e ainda disse, antes de deixar Eunice para trás:

— Divina, providencie a compra disso aí — fez um gesto com o indicador, mostrando seu pouco caso em relação aos pertences da enteada.

— Não preciso de suas esmolas.

— Precisa! E como precisa! E não estou fazendo isso por você, mas pelo meu falecido marido. Quando penso no trágico fim de Elton, nele tropeçando na escada no meio da noite, me sinto culpada — disse Marina com ar dissimulado. — Se tivesse ouvido seu pedido para que fôssemos viver na sua casa... Enfim, a gente sempre quer achar desculpas para os propósitos de Deus!

— Marina, você é pior do que eu imaginava. Meu ódio por você aumenta a cada segundo e em uma proporção que você não faz ideia, mas creio que ainda terá o que merece. E eu quero estar viva e por perto para ver seu fim.

— Mais uma ameaça — murmurou Divina. — Colecionadora de inimigos.

Marina não deu importância para as duas e desatou a rir.

— Vamos para casa, Divina! Dê imediatamente o dinheiro para essa infeliz.

— E para onde levo as roupas? Sozinha, eu não dou conta de carregar...

— Quem disse que quero esses trapos na minha casa? Doe para igreja, para os necessitados, queime, dê o fim que quiser, mas não quero uma tira de tecido em minha casa! — começou a rir e finalizou: — Fique tranquila, minha querida enteada. Você será bem paga, ainda que as peças não tenham o valor que estou disposta a pagar.

Eunice ameaçou avançar em Marina, e mais uma vez Divina a defendeu.

— Não seja mimada e orgulhosa, menina! — repreendeu Marina. — Agindo assim, eu comprarei só metade desse lixo! Pensando bem, não faria essa maldade. E agradeça ao seu pai nas orações por eu ser tão generosa. Conte para ela, não se esqueça.

A maldade deixava Marina bem, e, assim, ela saiu sorridente em direção à igreja. Divina, por sua vez, corria atrás da patroa com passos curtos.

— Agora vamos para a igreja. Tenho certeza de que o padre me receberá muito bem quando vir a quantia que tenho para doar à igreja. Ele e as mulheres da cidade que ficam puxando o saco dele. Preciso que elas fiquem ao meu lado, assim como os maridos delas também estarão e de alguma forma me ajudarão em meus negócios na empresa. — E assim ela seguiu pelo caminho, falando para si mesma sobre seus planos. — Minha vovó querida e meu primo terão uma grande surpresa quando eu chegar à fábrica e esfregar minhas ações na cara deles. O casamento com Elton não foi em vão — foi nesse momento, vangloriando-se de suas conquistas, que Marina tropeçou em Carlos, um mendigo que estava na porta da igreja.

Todos na cidade conheciam a vida de Carlos, um homem trabalhador, que perdera a família quando escolheu seu vício pela bebida. Não bastasse isso, ele perdera também o emprego, e uma enchente na cidade, uma das mais violentas, fez a lama levar sua casa e o que restava de sua dignidade. Carlos usou os recursos doados com álcool e, sem dinheiro para os impostos, perdeu o terreno, aprofundando seu vício.

Quando tropeçou em Carlos, Marina ficou colérica, e o olhar da mulher, furioso, cruzou com o dele. Poucos segundos foram suficientes para que ela exaltasse, revoltada.

— Isso é lugar para ficar? Imundo! — disse isso e mais meia dúzia de desaforos, que foram o bastante para Carlos se encolher, assustado e temeroso da consequência do escândalo da moça. Temia perder o espaço na escadaria da igreja, onde o padre o deixava ficar e onde lhe servia, às vezes, refeições. Era um pobre homem, que não tinha mais a quem recorrer.

— Olhe isso! Que fedor! Você estragou meus sapatos! Terei de jogá-los fora! — ainda mais brava, Marina abaixou-se, aproximando ainda mais dele, e disparou: — Feliz em estragar meu dia, seu rejeitado?

— Chega! Pobre homem! É você quem deveria lhe pedir desculpas...

— Divina, não me irrite mais. Sou capaz de colocá-la na rua e impedir que arrume emprego até mesmo para lavar banheiro em praça pública. Duvida?

Divina calou-se, e Marina recomeçou seu ataque de fúria, enquanto Carlos se levantava, exalando seu mal cheiro de dias sem banho.

— Seu fim não será dos melhores. Não será... — falou rindo, andando apressado pelas escadarias.

Marina ficou paralisada e, passada a sensação estranha que a tomou naquele momento, caminhou em direção à igreja. Logo na porta, viu sua avó, o que a fez levar a mão ao peito.

Encorajada e tomada pela emoção do reencontro, seguiu na direção da avó.

Quando deu o segundo passo, foi impedida de continuar por Rafael, que a puxou pelo braço e a arrastou para fora da igreja. Ele conseguiu fazer isso, sem que sua presença fosse notada pelo padre ou por sua avó.

— Me solte, seu estúpido!

— O que foi que eu lhe disse? Já se esqueceu? Não a quero perto de minha avó.

— Ela é a única coisa que restou da minha família! — Marina remedou o primo, com uma voz infantil.

— Isso mesmo. Você não sabe o que é isso. Preciso lembrá-la? Você era uma rejeitada que recebeu todo o afeto de minha tia. Lembra-se de quando ela a tirou daquele orfanato?

— Não, não foi isso. Pare com isso! — pedia Marina rapidamente tomada pelo pânico de voltar à sua origem. Levava as mãos, desesperadas e trêmulas, à altura dos ouvidos. — Rejeitada, não fui...

— Sim, e pagou a quem lhe deu amor com indiferença e desprezo! Minha tia morreu de desgosto! Você a internou num manicômio, Marina! — Rafael fez uma pausa e continuou: — Por sua culpa! Não sei como cheguei a amar uma pessoa como você! Minha avó não queria, dizia que éramos primos.

— E você sorria dizendo que não éramos de fato primos e que podíamos até nos casar. Que iríamos nos casar — Marina relembrava-se do passado com um sorriso infantil, com lágrimas nos olhos, beirando à loucura. Suas mãos estavam bobas e soltas ao lado do corpo, e, depois de alguns momentos, abraçou o próprio corpo e fechou os olhos.

— Lamentável que tenha deixado a ambição tomar conta de si, tornando esse sentimento maior que o amor que recebia à sua volta.

— Não, não, eu não sou isso... — Marina deu um passo na direção de Rafael, que recuou.

— É ainda pior, e você sabe disso. Era poder que queria? A que custo está conseguindo, Marina? Está sozinha e ficará assim até terminar seus dias. Sozinha. E não está longe de isso acontecer. Agora, quanto maior a distância da minha família, melhor.

Marina pensou em falar de sua força na fábrica como acionista, mas sentiu-se sem ânimo. Ficou ali, com o olhar apático, distante, vendo o primo tomar distância.

— Rafael! — Marina gritou, desta vez com a voz suave, chorosa, mas sincera. — Eu amo você e um dia ainda lhe provarei isso! Em algum momento, terei essa oportunidade. De tudo, meu amor por você foi real.

— Você provou seu amor ao tentar me matar. Espere! Já sei por que fez isso. Temia que eu revelasse todas as provas que reuni sobre você. Não pense que foi fácil. Custei a acreditar, mesmo com todas as descobertas em minhas mãos. Depois que foi capaz de atirar em mim...

O rapaz virou as costas e subiu as escadas apressado, desaparecendo no interior da igreja.

Por dó, Divina ainda tentou ampará-la depois de tudo que presenciara, mas Marina recusou a ajuda. Minutos depois, estava novamente tomada da arrogância, que insistia em fazer parte da sua vida.

Ainda naquela semana, em seu quarto, Marina acordou com o barulho vindo do jardim e levantou-se assustada. Com o silêncio, pensou que não era nada. A moça serviu-se da água que mantinha sobre um criado-mudo em seu quarto e, quando estava pousando o copo de volta no móvel, viu a maçaneta da porta mover-se. Ela sentiu medo, o que a fez apertar o copo nas mãos. Segundos depois, a porta abriu-se.

— Você?! O que faz aqui? Como entrou... — Marina ficou muda, quando viu a arma apontada em sua direção. — O que é isso?! — ela, então, foi tomada por um temor, o que a fez deixar o copo cair e estraçalhar-se no piso. No intuito de correr, ela virou-se de costas, mas foi impedida pelo primeiro disparo desferido. Quando foi alvejada pelo terceiro disparo, já estava deitada de bruços no chão, sem vida.

CAPÍTULO 23
ENTÃO É O FIM?

— Nãaaao! — foi assim que acordei daquele sonho tenso. Estava aos prantos, abalada.

— Marina, está tudo bem? O que está acontecendo — a voz da loira, dona do hotel, vinha do outro lado da porta, abafada, mas alta o suficiente para ser ouvida.

— Está tudo bem.

— Se precisar, é só me chamar. — Ante ao meu silêncio, ela questionou: — Marina, está me ouvindo?

— Sim, obrigada — disse e fiquei remoendo o sonho, os detalhes que ainda estavam vívidos, tão nítidos que era capaz de eu sentir a dor que experimentara naquele momento. Sentei-me na cama e fiquei ouvindo os passos da dona da hotel tomar distância e o silêncio voltar a reinar.

Resolvi reagir, então, levantei-me e caminhei em direção ao banheiro, o que me fez esquecer o sonho e recordar meu último encontro com Rafael. Encostei-me na parede, chorosa, lutando contra aquela lembrança. Fechei os olhos e foi pior. Era como se estivesse novamente no apartamento de Rafael, com sua aliança nas mãos, ouvindo suas explicações.

— Não achei justo contar. Não agora.

— E quando pretendia, Rafael? Quando eu estivesse ainda mais envolvida com você? Fico me perguntando se teve essa preocupação.

— Meu casamento não está bem...

— Eu virei seu refúgio, então? Ou quer que eu acredite que está se separando e que assim posso ter esperanças...

— Nunca diria isso...

— Acredito, pois você faltou com a verdade! — disse isso, interrompendo Rafael e jogando a aliança em sua direção. — É melhor que guarde. Se perder, o que dirá para Eunice? É esse o nome de sua esposa, não é? Pelo menos foi o nome que li gravado em sua aliança. A menos que isso também seja uma mentira...

Ele pegou meus braços firmemente e, com os olhos fixos nos meus, disse:

— Pare, me ouça e acredite em mim, por favor.

— Me solte! Não quero ouvir mais nada! — falei, esquivando-me de suas mãos. Dei passos para trás, ainda preocupada em segurar o lençol que tinha na altura dos seios.

— Marina, não estou entendendo a cobrança. Até onde sei, você também é casada.

— É diferente. Não tem comparação. Em momento algum, fiz mistério sobre isso. E outra: não vivo mais com ele! Me sinto livre para amar...

— É como eu me sinto: livre.

— Mas não é! — Aquela verdade me deixou com um nó na garganta. — Você vive com ela, não vive? Sua esposa ainda está na sua vida, não é?

Ele balançou a cabeça afirmativamente, o que foi o suficiente para eu silenciar e esperar ouvir dele algo que desse esperança ao nosso relacionamento, mas ouvi:

— Eunice está doente. Não tenho como deixá-la. Depois...

— Depois, eu sou a segunda opção em sua vida. Não estou disposta a ser isso, simplesmente. Não vou ficar à sua disposição e frequentar seu apartamento ocasionalmente para compartilhar de suas músicas, de seus vinhos, de sua cama — disse isso e vi-me esgotada para dizer algo mais. A meu ver, seria em vão.

Rafael começou a falar, e havia desespero em seus argumentos, urgência em convencer-me da importância de manter seu casamento, que era maior que a importância que eu tinha na vida dele. Pelo menos, foi o que percebi.

Arrumei-me rapidamente, em silêncio, e, quando estava de saída, vi Rafael com a toalha na cintura, os cabelos ainda molhados, os olhos vermelhos. Naquele momento, tive vontade de ignorar o que acontecia fora do apartamento e amá-lo, mas não consegui.

— Eu deveria ter ouvido meu primo. Não deveria ter me envolvido com clientes. Se o tivesse escutado, não me sentiria como agora, tão magoada.

Antes de fechar a porta, vi Rafael vindo em minha direção e achei forças não sei de onde para me adiantar e fechar a porta. Já no *hall*, ouvi a voz dele me chamando, então, não esperei pelo elevador e corri pelas escadas.

Num dos lances, sentei-me no degrau e deixei as lágrimas, antes represadas diante da descoberta, correrem livres, com se assim aliviassem a opressão que eu sentia no peito.

Agora eu estava lá, no meu quarto, refazendo-me do sonho perturbador, recordando-me do último encontro que eu tivera com Rafael.

Despi-me e segui para o banho, deixando a água quente correr pelo meu corpo, aliviando minha tensão.

Estava na hora de ir para a boate, e comecei a apressar-me, mas ainda tive cinco minutos com a dona do hotel.

— Alison esteve aqui. Estava tão bem-vestida. E aqueles cabelos... — de repente, a mulher parou de falar ao notar a urgência em meu rosto de saber o motivo da visita. — Queria falar com você. Liguei para seu quarto, batemos na porta, e, por fim, ele desistiu. Alison falou de uma reunião com o dono da boate. Pediu que você não se atrasasse. Preferiu deixar o recado, considerando que você estivesse cansada. Achou que você estivesse em sono profundo.

— Tive um sonho estranho... Vi pessoas conhecidas, mas ocupando outras posições. Eu me vi, mas não como sou hoje.

— Talvez você tenha visitado o passado, sua outra vida. Vai saber.

Eu apenas ri, vendo-a séria com sua crença, e depois parti apressada para não me atrasar ainda mais.

***

A boate estava agitada. Pela primeira vez, vi todos reunidos com antecedência. Assim que me viu, Alison veio me cumprimentar, certificou-se de que eu estava bem e adiantou:

— Reunião com o Salazar, dono do espaço. Ele gosta de acompanhar as coisas de perto, ainda que seja discreto.

Eu não estava ansiosa para conhecê-lo. Alison falara-me algumas vezes dele, mas isso nunca me despertara a curiosidade. Pensava nele como um velho ricaço que ganhava dinheiro com a diversão. Pelos comentários e pelo medo do pessoal, considerei que me depararia com um velho mandão, disposto a fazer alterações, recomendações ou demissões, como alguns comentavam.

Os burburinhos cessaram de repente, e eu, com a mente ainda ocupada com os últimos acontecimentos, fiquei onde estava, de costas para a porta. Ouvi, então, uma voz conhecida que me fez virar para a entrada da sala onde estávamos reunidos.

— Boa noite, pessoal! Não vou tomar muito tempo de vocês, até porque sei que precisam ensaiar e se arrumar para nossa festa — ele fez uma pausa e ocupou o centro das atenções, colocando-se ao lado de Alison, que estava elegante e sorridente. — Para quem não me conhece, os novos funcionários, sou Salazar — segundos depois, com os olhos ligados aos meus, completou: — Rafael Salazar.

CAPÍTULO 24
LADY VIOLETA

Fiquei estática e não tive outra reação diante dele. Estava hipnotizada com seu charme, com sua desenvoltura em atrair a atenção para si. Como não queria sentir aquilo! Se pudesse, tiraria do meu coração todos os sentimentos que nutria por ele. Meu desejo era removê-lo de meus pensamentos, mas estava envolvida demais, ainda que dissesse o contrário. Era uma luta com meu coração.

A reunião foi divertida, e Rafael ainda elogiou a todos pela casa lotada nos últimos dias, com destaque em jornais.

— Meu agradecimento a cada um aqui presente — seu olhar mais uma vez parou em mim e desviou naturalmente quando continuou: — A Alison vem desempenhando um papel importante na minha ausência — fez uma pausa, e eu senti o ar suspenso, ainda mais com o que ele disse a seguir: — Minha ausência se estenderá por algum tempo. Ficarei sem vir aqui, mas Alison estará aqui. — Houve comentários paralelos, até porque, sempre sorridente, Rafael revelou seu afastamento de forma séria e, rapidamente, tomou a palavra, fazendo a atenção voltar-se para ele. — Problemas pessoais, de saúde na família... É isso, pessoal, ao trabalho!

Alguns funcionários fizeram perguntas, e, ele aproveitou para fazer algumas recomendações habituais. Com o olhar voltado para minha direção, disse:

— Não se envolvam com clientes da boate. Não quero que se machuquem. Digo isso para o bem de vocês. Não quero vê-los magoados. Protejam-se disso.

Ele usou as palavras que eu dissera quando deixei o apartamento. Um pedido de desculpas a seu modo? Não soube compreender. Talvez um alerta para que eu continuasse. Preferi me apegar a essa última opção.

Logo ao término da reunião, as pessoas dispersaram-se para cuidar de seus afazeres. Ouvi, então, alguns comentários e elogios sobre ele. Tinha que concordar, mas sem me expor abertamente.

Rafael Salazar desapareceu da mesma forma que surgiu. Ainda corri o olhar pelo local à sua procura, mas não o vi. Nesse instante de busca, Alison apareceu ao meu lado.

— Se ele não fosse casado, diria que está interessado em você, minha prima. Vi a forma como Salazar olhou para você.

— Se não fosse casado, disse tudo — respondi triste, querendo contar-lhe a verdade, mas me contive. — Vamos ao trabalho! Pensei em duas músicas, quero sua opinião.

Minha apresentação rendeu muitos aplausos naquele dia. Emocionei-me ao interpretar as músicas, pois minha sensibilidade estava em alta. Por algumas vezes, procurei por Rafael, mas não o vi. Teria de me contentar com as lembranças, com sua ausência.

Assim foram os *shows* seguintes. Após as apresentações, diferente das vezes anteriores, preferia voltar para meu quarto, para meu canto, e ficar ali, quieta.

Em um desses retornos ao hotel, depois de conversar com a dona do lugar, senti-me mal enquanto subia as escadas de acesso ao quarto. A loira correu em minha direção, preocupada, questionando o que eu estava sentindo e, vendo-me pálida, perguntou se não seria melhor que eu fosse ao médico.

— Estou bem, obrigada. Já passou. Não jantei, por isso estou assim. Não se preocupe.

— Aliás, tenho percebido como você está, Marina. Além de calada, está mais magra. Amor nenhum vale isso, menina

— disse sorrindo, como se soubesse o que estava acontecendo em minha vida naqueles dias.

No dia seguinte, Alison veio me ver no hotel cedo. Nem questionei a presença dele àquela hora, mas via "dedo" da dona do hotel naquela visita do meu primo.

— Ainda o tal rapaz, não é? Você precisa se ocupar, Marina. Só cantar à noite é pouco. O trabalho me salvou, e tenho certeza de que ele é a receita para muitos males da vida. Lembra-se da minha amiga que precisa de acompanhante? Na verdade, ela diz que precisa de uma secretária. Tenho certeza de que você vai gostar dela. Violeta é uma mulher fascinante. Se contar quem é, não vai acreditar — começamos a rir, e logo meu primo desviou a revelação ao dizer: — Está sozinha porque...

— Aceito.

Duas horas depois, eu estava entrando na casa da amiga de Alison.

Fiquei surpresa com a vitalidade daquela mulher. Elegante, usando os cabelos presos, movimentando-se suavemente como uma bailarina, ela apresentou-se como Violeta e estendeu a mão com um sorriso fácil e cativante. Ela pareceu-me muito familiar, contudo, atribuí essa sensação que me tomou à gentileza com que ela me recebeu. Logo de início, deixou clara sua afeição por Alison e ficou ainda mais surpresa ao saber que éramos primos.

— São parentes? Esse mundo é uma novela! Todo mundo se conhece no final! — Violeta parou de falar e vi seus olhos estudando meu rosto, como se estivesse procurando algo de alguém, alguma lembrança. — Você me faz lembrar alguém muito querido.

— Dizem que pareço um pouco com Alison — disse rapidamente, empolgada com a recepção.

— É verdade. Pode ser. Vamos conhecer a casa.

Violeta apresentou-me a casa com detalhes, como se estivesse a apresentando a uma visita querida. Fazia questão de contar detalhes sobre sua história, como o fato de ter nascido naquela casa e do orgulho que tinha de se findar por ali também.

203

— Aqui aconteceram muitos capítulos importantes da minha vida. Muitos! Tive chances de sair daqui, mas não aconteceu. Eu era noiva do meu marido, quando me apaixonei pelo empregado da casa. Como não me apaixonaria por um homem de tantas qualidades?

Ali, observei que Violeta precisava de alguém para ouvi-la, para fazer-lhe companhia, o que não seria difícil. Ela era uma mulher leve, culta, que vivia sozinha naquele casarão bem decorado, com móveis modernos e antigos, mas em sintonia. Perguntei-me, intimamente, onde estaria a família de Violeta, momento em que ela, como se estivesse lendo meus pensamentos, revelou:

— Sou filha única, Marina. Minha mãe partiu logo cedo, e meu pai, homem severo, de comportamento antigo, encomendou meu casamento por acordo, para ter prosperidade nos negócios. Era algo usual na época — Violeta fez uma pausa emocionada e disse: — Em momento algum, ele se preocupou com minha felicidade. Dinheiro e poder vinham na frente do amor. Hoje, estou bem financeiramente, graças a ele. Acredita que algo pode ser maior que o amor, a ponto de ser deixado de lado?

— O amor tem sua maior importância na vida de uma pessoa.

— Romântica essa menina! Me alegra saber disso, porque também fui assim. E das mais ousadas. Cheguei a deixar tudo e todos para trás para viver um amor, mas... — Violeta parou de repente. Estávamos andando pela casa, quando ela me mostrou um quadro grande, de família. O dedo magro e envelhecido de Violeta pousou sobre sua foto. — Aqui sou eu, ou era pelo menos — comentou rindo. Apesar do tempo, eu ainda consegui ver semelhanças com a Violeta jovem. Fora uma mulher belíssima, e o tempo não apagara isso facilmente. Tinha vigor e traços ainda significativos para sua beleza.

— Não teve filhos?

— Sim. Tive duas gestações. Só uma rendeu uma filha maravilhosa, mas Deus a recolheu cedo, vítima de um acidente. — Aquelas lembranças a deixaram emocionadas, então, resolvi mudar de assunto e ofereci-lhe meu abraço. Conhecíamo-nos havia pouco tempo, mas o suficiente para eu já lhe querer bem.

Percorremos a casa como se estivéssemos em um museu moderno, atrativo, cheio de revelações, alegrias e emoções. A cada passo, Violeta tinha uma revelação, uma saudade, e eu, por estar sensível ao que vinha vivendo, não deixei de experimentar cada sentimento demonstrado ali.

— Acho que seria ótimo almoçarmos, não acha? Vamos sair! Vou pedir ao motorista que nos leve a um lugar maravilhoso, que adoro. Um restaurante dentro de uma chácara. As mesas ficam perto das árvores! É época de jabuticabas! Considero essa árvore frutífera fascinante! Almoçar lá com você será maravilhoso.

E foi incrível, assim como foi maravilhoso me tornar a secretária de Violeta, como dizia. Eu era sempre muito bem recebida e reconhecida por onde passava. Pensava se isso se dava ao fato de Violeta ter muito dinheiro, mas ela era, além de rica, generosa e simpática. Após o almoço, ela passou-me minhas atribuições, que não eram difíceis e me ocuparam muito. Alison tinha razão quando falava sobre a função do trabalho. Antes de me entregar os papéis, Violeta, pacientemente, explicou-me tudo o que eu passaria a administrar para ela, o que incluía contas em bancos e encomendas. Recebi cada tarefa com alegria. Ela tinha uma energia tão boa que me fazia esquecer as questões que vinham me deixando triste.

Eu ouvia as explicações de Violeta, e, entre um momento e outro, meus olhos percorriam seu escritório. Era um local muito acolhedor, que ocupava o térreo da casa de dois andares e que possuía uma vidraça extensa virada para um jardim muito bem cuidado, onde rosas de várias cores haviam sido plantadas. Era de se perder na beleza do lugar. No interior do escritório, uma das paredes era inteiramente ocupada por livros, com os mais variados títulos, tudo bem organizado por assunto e ordem alfabética.

— Lindo, não é mesmo? Herança do meu avô. Já tive a sensação de tê-lo presente ao ler alguns desses livros. Acho que eram os seus favoritos.

Uma mesa ampla de madeira, uma cadeira alta e um quadro grande de família preenchiam o lado oposto da sala. Havia ainda um sofá confortável, tapete e almofadas, cantinho que Violeta anunciou ser seu lugar preferido.

Havia ainda no cômodo um aparador com porta-retratos. Violeta, vendo meu interesse pelas fotos, fez questão de falar sobre cada uma delas. Foi quando vi, em uma das fotos, Violeta mais jovem e um menino ao seu lado. Fiquei tão impressionada com a fotografia, que a peguei na mão.

— Eu e o meu neto. Como lhe disse, minha família é pequena...

— É o menino do parque! Claro! É ele! — disse alto, sorrindo.

Nesse momento, a porta abriu-se, e eu ouvi uma voz de mulher quebrar aquele momento mágico, aquela tarde ensolarada, de retorno ao passado, ao meu primeiro beijo.

— Como está, vovó? Estávamos passando por aqui, e eu quis muito vê-la — dizia a mulher sorridente ao abraçar Violeta. Logo atrás dela, também feliz por estar ali, entrou Rafael.

— Oi, vovó. Uma visita de médico, rápida. Não queremos incomodá-la. Na verdade, nem queria entrar, mas a Eunice... — disse Rafael, que, ao me ver ali, segurando o porta-retratos com sua foto, parou de falar.

Violeta, festiva com a presença do neto, tratou de fazer as apresentações.

— Essa é Marina, minha secretária — ela voltou-se para as visitas e apresentou: — Marina, esse é o Rafael, meu neto. E essa é Eunice, esposa dele.

Nessa hora, o porta-retratos escorregou de minhas mãos, e meus braços ficaram estendidos, sem reação, ao lado do corpo.

CAPÍTULO 25
ENTÃO, DUAS HORAS DA MANHÃ...

Sinceramente, eu não havia gostado de Eunice. Talvez isso se devesse à posição que ela ocupava na vida de Rafael, mas não era só isso. Tudo nela soava dissimulado. Eunice gostava de cativar e atrair a atenção sempre para ela, prova disso foi que, quando o porta-retratos caiu de minha mão, ela, rapidamente, espalmou uma de suas mãos sobre o peito, deu um passo para trás e, com a outra mão, segurou-se na cadeira. Um susto sem sentido, pelo menos para mim.

Percebi essa atitude, logo depois da fração de segundos em que meus olhos ficaram presos aos de Rafael. Violeta, sempre muito gentil, tratou de apanhar o porta-retratos do chão e, ao ver a esposa do neto com sua simulação, perguntou-me, de forma sincera e com sorriso nos lábios, se eu estava me sentindo bem. Na sequência, virou-se para Eunice.

— O que você tem, Eunice? — perguntou Violeta com um tom forte, como se compartilhasse da mesma impressão que eu. Fez a pergunta, puxando a mulher para fora da sala, mas antes disse com sua sabedoria, com seu talento pela observação: — Vamos para a cozinha, lá está mais fresco. Aqui, de repente, ficou muito quente.

Deixei que Violeta e Eunice saíssem pela porta e permaneci no escritório, refazendo-me da surpresa. Ao meu lado, sério, ficou Rafael.

Eu rompi o breve silêncio dizendo:

— Eu não sabia. Não quero que pense que forcei a situação para ficar perto de você, ter uma aproximação com sua família. Nem sabia que Violeta era sua avó...

— Estou lhe cobrando algo?

— Sei lá. Acho que isso pode ter passado por sua cabeça. Não passou ao me ver aqui, com Violeta, em sua casa? Se eu soubesse disso, nem teria aceitado o trabalho, até porque o aceitei para me esquecer... — parei de falar, e ele deu um passo na minha direção, despreocupado com a esposa e a avó no cômodo ao lado.

— Aceitou para me esquecer?

— Você se afastou da danceteria por quê? Seria pretensão minha achar que fui o pivô de sua repentina viagem...

— Eunice está doente, como lhe disse. Eu não estava mentindo. Passaremos uma temporada em Campos do Jordão. Ela não quer ir para mais longe, como sugeri.

— Quanto mais longe, melhor, não é mesmo?

Rafael aproximou-se ainda mais de mim e segurou meu braço com delicadeza, fazendo meu coração acelerar. Pude sentir seu hálito suave e o brilho de seus olhos cativando-me enquanto falava. Apressei-me, então, a seguir na direção da porta.

— Foi você quem fugiu de mim, Marina. Como está fazendo agora.

— Como disse, sua esposa precisa de você, e eu acredito nisso, Rafael. Não tenho espaço em sua vida. É melhor que esqueçamos tudo o que aconteceu entre nós — falei com dificuldade, com um nó na garganta e o coração aos saltos. Minha vontade não era essa, de entregá-lo de bandeja para Eunice, mas ela chegara primeiro, e eu não me via no direito de destruir aquela união.

— Precisamos conversar. O que aconteceu com a gente...

— Foi um erro. E a culpa disso tudo é sua — disse por fim perto da porta, antes de seguir em busca de Violeta.

Aquele reencontro não durou muito. A presença de Eunice não me fazia bem, assim como sua voz e suas perguntas descabidas. Também não me faziam bem os olhares de Rafael voltados para mim. Como o casal se demorou, adiantei minha saída com o consentimento de Violeta.

Durante o caminho de volta para casa, eu chorei muito tudo o que represara. As lágrimas desceram rápidas pelo rosto, enquanto me recordava dos acontecimentos da última hora.

Já perto de casa, senti-me zonza, a ponto de precisar encostar-me num poste. Um rapaz passava na hora e, como uma boa alma, perguntou-me se eu estava bem e, ao me ver quase desmaiando, fez-me companhia. Por fim, abri um sorriso agradecido, e ele desapareceu entre os outros pedestres.

Não era a primeira vez que eu me sentia assim, então, antes de ir para casa, fui até o hospital que havia perto do hotel. Lá, fui bem atendida. Acredito que a moça da recepção, ainda que acostumada com os diversos rostos que tinha à sua frente todos os dias, ficou preocupada com minha situação e colocou-me na urgência.

Depois de responder a várias perguntas, fui encaminhada ao consultório do médico, um sujeito baixo e calvo, que usava calça larga e sapato encardido, que transpirava muito e que parecia, com a agitação que vivia no seu plantão, que enfartaria a qualquer momento. Respondi a mais algumas perguntas, e ele pediu-me que fizesse exames de sangue e urina. Após colherem as amostras, esperei pelo resultado e voltei ao consultório do médico.

— Doutor, estou ansiosa...

O médico parou com as anotações que estava fazendo, descansou a caneta sobre a mesa e olhou o papel que tinha à sua frente. Depois, olhou-me sério e perguntou:

— Não desconfia do que tem?

***

Já fazia algum tempo que eu não sonhava com o passado. Nesses sonhos, eu via-me de forma diferente e ao lado de pessoas conhecidas, mas distantes. Com aquele intervalo longo de tempo, já me sentia curada daqueles sonhos reveladores de outra vida, como Conceição dizia.

Como Conceição fizera algumas vezes, a dona do hotel orientou-me a procurar um centro espírita para que eu pudesse entender esses sonhos.

— Menina, se cuide! Todos nós temos nossas sensibilidades, e a sua é bem aguçada. Não feche os olhos para ela, não. Desenvolva-a e assim terá uma melhor compreensão de sua vida. Quem sabe até possa ajudar outras pessoas.

Eu apenas ria, pois era cética. Considerava-me católica, religião em que fui batizada. Levava comigo algumas orações que meu avô me ensinara e recorria a elas nos momentos difíceis.

Naquela noite, depois de algum tempo sem ter aqueles sonhos, voltei ao passado. Era como se eu estivesse vivendo outra vida. No sonho, eu brigava com Rafael, o qual eu chamava de primo. Com a arma em punho, disparei contra ele durante uma discussão calorosa. Estava trêmula, chorando e fechei os olhos, ignorando Rafael. Rindo, meu primo falava, duvidando de minha coragem, até que eu apertei o gatilho.

Tudo foi tão real que me serviu como um despertador. Meu quarto estava iluminado apenas por um abajur. O pesadelo fez-me perder o sono. Levantei-me, acendi a luz do quarto amplo e bem decorado, pois tratei de ajeitá-lo melhor já que vinha fazendo do lugar meu lar.

Fui até minha bolsa, mexi nela em busca de cigarros e encontrei o maço amassado com uma data escrita à caneta, marcando o último dia em que fumara. Talvez o cigarro aliviasse aquela angústia, aquele sonho que me deixara tão confusa. No sonho, parecia que eu estava diante de mim mesma, mas em outro momento da vida, em outra situação.

Cheguei perto da janela, mas não ousei abri-la. Estava frio, então, apenas apreciei as folhas balançando ao sabor do vento e as ruas praticamente desertas. Vi a chuva começar a cair lenta e abracei meu corpo, prevendo que o frio estava chegando. O inverno prometia ser intenso. Precisava dormir, pois o dia seguinte seria cheio. O relógio marcava duas horas da manhã, e aquela informação deixou-me agitada. Resolvi deitar-me novamente. Precisava dormir. Ainda que o sonho não se apresentasse coerente em minhas lembranças, algo deixou meu coração inquieto.

Ansiosa, levantei-me novamente e dessa vez peguei o envelope que tinha perto da bolsa. Li e reli o conteúdo. As lágrimas rolaram pelo meu rosto.

Naquele momento, fechei os olhos e não só vi o médico que me atendeu, como também ouvi sua voz áspera ao me dizer, sem cerimônia:

— Não desconfia do que tem? — vendo-me negar com a cabeça, nitidamente preocupada com o resultado do exame e, ainda assim, incapaz de dizer algo, com medo, vergonha, um misto de sentimentos que não saberia reproduzir, ouvi dele: — Vou lhe receitar uma vitaminas e fazer alguns encaminhamentos — parou de repente e, percebendo o quanto se adiantara, revelou: — Parabéns! Você está grávida!

CAPÍTULO 26
REVELAÇÃO

Além das transformações do corpo, ainda que pequenas, pois eu estava no início da gestação, minha sensibilidade aumentara exageradamente. Eu estava muito saudosa de minha família, de minha infância no quintal de meu avô, dos dias ao lado de meus irmãos, sob a vigilância constante da minha mãe, sempre tão divertida e dançante, enquanto fazia suas tarefas domésticas e ouvia Barry White.

Minhas recordações foram longe. Até do tio Odair eu senti falta. Fazia anos que não o via. Puxei na memória e fiquei pasma ao constatar que a última vez em que o vira fora em meu casamento. Soubera por Alison que meu tio viajava o Brasil como caminhoneiro. Nem ele tinha notícias do pai.

— Meu pai? Pelo mundo! Tio Betinho me deu notícias dele há pouco tempo. Passou na casa de seus pais antes de ir para Manaus. Acho que está por lá. Como pode ficar assim, sem nos dar notícias? Vou chamar a atenção dele! — divertia-se Alison contando-me sobre o pai. Eu percebia que ele também sentia a falta de tio Odair.

Lembrar-me de tia Nena aumentava ainda mais minha emoção. Recordei-me dela sempre tão arrumada, perfumada, sorridente e também misteriosa. Como quis tê-la por perto naquele dia. Com toda a sua experiência, ela certamente me ajudaria a resolver aquela questão da melhor forma.

Meu coração apertava quando eu me lembrava do meu avô. Ele, que fora tão preciso, carinhoso e presente. Sentia tanta falta de nossas conversas. Como ele fora edificante em minha vida! Foram poucos os anos juntos, mas foram vividos intensamente. Essas lembranças fizeram-me sorrir e chorar ao mesmo tempo.

A notícia da gravidez deixara-me em choque. Eu estava agitada, nervosa, e não tinha coragem de compartilhar a notícia com ninguém. Na verdade, até tentei. Cheguei a pensar em falar com a dona do hotel, que, na ocasião, era minha amiga e conselheira, mas ela estava tão ocupada com os novos hóspedes que decidi não incomodá-la. Um grupo de músicos, que acertara uma temporada no Zeus, rendeu lucros para todos os lados, inclusive para a dona do hotel, que estava em êxtase com o estabelecimento cheio.

Meu primo, também por conta daquela parceria, estava bem atribulado. Assim que me viu, disse:

— Você aqui, a essa hora? O que houve? Está tudo bem?

Eu estava pronta para dividir com ele minha angústia, quando Docinho chegou, também acelerado, informando-nos sobre o atraso da chegada de equipamentos. Alison, sempre tão observador, não notou, contudo, a angústia em meus olhos e apenas riu. Eu, então, entendi que a prioridade naquele momento era o trabalho.

Naquele dia, liguei para Violeta e conversei com ela sobre minha indisposição. Ela foi muito gentil, respondeu-me que eu não deveria me preocupar e pediu-me que ligasse se precisasse de seu auxílio.

Havia entre nós uma grande sintonia. Sei que sentiria falta dela, já que planejava deixar o trabalho e a boate para distanciar-me de Rafael. Por outro lado, grávida, eu não via muitas opções. Voltar para a casa de meus pais naquela circunstância seria uma confusão. Pensei em abortar e cheguei até conversar com Docinho sobre isso. Primeiro, abordei o assunto dizendo ser para uma amiga.

213

— Tenho meus contatos. Várias amigas já entraram em apuro — Docinho disse, sem dar muita importância ao que conversávamos, preocupado em correr atrás dos pedidos de Alison. — Hoje está uma loucura aqui! Bem, se quiser, posso lhe passar o contato.

— Obrigada — disse num tom triste. Eu já estava de saída, quando Docinho me chamou de volta e me fez uma pergunta que eu não estava pronta para responder.

— Que amiga é essa, Marina? — Docinho fez-me a pergunta e fechou a porta, quando viu meus olhos lagrimejando e denunciando o problema pelo qual eu estava passando. — Marina! Não acredito que você fez isso! Foi com algum cliente daqui? Menina, se seu primo descobrir... — parou de falar, quando me viu trêmula e chorando. Docinho abraçou-me. Foi a primeira vez que recebi dele um gesto carinhoso. — Fique tranquila, nada vai lhe acontecer. Você não está sozinha! — Foi tudo o que eu queria ouvir e sentir, enquanto chorava. Ele desfez o abraço, pegou meus braços e disse, com o indicador pousado sobre meu queixo, erguendo minha cabeça, olhando nos meus olhos, o que me deu muita segurança: — Não faça nada por impulso, preocupada com o que os outros vão pensar. A vida é sua, mas gostaria que não fizesse isso.

Abracei Docinho, e nós ficamos um bom tempo conversando. Descobri detalhes da vida dele que ele não confidenciava até para os melhores amigos. Acho que Docinho me confiou seus segredos por eu ter compartilhado com ele meu segredo.

Docinho era do interior de Minas Gerais. A mãe descobriu-o nu ao lado do vizinho, gritou que não queria um maricas vivendo sob seu teto e disse que, se ele não virasse "homem", iria para a rua. Ele, então, optou em ficar com os pais, temeroso do mundo fora de casa.

Apesar das tentativas de Docinho de levar uma vida tranquila ao lado dos pais, um tio, irmão de sua mãe, era policial e implicava muito e das mais variadas maneiras com ele, a ponto de, um dia, Docinho pegar a arma do tio e atirar contra o parente.

Após atirar contra o tio, Docinho escondeu-se na laje, atrás da caixa d'água, canto onde constantemente se refugiava. Depois do silêncio, encorajado, arrependido e com medo de ter findado com o tio, correu para o hospital que tinha perto de casa, onde ouviu seu pai gritar que levaria o tio.

Já no hospital, a mãe pegou-o pelo braço, como já esperasse a presença de Docinho ali.

— O que faz aqui? — ela perguntou nervosa, apertando seu braço. — Você foi um estúpido! Suma daqui. Veio acabar de fazer o que começou? Ingrato! Meu irmão nos ajudou com tudo quando você nasceu! — ela dizia sem parar, indiferente à dor e às lágrimas de Docinho. — Você foi o meu erro! — ali Docinho percebeu a importância que tinha para a mãe e saiu correndo para casa. Foi quando, então, decidiu seguir a segunda opção que ela lhe dera: ir embora sem olhar para trás. Ele, então, arrumou suas coisas, que não eram muitas, e saiu disparado. Depois de passar várias dificuldades, conseguiu o emprego ali, o que o mantinha ocupado e pagando suas contas.

— Meu Deus! — foi o que consegui dizer ao abraçá-lo e perguntar por sua felicidade.

— Sou feliz, sim — Docinho respondeu-me com um brilho nos olhos. — Se eu estivesse com meus pais, meus irmãos, meu tio, não resistiria. Seria um mascarado, vivendo uma mentira. Seria triste e infeliz. Aqui, vivo o que sou. Menina, que é isso? — perguntou-me alterando a voz, passando os indicadores em volta dos olhos para secar as lágrimas. — Você fez eu me abrir mais que mala velha e sem alça! Saia da minha frente! — disse batendo as palmas das mãos, como se assim acelerasse minha saída. — Você não vai me fazer chorar! Venha cá! Me dê mais uma abraço e volte para o hotel! Descanse. Você ainda está sob o efeito da notícia. Me prometa que me contará sua decisão! Não faça nada sozinha, porque não está.

Segui a recomendação de Docinho e fiquei mais relaxada com a conversa que tivemos. Descobri que podemos nos surpreender com as pessoas positivamente. Docinho provara-me isso com sua amizade.

Logo após o almoço, eu dormi um sono reconfortante, sem sonhos. Acordei com as batidas na porta. Era a dona do hotel.

— O rapaz que trabalha lá na boate veio aqui duas vezes perguntar por você. —Lembrei-me de Docinho e abri um sorriso. — Disse que não era nada de mais. Só queria saber se estava tudo bem. Você está? — a dona do hotel viu-me confirmando com a cabeça e continuou, acelerada: — Há pouco, seu primo ligou. Pela voz, acho que ele não queria só saber como você estava. Pediu que você fosse urgentemente para a boate.

Já fiquei alarmada. Meia hora depois, estava entrando na sala de Alison. Estava pronta para contar-lhe sobre a gravidez. Achava que era esse o motivo da urgência.

— Tia Nena não está bem. Está internada em um hospital lá no Mato Grosso do Sul. Não sei o que foi fazer lá! — Alison disse impaciente, arrumando a papelada sobre a mesa. — Justo agora! Não podemos deixá-la sozinha!

— Claro que não! Como você soube? — questionei preocupada. Estava tão assustada com a notícia que cheguei a me esquecer de meus problemas.

— Ligaram do hospital. Acredita que ela está lá há três semanas? Prima, você terá de ir lá. Tudo bem? Volte até sábado para o *show*. Isso, não posso...

Pouco tempo depois, eu estava subindo no ônibus com destino a Mato Grosso do Sul. Embora o motivo não fosse dos melhores, senti-me bem em fazer aquela viagem. A noite, contudo, foi turbulenta, e, quando já estava perto do destino, senti a ansiedade aumentar. Uma urgência em ver minha tia, em saber notícias. Pensava até que estivesse bem para levá-la para casa.

Fiquei surpresa com o hospital, não pela beleza, pois não tinha, mas pelo atendimento. A recepcionista, muito prestativa, logo me encaminhou ao quarto onde estava minha tia. Fez isso quando me viu desnorteada, no meio da recepção, sem saber para onde seguir. Antes de entrar no quarto, deparei-me com uma enfermeira ríspida e senti dó de minha tia por estar sob os cuidados dela. A mulher era de uma arrogância tamanha. Olhava-me com um ar superior, fazendo meu estômago embrulhar.

— Ela está neste quarto. Aconselho que não chore, pois isso fará mal a ela — a enfermeira fez as recomendações de praxe, como se estivesse seguindo um *script*, sem me olhar nos olhos. — O caso dela é bem delicado. Fizemos o que tínhamos para fazer. Sua tia pode partir a qualquer momento — dizia com uma frieza tão grande que eu não conseguia acreditar na veracidade dos fatos. Por fim, a mulher abriu a porta e, quando me viu dentro do quarto, fechou a porta.

Eu fiquei em pé por alguns segundos, observando as três camas que tinha à frente, e logo meus olhos cativaram o sorriso de tia Nena, que ergueu o corpo com dificuldade. Aproximei-me para ajudá-la a sentar-se, e trocamos beijos e abraços. Ela estava mais magra, mas a beleza ainda ressaltava em seu rosto. Usava maquiagem e, quando me viu estudando seu rosto, disse:

— Já basta eu estar aqui! Jamais ficaria sem minha maquiagem! — Nós duas rimos, e logo depois ela ficou séria, em silêncio. Deduzi que estivesse sentindo dor, mas ela recusava-se a admitir. — Estou bem — tossia com um pano sobre a boca e logo depois sorria.

Tia Nena perguntou-me sobre todos e contou-me seus planos. Entre eles, desejava ir ao Rio de Janeiro para passar uns dias com os sobrinhos. Eu vibrei com seus planos, mas logo me lembrei do que a enfermeira me dissera minutos antes. Lembrei-me de sua saúde frágil, contudo, não pude acreditar que não houvesse esperança. Estava confiante de que a tia Nena ficaria bem e sairia em breve dali. Fui firme, segurei as lágrimas e, só quando voltei para o corredor, só quando me vi longe, deixei que meu pranto corresse livre.

Consegui me hospedar numa pousada perto do hospital. Estava tão exausta que a noite passou num sopro. Acordei cedo e, depois de tomar um café rápido num bar de esquina, segui para o hospital. Para minha surpresa, encontrei tia Nena muito bem, disposta, o que me encheu de alegria.

Minha passagem estava comprada para o início da noite, o que significada que teria o dia todo com tia Nena. Aquele reencontro foi muito divertido e revelador.

— Uma vez, você me perguntou o que havia acontecido para que meu noivado acabasse.

— Tia, não é hora...

— Agora, você está crescida o bastante para saber a verdade, meu bem. Não que fosse algo sério. Eu só quis poupá-la das aflições da vida — disse piscando um dos olhos. — Eu vivi um conto de fadas, Marina. Muitas jovens queriam meu lugar ao lado do cabo do exército. Ele era lindo, alto, educado, e tinha uma carreira promissora. Eu era a noiva mais feliz às vésperas do casamento. — Tia Nena abriu um sorriso que logo desapareceu quando começou a falar: — Ele desistiu do casamento logo depois que me entreguei a ele. Ele se apaixonou por alguém do quartel. Me entende? — ela viu que eu assenti e continuou: — Fiquei revoltada com a descoberta, com o fim do relacionamento... Ser trocada por um homem? Eu?! Não que isso tenha importância, é irrelevante, pois o que vale é o amor, sempre! — Tia Nena riu. — Eu o amava o suficiente para perdoá-lo, mas nós não mandamos no coração, não é mesmo? Meu pai, um homem maravilhoso, me acalmou...

Fiquei ouvindo tia Nena falar, segurando sua mão, vendo a dificuldade da revelação. Ela fez uma pausa e completou:

— Está me fazendo bem contar, colocar isso para fora. Guardei toda essa história comigo por muitos anos. Ficava remoendo, pensando no que deveria ter feito, me questionando se, com a cabeça que tenho agora, teria agido diferente. Tudo bobagem! Tudo aconteceu como deveria acontecer. Meu pai me disse isso — nesse momento, tia Nena citou algo que me deixou surpresa, pois não me lembrava de ouvir isso de meu avô. — Ele acreditava em espíritos, e suas explicações por vezes vinham de outras vidas. Acho que seu avô implicava com Conceição, porque, de certa forma, sabia que ela dizia a verdade. — Tia Nena fez uma nova pausa, respirou fundo e continuou: — Meu pai me aconselhou a deixá-lo livre e desejar que ele fosse feliz. Disse também que, em algum momento, o impedi de viver, de ser amado, e que agora deveria deixá-lo ser e não ter mágoa dele. Era a minha oportunidade de me sentir perdoada. "Ajustes da vida"! Foram essas as palavras que ele usou. Aquelas palavras foram tão fortes para mim, que eu me senti livre também.

— Em outra vida? Será que você o matou por algum motivo? A vida é a grande oportunidade dos reencontros — deixei escapar, como se as lembranças do sonho que eu tivera com ela noutra vida viessem à tona. No sonho, Nena era uma rica viúva que se apaixonara por um homem que lhe devia muito dinheiro. Ela perdoou a dívida para viver aquele amor com o jovem, mas não o perdoou quando ele a traiu. Nena, então, matou o amante.

— Provavelmente... — foi o que tia Nena disse com lágrimas nos olhos, mostrando acreditar na lei do retorno. — Acredito também que tive muitos homens em outra vida, e, com esse acontecimento, meu espírito enfraqueceu, optando por reviver a experiência anterior. Minha compulsão por sexo aflorou, de forma que eu me sentia feliz e distante de tudo que tinha acontecido. Morreu, então, a menina que foi deixada nas vésperas do casamento. Bem... cada um tem um jeito de amortiçar as dores da vida — tia Nena parou de falar, quando sentiu minha mão mais firme sobre a sua. — Não sou exemplo de nada, Marina. Sinto que poderia ter feito tudo diferente sem me agredir, porém, não me arrependo do que vivi.

— Acho melhor descansar um pouco, tia. Você está muito falante, e isso não é bom...

— O tempo que me resta, minha querida, é muito pouco, eu sei.

— Bobagem, tia. Você tem muito ainda para viver, ver...

— Não, eu sei que não — disse rindo, como se estivesse conformada. — Promete que não vai esperar pelo futuro para ser feliz? Adiamos tantas coisas na vida com a esperança de que amanhã seja o melhor dia, quando o presente é a oportunidade que temos para viver e fazer a diferença.

Eu fiquei tão emocionada com as palavras de minha tia que a abracei, sentindo em meus braços sua dificuldade para respirar. Quando a soltei, sua falta de ar ficou evidente. Saí correndo, desesperada, pedindo ajuda, quando a enfermeira de plantão veio auxiliar minha tia. Vendo meu estado, ela pediu-me que saísse do quarto.

Fiquei esperando no corredor por alguns minutos, quando a enfermeira saiu do quarto e me tranquilizou sobre o estado de tia Nena, dizendo que ela estava sedada. Agradeci e consultei o relógio. Faltavam quatro horas para eu voltar para o Rio de Janeiro. Tinha compromisso na boate, no entanto, não sabia se conseguiria cantar. Esperava me recuperar depois da viagem e estar bem para cantar à noite.

Fiquei no quarto vendo o sono tranquilo de tia Nena, ainda recapitulando suas revelações. Meia hora antes de minha partida, minha tia acordou. Notei-a desnorteada, mas, assim que me viu, abriu um sorriso. Não estava falante como antes, e percebi o declínio de sua saúde. Ela não falava de dores, mas via minha tia comprimindo os olhos e respirando com dificuldade. Antes de sair, ouvi dela:

— Não tem nada para me contar? Sei que tem — disse me olhando. — Trabalhei com muitas meninas, sei de longe...

Não consegui omitir a gravidez e acabei contando a novidade para tia Nena, que ficou muito emocionada. Ela notou a tristeza em meus olhos, então, como se soubesse de minhas intenções, contou:

— Fiz dois abortos, Marina. Um deles eu não me arrependo de ter feito, pois não queria um filho naquele momento. Era inexperiente, e muitas dificuldades na vida me encaminharam para isso. O outro, contudo, era de um homem que eu amei, então, foi uma decisão muito triste de tomar. Tive a impressão na época de que estava apagando um capítulo de minha história. Não a recrimino, mas sei as consequências. Como disse, não sou exemplo. Você ama o pai dessa criança?

— Ele... — eu tinha dificuldade de contar toda a história. — Não podemos...

— Não está respondendo minha pergunta, menina. Você o ama?

— Sim... — respondi com lágrimas nos olhos, surpresa com minha sinceridade.

— Então, não apague esse capítulo de sua história. Receba esse presente de Deus. — Agora, acho melhor você ir. Não quero que fique aqui me velando — disse rindo.

Beijei tia Nena e abracei-a com todo carinho, sentindo-a frágil. Já perto da porta entreaberta, eu disse:

— Vou para o *show* e voltarei em seguida para ficar com você — tia Nena não disse nada; apenas riu e acenou com dificuldade da cama. — Minha mãe está vindo para cá. Falei com ela há pouco. Não queria deixá-la sozinha.

— Estou bem acompanhada de minhas boas lembranças. Além disso, Lola está vindo pra cá. Não tive amiga fiel e melhor na vida.

Voltei para o Rio de Janeiro com o coração partido. Cheguei a ligar para meu primo para adiar minha apresentação, mas não consegui falar com ele. Foi Docinho quem atendeu à ligação, preocupado comigo e exigindo minha volta conforme fora combinado.

— Você tem público, sabia? Tem gente que vem aqui só para vê-la. Trate de chegar logo, pois amanhã a noite promete.

Docinho fazia-me rir com seu jeito irreverente de falar e agir. Depois que conheci um pouco mais sobre ele e soube da vida que deixara para trás, Docinho ganhou ainda mais meu respeito, meu carinho.

No ônibus, fiz minhas orações pela recuperação de minha tia e não sei explicar o fato de meu avô ter aparecido em minhas lembranças, o que me desconcertou, pois eu ainda o via da mesma forma quando conversávamos. Eu o via rindo dos acontecimentos primários de infância, enquanto fazia seu café, e fiquei pensando no que ele me diria ao saber de minha vida adulta e das escolhas que eu havia feito.

Não custou para eu dormir e novamente ter um sonho tumultuado. Eu via nitidamente alguém apontando a arma para mim e disparando em minha direção. Queria ver o rosto da pessoa, mas não conseguia ver nada. Com esforço, consegui distinguir sobre o ombro do atirador uma mulher. Nesse momento, percebi que foram duas as pessoas que atentaram contra minha vida.

Um filme passou em minha mente, elencando pessoas que conheci em minha vida. Só não consegui ver quem foram as duas pessoas que tramaram minha morte.

Aquelas imagens tão reais fizeram-me gritar, despertando-me do sono. O motorista do ônibus mexia no meu braço, o que me fez abrir os olhos. Deparei-me, então, com ele me chamando:

— Moça, chegamos — fez uma pausa, vendo-me despertar. — Está tudo bem? — como não respondi de imediato, deduziu ao dizer: — Provavelmente, estava tendo um pesadelo.

— Pode ser. Desculpa — respondi, enquanto me levantava e apanhava minha bolsa. — Obrigada. — E desci do ônibus desnorteada.

Bastaram alguns minutos para que eu me sentisse de volta, distanciada do sonho, levando na mente apenas algumas vagas lembranças. A alguns passos do portão de desembarque, ouvi alguém chamando meu nome. Quando me virei, vi Alison vindo apressado em minha direção. Abraçamo-nos e, então, percebi que ele chorava. Momentos depois, ele olhou-me e, com dificuldade, disparou:

— Tia Nena nos deixou.

— Como?! Eu a deixei no hospital... Ela não estava bem, mas prometi que voltaria...

— Foi durante a noite, Marina. Ela se foi. Meu pai já está indo para lá. Tio Betinho também. Tia Lola me ligou para avisar. Estava com ela, quando...

Eu já não ouvia mais nada. A dor era maior do que eu podia imaginar. Era a partida de mais um dos amores de minha vida.

CAPÍTULO 27
DE REPENTE, UM TIRO

Um mês havia se passado. Eu estava na biblioteca de Violeta, organizando alguns papéis, quando deixei de lado as contas, os boletos, as pastas e passei os dedos pelo calendário. Fiz isso bem devagar e, ainda assim, pude sentir os dias passarem rápido demais.

Impossível não me recordar dos últimos acontecimentos. Naquele dia triste, atendi na boate à ligação de tio Odair. Ele me telefonara para informar que o enterro aconteceria em poucas horas. Alison e eu ainda tentamos achar passagem, mas não seria possível chegarmos a tempo de prestar nossa última homenagem à tia Nena.

A passagem de tia Nena foi um divisor de águas em minha vida. Foi a partir desse acontecimento que tive a certeza de que teria meu filho, por isso, decidi continuar a trabalhar na boate e na casa de Violeta. Não esperava passar lá a gestação, mas ficar o suficiente para juntar algum dinheiro e buscar uma nova direção.

Naquele primeiro mês, foi fácil continuar a trabalhar na casa de Violeta, porque Rafael e Eunice estavam viajando. Antes de viajarem, tive, contudo, uma provação, quando o casal esteve lá para se despedir. Tranquei-me na biblioteca assim que os vi chegando e dei a desculpa de que precisava acertar umas contas para, assim, não participar do chá ao qual fora convidada.

Estava na biblioteca, quando, de repente, ouvi alguém mexendo na maçaneta. Meu coração acelerou, pois eu tinha certeza de que era Rafael. Não disse nada, e logo o silêncio predominou no cômodo. Fiquei, então, aliviada e triste quando os ouvi se despedindo.

Agora, eu estava novamente na biblioteca, local que adotara para trabalhar. Gostava daquele cômodo da casa, do frescor que vinha do jardim, da mobília organizada, do cheiro dos livros que me faziam querer ler todos. Violeta, ao saber do meu gosto pela leitura, tratou de me emprestar alguns títulos de seu acervo, e foi assim que adquiri o hábito de ler antes de dormir. Era algo que me fazia relaxar. Eu viajava sem sair do lugar e experimentava as mais diversas sensações. Era muito prazeroso.

E foi naquele momento, em que meus olhos estavam fixados no calendário, que ouvi a voz de Rafael:

— Boa tarde, Marina! — disse encostado na porta, com um riso tímido. Estava ainda mais bonito, usando uma roupa casual, com a pele levemente bronzeada, o que realçou seus olhos verdes. Como eu queria ver defeitos nele! Contudo, só via beleza e algo que me fazia alegre, ainda que eu não admitisse por medo, por defesa.

— Boa tarde — respondi com dificuldade. — Violeta saiu. Ela teve de assinar algo no banco. O motorista...

— Eu sei — ele disse firme e andou em minha direção, com as mãos no bolso. — Sinto muito por sua tia. Alison me contou.

— Obrigada.

— Seu puder fazer algo...

— Você a traria de volta? — perguntei rapidamente, já aflita com a aproximação.

— Se pudesse, por você, com certeza eu traria — Rafael parou de falar, ficou observando meu silêncio, o brilho nos meus olhos, e prosseguiu: — Você não me deixou explicar, e eu devo isso a você...

— Que é casado e dono da boate? Já sei disso. Descobri, como sabe, e não da melhor forma...

— Me ouça, por favor. Faz muito tempo que meu casamento não está bem, Marina. No início era bom, mas agora vejo que fomos levados pela paixão, não pelo amor. O amor suporta...

— Não estou interessada em saber detalhes sobre sua vida — disse sinceramente, cansada e imaginando aonde aquele relato nos levaria. Olhei para minha bolsa, onde carregava o envelope que o médico me entregara com o resultado do teste de gravidez, bem na hora que ele disse:

— Eunice não pode ter filhos.

Aquele fato deixou-me trêmula, calada. Naquele momento, desviei meus olhos da bolsa, temendo que ele pudesse ver o resultado.

— Eu queria ser pai, mas soube que não seria. Não a culpei por isso. Na verdade, antes de saber que ela não poderia ter filhos, já notava que nosso casamento estava afundando por conta do ciúme de Eunice, do seu temperamento controlador, sufocante, que se aprofundou quando ela soube que não seria mãe.

— Por isso, você vive uma farsa? Desculpe-me, Rafael, mas é como vejo um casamento assim. Se afirma não ter amor...

— Ela tem a saúde frágil, Marina. Já pensei em deixá-la muitas vezes — Rafael fez uma pausa. — Quando a conheci, planejei deixar Eunice. Parece que ela sentiu algo e adoeceu. Até me ausentei da boate por isso.

— Me lembro disso... — intimamente, questionei-me como poderia me esquecer daqueles dias terríveis. — Foram dias de tormenta para mim. O que isso vai mudar, Rafael? O que vai mudar eu saber do que sente, do quanto é prisioneiro de Eunice?

— Está sendo injusta. Eu tomei...

— Chega! — eu disse baixinho, querendo livrar-me do sofrimento de tê-lo perto e longe ao mesmo tempo. Ele continuou falando, mas eu não queria ouvi-lo e explodi: — Chega, Rafael! Não quero mais saber de nada! Pare com isso, de me fazer sofrer! — Notei o silêncio, o brilho e a emoção de seus olhos sobre mim. — Você se aproximou de mim num momento em que eu estava vulnerável. Eu jamais me envolveria com um homem casado! Penso até que não somos culpados pelo que aconteceu, pois estávamos vivendo momentos difíceis. Ainda assim, deixei clara a minha situação, que não vivia mais com Elton...

— Tive medo — disse baixinho, abafando minhas palavras. — Medo de perder você.

— Até quando sustentaria essa mentira? Até se satisfazer, se cansar de mim?

Ele aproximou-se de mim, pegou meus braços e puxou-me para junto dele. Foi um gesto tão preciso que pude sentir em meu rosto sua respiração, seu hálito suave.

— Não diga isso. Está subestimando meus sentimentos.

— E os meus sentimentos? Me diga! E os meus? — desvencilhei-me de seus braços, e, ainda assim, ele manteve-se ali, a menos de um palmo, firme, hipnotizando-me com o brilho dos seus olhos. — Eu não quero participar disso, não quero estar aqui, viver essa situação. Por que fez isso comigo?

— Porque eu te amo e preciso lhe dizer algo. Me deixe falar...

Aquelas palavras me silenciaram, me acalmaram, e deixei-me ser envolvida pelos braços e pelo beijo de Rafael.

Foi nesse momento que ouvimos uma voz estridente vindo da porta da biblioteca. Era Eunice, aos prantos.

— Rafael?! — o chamado saiu com um grito desesperado. — Então, foi por isso... — Eunice não concluiu a frase e saiu correndo. Rafael largou-me e saiu na direção da esposa. Antes, parou perto da porta, olhou-me e depois desapareceu.

Senti minhas pernas trêmulas e deixei-me cair na cadeira. Cobri o rosto com as mãos, por medo, vergonha e por me sentir o pivô daquela situação. Violeta chegou à biblioteca poucos minutos depois. Havia preocupação em sua voz, quando disse:

— Meu Deus! Marina, você pode me explicar o que está acontecendo? Estava chegando em casa, quando Eunice passou por mim chorando e Rafael passou logo atrás, chamando por ela. Será mais uma das artimanhas da mulher do meu neto para cativar sua atenção? Como ela gosta de chamar atenção!

— Rafael pode lhe explicar melhor, nos detalhes, Violeta — foi o que disse, enquanto pegava minha bolsa. Minha vontade era sumir dali.

Ao passar por Violeta, ela segurou-me pelo braço. Ela fez isso tão suavemente, mas com firmeza, que me fez parar. O silêncio de segundos foi o suficiente para que ela entendesse:

— Estava chorando... Você e meu neto, claro....

— Desculpa. É uma longa história, Violeta. Nós nos conhecemos na boate. Eu nem sabia que ele era casado. Foi uma surpresa...

— Não precisa se desculpar, menina. Eu notei algo no dia em que os apresentei. Não tive muitos relacionamentos na vida, mas sei o que acontece quando olhos apaixonados se reencontram. Podemos tomar um chá?

— Preciso ir embora, Violeta.

— Você precisa se acalmar. Não deixarei que saia assim, desse jeito — convenceu-me Violeta, levando-me para fora da biblioteca. Ela foi tão receptiva em relação à revelação que acabou me acalmando. — Sabia que isso iria acontecer a qualquer momento. Meu neto não era feliz naquele casamento. Confesso-lhe que eu mesma o incentivei a vir morar aqui. Sabe, no começo, Eunice e eu tivemos uma briga das boas! Ela, com seu capricho, e eu, com meu egoísmo. Queria que os dois morassem aqui, pois achava a casa muito grande para eu viver nela sozinha. Eunice, contudo, queria o espaço dela, o que era direito dela. Acabei entendendo que um casal precisa mesmo de privacidade, mas, depois de ver como ela o tratava, lamentei não ter brigado mais pelo que considerei justo para meu neto.

— Sinto muito, Violeta — justifiquei-me mais uma vez.

— Fiquei surpresa ao saber que você era a mulher que despertara o interesse do meu neto. Ele comentou algumas coisas comigo, sem revelar nomes, como se estivesse me preparando. Não sei se é o momento, mas vocês dois...

— Não temos nada — interrompi. Estava tão nervosa que disparei sobre Violeta, ignorando todo o seu carinho. — Sinceramente, tenho medo de que ele faça comigo o que você fez com meu avô.

Aquelas palavras tiveram um efeito que eu não esperava. Mesmo depois de descobrir, por meio da foto em que ela estava com o neto, a ligação de Violeta com meu avô, fui discreta e nunca mencionei nada sobre a história que eles tiveram. No entanto, eu estava me sentindo sufocada e associei minha ligação tão delicada e distante à história que ela tivera com meu avô.

— Você acha que eu não quis ficar com seu avô, Marina? — quando me viu assentir, Violeta pegou na minha mão e levou-me até um dos quartos de hóspedes ao qual eu não tivera acesso antes. Em silêncio, ela caminhava puxando minha mão pela escada e pelo corredor até, por fim, parar diante da porta do cômodo. Ao abri-la, senti as pernas tremendo, um nó na garganta, um arrepio. Foi um misto de sensações boas. Era como voltar à infância.

Larguei a mão de Violeta e, como uma criança, corri para o brinquedo ao ver o piano de meu avô. Sentei-me e fiquei ali, sorrindo, com lágrimas nos olhos, acariciando o instrumento, sentindo cada tecla, emocionando-me com cada som emitido. Consegui, ainda que tensa pela situação, tocar uma música de que meu avô tanto gostava.

— *Clair de Lune*, de Claude Debussy — revelou Violeta com os olhos fechados, um sorriso no rosto e a voz serena. — Minha preferida. Eu ensinei para ele...

— Que me ensinou. — Um silêncio encheu-nos de nostalgia. — O piano era seu objeto preferido. Quando ele partiu, tivemos, pouco tempo depois, de vender o piano. Eu visitava a loja constantemente...

— Eu sei. O vendedor me contou, mas tive de protegê-lo naquela ocasião. Do contrário, nós o perderíamos a qualquer momento. Quando me sinto saudosa dele, é aqui que fico por horas. Nem sempre toco, mas fico recordando nossos momentos.

— Por que não o quis, Violeta? Por ele ser pobre? Desculpe-me, estou sendo...

— Foi o que ele lhe contou? — perguntou divertida e, ao notar meu gesto negativo, prosseguiu: — Você deduziu errado, Marina. Ele trabalhava aqui como nosso motorista, e não foi difícil de eu me enamorar dele. Seu avô era um homem bonito, de qualidades, de gentilezas, enfim, de gestos que nunca vi em meu pai e em meu noivo. Não foi difícil mesmo, e facilmente nos envolvemos. Eu ficava muito tempo sozinha, já que meu pai passava boa parte do tempo na fábrica, administrando os negócios. Tínhamos muita sintonia, seu avô e eu.

— Não entendo... por que não deu certo?

— Na sexta-feira, que antecedeu meu casamento, fiz minhas malas, apanhei um táxi e fui parar na casa de seu avô. Ele era noivo de sua avó, e eu não sabia. Ele me colocou de volta no táxi, revelando-me que era noivo de sua avó e que pretendia se casar com ela. Tão jovem e tão responsável... Se meu pai descobrisse nossa relação, ele não aceitaria que a filha se casasse com um motorista. Ele também precisava do emprego para poder sustentar a família que estava constituindo. Se ele se arrependeu da decisão, não me revelou. Não era algo dele demonstrar sentimentos assim. Eu admirava isso nele. Quando escolhia um caminho, era capaz de fazer atalhos, mas não voltava atrás. Foi uma das vezes em que mais sofri. Fui uma noiva profundamente triste e tive um casamento igual.

— Não perderam o contato?

— Nos distanciamos, mas o amor não findou. Quem vence o poder do amor? — perguntou rindo. — Ele ainda trabalhou por anos conosco. Como eu continuei morando aqui, nos víamos constantemente. Fomos fiéis às nossas escolhas. Ele à sua avô, e eu, ao meu marido. Quando voltei de umas férias na Europa, soube que ele já não trabalhava em nossa casa. Chorei muito e atribuí o pranto à saudade da viagem — Violeta começou a rir e continuou: — Não sei se consegui convencer minha família, mas foi a desculpa que dei. — Ela sentou-se na poltrona que tinha próxima ao piano e prosseguiu com a história: — Quando nos vimos viúvos, nos encontramos algumas vezes e fomos um casal muito feliz. Um dos mais felizes! Ficamos viúvos, inclusive, na mesma época. Acredita? O nascimento de minha filha coincidiu com o nascimento do seu pai. Nosso último encontro aconteceu na praça, para onde levei Rafael, e ele a levou. Ali, já vi a linda mulher que você se transformaria. Tivemos uma conversa difícil naquele dia. Eu o convidei para morar comigo, pois já tínhamos idade o suficiente para vivermos nossa história, termos um ao outro para cuidar e amar. Mais uma vez, ele não quis. Eu nunca quis a solidão de companhia, porém, isso infelizmente aconteceu. Me restaram apenas as boas lembranças.

— Me lembro como ele ficou no carro. Estava arrasado. Permaneceu ali, vendo seu carro partir...

— Fiquei muito triste e brava com ele. Pouco depois, soube do falecimento de seu avô. Partiu tão novo... Ele, sempre muito delicado, quis me poupar de um sofrimento maior de vê-lo ir embora. Tenho certeza de que ele já sabia que não tinha muito tempo de vida.

Emocionadas, nós duas nos abraçamos. Aquelas memórias foram capazes de me fazer esquecer, momentaneamente, o episódio com Rafael e Eunice. Passamos, então, as horas seguintes juntas, revivendo as histórias com meu avô, a época em que ele trabalhou na casa de Violeta, mesmo depois de casados com seus respectivos pares.

— Foi através de nossos contatos que seu avô me procurou para ajudar sua tia Nena, quando ela saiu de casa. Pedi que ele lhe desse meu endereço, mas ela nunca me procurou. Fiquei surpresa quando, anos mais tarde, recebi a visita de Alison. Nena lhe dera o endereço. Ela o guardou por anos! — Violeta fez uma pausa, e seu olhar perdeu-se por um momento. Depois, ela voltou a sorrir e continuou sua narrativa: — Seu avô já havia me adiantado que Alison era um rapaz especial, divertido. Percebia o carinho que ele tinha ao falar dos netos, e não era diferente com seu primo. Dei trabalho a ele na boate, que era um negócio novo, ideia do Rafael. Rapidamente, Alison se destacou, e não demorou para que Rafael o colocasse à frente do negócio. Depois, veio você. Me deu muita alegria recebê-los. É como reviver seu avô, nossa história — Violeta, emocionada, parou de falar.

Deslizei no banco à frente do piano para ficar mais perto de Violeta, alcancei suas mãos e toquei-as com delicadeza.

— Aqui, há muita gente que amo, mas sei que não vai demorar para eu fazer minha viagem — falou divertida, com os olhos brilhantes percorrendo o cômodo. — Tenho muitos amores lá do outro lado também, ansiosos para nosso reencontro.

Naquele momento, abri a boca para defender sua permanência, já pronta para lhe contar sobre seu bisneto, momento em que, rapidamente, vi meu avô atrás de Violeta, sorrindo. Ele estava lindo, com as mãos suavemente pousadas sobre os ombros dela. Pisquei os olhos e não o vi mais. Foi tão real que me emocionei.

Estava mais calma, pois as revelações deixaram-me leve, sem a urgência de ir embora da casa de Violeta. Sentia-me assim, em paz, quando ouvi uma correria no quintal, passos aproximando-se do interior da casa e chegando, por fim, à cozinha.

— Não acredito que você compactue com isso, Violeta! — gritou Eunice, enquanto mexia em sua bolsa. Violeta aproximou-se da esposa do neto, tentando conversar, apaziguar a situação, mas, de repente, a moça, descontrolada, tirou da bolsa uma arma. O gesto fez Violeta aproximar-se ainda mais de Eunice, mas ela estava determinada a fazer o que planejara desde a hora em que saíra da casa. A moça desviou-se de Violeta e foi em minha direção, sem se importar com a sogra, que tentava detê-la puxando-a pelo braço. Nesse momento, Eunice disparou três vezes em minha direção.

Senti uma ardência no corpo e custei a acreditar no que estava acontecendo. Dos disparos, dois pegaram em meu corpo. Um dos tiros atingiu meu braço, e eu mergulhei num silêncio, num vazio. Quando coloquei a mão no braço e vi minha mão trêmula e vermelha de sangue, fechei os olhos, e tudo ficou escuro.

CAPÍTULO 28
QUANDO O AMOR VENCE O ÓDIO

— Foi a Eunice, não foi? Foi ela quem me matou na outra vida, não foi? Claro! Foram três tiros. Muita semelhança — perguntou Marina, desprendida do corpo físico, em outro plano, e diante de Carlos, seu avô. — Ela tinha motivos para isso, pois, em outra vida, matei Elton, que era seu pai, ao empurrá-lo da escada. Além de deixá-la órfã, joguei-a na miséria, tirei tudo dela. Agora, ainda ressentida, não suportou me ver com Rafael. Pelo menos, suponho que tenha sido isso o que aconteceu.

— Não — Carlos disse sorrindo. Ele estava bonito, elegante em um terno escuro, usando uma gravata clara. Marina queria tocá-lo, mas não conseguia, pois, a cada passo que dava na direção do avô, ele distanciava-se, e sua imagem deixava de ser nítida. Em alguns momentos, ouvia apenas sua voz calorosa. — Não tem lembrança de quem fez aquilo? Lembra-se de como agia na vida passada e que várias pessoas tinham motivos de sobra, ainda que não fosse o certo, para querer prejudicá-la?

— Sim, eu sei — Marina respondeu tímida, lembrando-se da forma como agira com as pessoas, do quanto fora cruel, prepotente e cultivara os mais variados e perversos sentimentos.

— Revivi em sonho toda aquela passagem. Senti cada acontecimento, dor, alegria...

— A vida nos proporciona esses encontros como oportunidade de agirmos diferente, de substituirmos o ódio pelo amor, de fazermos prevalecer os bons e nobres sentimentos — depois de uma pausa, Carlos suspirou ao dizer: — Nobre é o amor!

Marina ficou ouvindo-o, querendo abraçá-lo, pedir seus conselhos, mas entendeu que não tinha essa permissão, pois estavam em sintonias diferentes. Carlos não revelou o que ela tanto queria saber, mas conduziu-a a um lugar amplo, em que a natureza se fazia presente. Poucos passos depois, Marina deparou-se com uma casa branca, com portas e janelas de cor azul. Rosas das mais variadas cores decoravam a fachada sobre o gramado verde escuro. As cores eram intensas.

— Tenho aprendido muito aqui, Marina. Tenho aprendido valores que descartei durante a vida na Terra. Palestras, reencontros, novos amigos, combinações têm ocorrido neste lugar — silenciou momentaneamente e continuou: — Sei que voltarei em breve. Terei o nome de Inácio e ficarei dividido entre um grande amor e o seminário. Voltarei a trabalhar minha decisão. Muito me alegra saber que reverei Violeta. Não sei como será a disposição do espírito dela, o que ele anseia para sua evolução. Somos espíritos livres, com livre-arbítrio.

— Que prevaleça o amor.

— Que aconteça o melhor para o desenvolvimento de nossos espíritos.

— Foi a Eunice? — Marina voltou ao assunto.

— Não. Vocês já tiveram vários encontros e sempre tomaram algo uma da outra. Já foram irmãs, primas, e, na última encarnação, ela veio como sua enteada. Eunice não tem amor por Rafael, mas o quer para vê-la sofrer. É um espírito de sentimentos rudes. Ela combina de voltar diferente, mas não consegue perdoá-la por suas atitudes e se esquece do que também fez a você.

— O que devo fazer?

— As escolhas do outro não são problema nosso, Marina. Sigamos pelo amor, buscando evoluir, edificar nosso espírito e nos tornar ainda melhores que ontem. Esse é o nosso propósito.

Marina sentiu vontade de abraçar o avô, de ficar ali com ele, naquela calma, instruindo-se, mas, diante de seu gesto, ele recuou, sorrindo. Depois, apontou para o lado, onde havia um lago, e uma imagem formou-se rapidamente. Ela viu-se, então, deitada na cama. Ao seu lado estava Violeta abraçada a Rafael, um médico, enfermeiros.

— É hora de voltar.

— Não quero! — Marina disse convicta.

— E o seu amor, seu filho, as pessoas que a amam? Está sendo egoísta em pensar apenas em você, não acha?

Marina olhou mais uma vez na direção do lago e não viu mais nada. Ela voltou-se para o lugar onde seu avô estava, mas ele desaparecera. Desnorteada, a moça começou a andar e, de repente, entrou em um lugar diferente, em um caminho de luz intensa, voltando, assim, para o corpo físico.

Carlos viu Marina caminhando em direção à luz e também teve vontade de abraçá-la, mas seus sentimentos estavam alinhados e confiantes nas decisões de Deus. Tudo seguiria de acordo com Sua vontade. Era o que prevaleceria.

Ele entrou na casa, cujo interior era simples, amplo, arejado. Plantas e janelas abertas com vistas para o gramado completavam o cenário, e o perfume das rosas parecia exalar das paredes. Carlos aproximou-se da cama onde estava Nena e conferiu se ela estava bem, pois estava adormecida havia dois dias, recuperando-se. Carlos a resgatara.

Não fora fácil, mas Carlos tivera permissão para ir até onde Nena estava desde seu desencarne. Era um lugar escuro, sujo, triste, em que gritos e desespero imperavam. Apesar do cenário opressor, ela conseguiu, em oração, chamar por Carlos e, assim, aceitar sua ajuda. Foi dessa forma que ele conseguiu trazê-la para aquela casa, onde Nena passaria por um processo de reconstituição, de reforma física e emocional.

— Você ficará bem, Nena — Carlos disse confiante e continuou falando, como se ela pudesse ouvi-lo. — Sabe quem eu vi há pouco? Marina. Estava ansiosa para saber quem a matou na vida passada. Se fora Eunice ou não. Não contei. Ela sabe quem foram os responsáveis por sua morte, só não se recorda. Por certo, não precisa dessa lembrança. Todos tinham motivos, mas não intenção — Carlos respirou fundo e sentiu uma lágrima rolar em seu rosto. — Não contei a ela que fui eu quem atirou nela atendendo ao seu mando, Nena... Eu, um mendigo, jogado às traças, fui tomado pelo ódio quando ela me humilhou na porta da igreja. Você assistiu a tudo a uma distância suficiente para não ser notada. Estava revoltada com a traição, com o que Marina lhe fizera na cadeia, e me fez a proposta. O que eu tinha a perder? Aceitei a proposta e cumpri. Você ainda foi comigo até lá para ver de perto. Aproveitamos que os empregados estavam dormindo, inclusive Divina, e a executamos. Fomos presos, cumprimos a lei dos homens, mas não a de Deus.

Carlos levantou-se, caminhou elegantemente até a janela e respirou fundo. Aquelas lembranças de muitos anos, de outra vida, deixaram-no mexido. Ainda assim, conseguiu rir, com os olhos emocionados, e voltou-se para Nena ao dizer: — Mas conseguimos nos reencontrar, conforme combinamos. Marina, você e eu nos reencontramos e conseguimos fazer o amor vencer o ódio. O amor prevaleceu.

***

Eu retornei ao corpo físico, mas não conseguia me mexer e falar. Fiquei ali, estática, ouvindo tudo o que Violeta, Rafael e os médicos conversavam sobre mim.

— Doutor, não seria melhor transferi-la para outro hospital com mais recursos? — perguntou Rafael. Era perceptível sua ansiedade para salvá-la.

— Não temo apenas pela vida da moça, mas pela do bebê também. Está no início da gravidez...

Percebi pela voz de Rafael seu desespero e senti a mão dele sobre a minha, quando disse:

— Ouviu isso, vovó?! Marina está grávida! É meu filho, eu sei disso...

— Como está meu bisneto, doutor? Marina vai resistir? Nos livre desse sofrimento, por favor — implorou Violeta sensibilizada.

— Não vou suportar perder os dois, doutor! Não vou! — Rafael falava com os olhos rasos de lágrimas. — Não consegui dizer a ela que havia pedido a separação de Eunice, por isso estava ali...

Essa revelação deixou-me agitada, tanto que o médico e os enfermeiros notaram uma forte oscilação no meu quadro e tiraram Rafael e Violeta do quarto.

— É melhor esperarem lá fora, por favor — pediu o médico, tentando lidar com a insistência de Rafael. Impaciente, tenso com a situação, preocupado em me estabilizar e tirar Rafael do quarto, gritou para os enfermeiros: — Tire-o daqui, rápido! — depois, ministrando-me medicamentos, disse baixinho: — Vamos, moça! Você ainda é muito jovem e está gerando uma criança! Reaja! Não vou perder vocês dois, não vou!

Nesse momento, houve o desdobramento. Senti meu espírito desprender-se do corpo físico e, em questão de segundos, vi tudo acontecer. Vi o desespero de Violeta abraçando Rafael aos prantos, os dois saindo do quarto, e o médico e os enfermeiros tentando me ressuscitar. E eu, ansiosa, desejando rever meu avô.

EPÍLOGO
NOBRE É O AMOR

— Inácio, cadê você, meu neto? — chamou Lola ao pé da escada. Não demorou, e o rapaz de corpo atlético surgiu, trazendo com ele um maço de papel encadernado. Era alto, tinha olhos verdes e parecia muito com o pai.

— Vovó, já viu isso que minha mãe escreveu? Acabei de ler... Fiquei fascinado.

Lola pegou os papéis e, depois de passar os olhos, perguntou:

— Estava mexendo nas minhas coisas? Espero que não tenha nem passado perto da minha coleção de CDs do Barry White! Foi presente da Alcione e de seu tio — disse orgulhosa e séria, enquanto o rapaz gargalhava. — Li, reli e chorei muito! Nossas vidas... Pena que rasgou algumas páginas. Disse que não precisamos saber o que aconteceu no passado, que basta que amemos o presente.

— Ela deveria continuar — sugeriu Inácio.

— Para quem quer ser seminarista, você está muito eufórico, não acha? — parou de falar, quando ouviu o barulho de um carro se aproximar da casa. — Devem ser seus pais.

Rafael entrou na casa e, carinhoso, beijou o filho e a sogra.

— Onde está todo mundo? Animados para o Natal?

— Já tive bons natais! — disse com o olhar vago. — Vamos nos animar, é festa. Estou nos preparativos. Betinho foi com meu filho buscar umas coisas no mercado. Alcione está na cozinha.

Rafael abraçou a sogra e disse:

— Todos os natais têm um significado para mim também, mas tenho aprendido a seguir a vida e ser feliz com minhas conquistas e com minha família maravilhosa, cercado de amor que dou e recebo. Isso é gratidão!

Lola assentiu e desvencilhou-se do abraço, ainda segurando a mão do genro.

— Está muito certo, meu querido. Vou ver se Alcione precisa de ajuda. Ela não gosta muito que eu fique por perto quando está cozinhando — disse isso e desapareceu.

Rafael viu o filho, agora deitado no sofá, folheando o maço de papéis encardenado.

— Acho que conheço esse livro. É da sua mãe, não é? — viu o rapaz empolgado com os escritos e aconselhou: — Tenha todo cuidado com isso. Marina tem um ciúme! Cadê sua irmã? Não vi a Maria hoje. E seus primos? Onde estão Carlos e Clara?

— Por aí. Carlos está chegando de viagem. Clara está com Maria bajulando a Valéria.

— Quem?

— Amiga da Maria. Os pais dela tiveram que viajar para casa de uns parentes. Problemas de saúde! Deixaram ela passar o Natal aqui, esqueceu?

— Sim, é verdade.

— Cadê a mamãe?

— Está no jardim. Vou até lá. Sabe como ela é! Se deixarmos, ela fica horas ali. Como gosta de rosas! Nem eu sou tão bem tratado como esse jardim. Marina levou a sério quando minha vó disse que, na sua ausência, ela deveria cuidar de tudo — falou rindo e caminhou em direção ao jardim. Ao avistar a esposa, perguntou: — Não está com roupa apropriada para mexer com terra, não acha?

Marina virou-se para o marido e riu. Estava linda, usando saltos altos e uma camisa rosa e justa sobre os jeans. Usava óculos escuros, e seus cabelos, improvisadamente, haviam sido presos no alto da cabeça.

Rafael estava certo. Aquele era um dos lugares favoritos de Marina na casa. Logo que tivera alta do hospital, ficou instalada na casa de Violeta, onde recebeu cuidados durante a gestação.

— Você é um milagre, Inácio. E dos bons! — disse Violeta com o recém-nascido nos braços. — Agora, eu posso partir. Vejo Rafael sorrindo. Vou deixá-lo bem acompanhado — ela dizia isso, o que aborrecia o neto e Marina. Violeta, contudo, estava certa, pois, poucos meses após o nascimento de Inácio, durante a noite, ela partiu serena como levara sua vida.

Eunice foi presa, mas o advogado, contratado por Rafael, conseguiu atestar a insanidade da moça e que ela fosse mantida em um manicômio judiciário. Ele a visitava, e Marina, mesmo depois do ocorrido, buscava auxiliá-la de alguma forma.

Quando começou a frequentar o centro espírita, Marina passou a entender melhor seus sonhos e a não ter a aflição de antes ao acordar. Ela desenvolveu uma percepção melhor sobre o próximo e sobre si também.

Eunice ficou pouco tempo no manicômio, pois uma tuberculose a levou. Pouco antes disso acontecer, ela perdera completamente sua sanidade metal. Rafael chegou a essa conclusão e ficou triste quando ela lhe falou na última visita:

— Ela matou meu pai, o empurrou da escada! Eu sei.

— Quem, Eunice? — perguntou Rafael, tentando compreender o que ela dizia.

— Marina! Ela é culpada! Depois, vendeu minha casa, herança de minha mãe. Ela tira tudo o que é meu! Tudo! — instantes depois, com voz infantil, falando baixinho e encolhendo o corpo, sentindo-se abraçada por Rafael, completou: — Ela toma tudo o que é meu, tudo! Foi minha madrasta, matou meu pai, sei que foi ela...

— Está certo, Eunice, sei de tudo isso — mentiu Rafael, achando que ela estava cada vez mais confusa.

— Ela me humilhou muito! — dizia com as mãos estendidas ao lado do corpo magro, longe das curvas que um dia fizera dela uma das jovens mais elegantes da sala de aula onde Rafael a conhecera. — Ela comprou todas as minhas roupas. As roupas que eu estava vendendo na cidade. Ela me deixou na miséria. Eu a odeio! — começou a gritar, a ponto de dois enfermeiros, depois de sedá-la, levarem-na da sala de visitas.

Rafael não voltou mais a vê-la. Logo depois, recebeu a notícia de sua doença, que a impedia de ter visitas, e por fim do seu falecimento.

Viúvo, Rafael revelou a Marina sua vontade de oficializar a união entre os dois. Já moravam alguns anos juntos na casa que fora de Violeta, pretendiam ter mais filhos, mas queriam seguir a tradição.

Para poder casar-se com Rafael, Marina voltou para São Paulo, ao bairro onde nascera, para oficializar sua separação. A caminho do cartório, passou em frente da casa do avô e pediu para o taxista parar. Não desceu do carro e, com o coração acelerado, viu tudo da janela. A casa de seu avô fora demolida, mas a árvore, antes pequena, plantada na calçada, fora preservada.

Marina olhou também para a casa ao lado, onde morara quando casada, e notou que estava do mesmo jeito. Soubera que Elton a comprara. Ela esticou os olhos rapidamente para o quintal e viu Divina apoiada num andador percorrendo o quintal. Respirou fundo, encostou-se novamente no assento do banco do passageiro e pediu para prosseguir viagem.

As poucas notícias que tivera de Divina e Elton foram fornecidas por Conceição, que já partira, deixando o lugar ainda mais triste.

Quando desceu do táxi, bem em frente ao cartório, Marina viu Elton. Estava calvo, acima do peso. Usava uma camisa com três botões desabotoados e uma sandália, que deixava os dedos à mostra, assim como as unhas grandes e descuidadas.

— Boa tarde, Elton — disse Marina. Ela usava botas, jeans, uma blusa de frio creme com gola rulê, cabelos presos, o que deixava à mostra seus brincos delicados. Ela observou que ele não a reconhecera, então, tirou os óculos escuros.

Segundos depois de perceber que Elton estudava seu rosto, Marina ouviu:

— Marina? Que bom vê-la! — disse sinceramente, abrindo um sorriso, o que foi um alívio para ela, pois temia o reencontro. Rafael oferecera-se para acompanhá-la, mas ela não quis. Como pedira em suas orações, Elton tratou-a como velhos conhecidos, sem ressentimentos aparentes.

Tirando a burocracia do divórcio, tudo aconteceu muito rápido e longe da alegria da festa de casamento, que acontecera no quintal do seu avô. Assinados os papéis, Marina saiu aliviada do cartório. Elton acompanhou-a até a porta, onde permaneceu, falando um pouco sobre sua vida. Marina queria partir, mas ele continuava a falar, como se tivesse reencontrado um velho amigo.

Foi nesse momento que uma buzina disparou. Os dois olharam na direção de um carro.

— Minha mulher! Não dá um passo sem me dizer para onde está indo! Seis horas da tarde, já está dentro de casa, com banho tomado, preparando a janta. Limpa a casa como ninguém. É isso ou voltar para a casa da madrasta.

Marina sentiu um arrepio e medo ao ouvi-lo falar da forma como tratava a esposa.

— Sua filha? — perguntou Marina ao ver uma menina gritando pela janela.

— Enteada. Não tive filhos.

Marina pensou em perguntar por Divina, mas sabia que o faria apenas por educação. Decidiu, então, não perguntar nada, contudo, Elton pareceu adivinhar seus pensamentos:

— Minha mãe não anda bem de saúde. Acho que é a idade. Não gosta da minha mulher — revelou com tristeza e fez silêncio, como se voltasse à época em que estavam casados.

— Boa sorte, Elton. Desculpe-me, mas tenho que ir — Marina adiantou o cumprimento, já imaginando que ele a convidaria para tomar um café da tarde com Divina. — Que Deus abençoe sua família.

Elton apertou a mão de Marina e não disse nada. Ela viu-o afastar-se, arrastando as sandálias para chegar ao carro, e a forma como ele falou com a mulher. Então, virou as costas e entrou no primeiro táxi que apareceu, sem olhar para trás e sem nenhuma intenção de voltar ali.

O casamento e Marina e Rafael aconteceu em um sábado ensolarado de primavera. Inácio, com cinco anos, foi quem levou as alianças. Alcione e Alison foram os padrinhos da moça. Foi por aqueles dias também que Marina se descobriu grávida de Maria, que, desde o nascimento, mostrava um temperamento difícil, genioso.

Por isso, Marina gostava de ficar entre as rosas. As flores traziam-lhe paz e boas lembranças de sua vida. Eram nesses momentos, entre as rosas, que ela agradecia pela vida e pelos encontros.

— Vim buscá-la. Acho melhor entreter dona Lola antes que Alcione a coloque no forno! — os dois riram alto e depois se beijaram apaixonados. — Eu te amo.

— É sempre bom ouvir isso, porque eu também te amo — Marina disse, abraçando Rafael.

Assim que entrou na sala, Marina tirou os óculos escuros, revelando que o tempo estava sendo generoso com ela. Estava ainda mais bela e radiante.

— Mãe, o padrinho ligou. Disse que vai passar aqui — contou Inácio, enquanto recebia o beijo da mãe.

— Bom rever o Docinho! Faz tempo que não o vejo.

— Onde já se viu?! Dois padrinhos homens?! — admirava-se Lola. — Docinho e Alison, padrinhos de Inácio.

— Docinho foi o primeiro a saber de minha gravidez. É um amigo que me deu muita força, mãe. E Alison é mais que um primo pra mim. Não tinha como não tê-los como compadres. Já lhe expliquei isso.

— Fácil é eu explicar isso. Sei que oficialmente é o Alison e a vovó, mas...

— Alison vem para o Natal, Marina?

— Sim. Vem com o companheiro dele. Depois, irão passar o *réveillon* nos Estados Unidos. Lídia, a dona do hotel, também virá. Está namorando, mãe. Depois lhe conto os detalhes.

Marina foi interrompida pela filha, que puxava Valéria, sua amiga. Clara, por sua vez, acompanhava as duas.

— Estou cansada. Estava mostrando a casa para Valéria. Minha amiga, mamãe — anunciou Maria, uma menina esperta, falante, de cabelos cacheados e olhos redondos. Implicante com a mãe e amorosa com o pai.

— Ela adorou a biblioteca e o piano — revelou Clara, filha de Alcione. Era mais velha que Maria, mas adorava a prima. Eram muito ligadas, o que fazia Marina se lembrar de sua infância com Alcione.

— Verdade. Achei que iria chorar — falou Maria divertindo-se.

— Tudo tão lindo...

Marina abraçou a menina carinhosamente e disse ao seu ouvido.

— Seja muito bem-vinda. Sinta-se em casa.

— Obrigada — respondeu a menina simpática, retribuindo o carinho.

— Acho que, além da biblioteca e do piano, Valéria também gostou de um certo alguém... — entregou Maria com seu jeito descontraído, apontando para o irmão.

— Do Inácio? — perguntou Rafael orgulhoso. — Até onde sei, ele será seminarista. — Ele olhou para Marina, que começou a rir e mudou de assunto para não deixar o filho ainda mais constrangido. — E cadê o Carlos, meu afilhado?

— Está a caminho, tia — contou Clara. — Ele passará as férias com a gente. Ele e a noiva. Ela virá depois do Natal.

— Estou com saudade deles. Agora que seu irmão se mudou de cidade, só nos falamos por telefone. Sinto falta dele. Fiquei mal-acostumada em tê-lo por aqui no período da faculdade, do trabalho...

Nesse momento, Betinho chegou com o filho, e foi uma festa. Marina tentava controlar o falatório e pediu a Maria que chamasse Alcione na cozinha, porque queria tirar uma foto com todos juntos.

— O primo não chegou ainda, mamãe. O tio Odair também não chegou.

— Não tem problema. Tiramos outras fotos depois com todo mundo. Com Docinho, Lídia, Alison, tio Odair e a esposa nova...

— Esse meu cunhado não tem jeito! Já perdi as contas das cunhadas que ele me apresentou! — divertiu-se Lola.

Segurando a câmera fotográfica na mão, Marina ria com a organização de cada um para sair da melhor forma na foto. Alcione custou a aparecer, mas, quando o fez, tirou o avental e ajeitou os cabelos.

— Comadre, tire duas! — gritou de onde estava, encaixando a mão no braço do marido. — Marina ficou olhando a amiga, agora loira, levando no rosto o mesmo sorriso da juventude.

— Ela é boa para sair com os olhos fechados! — comentou o marido rindo.

— Pode deixar. Depois, selecionamos as melhores!

Rafael aproximou-se de Marina.

— Vai programar a foto?

— Sim. Não sei bem fazer isso. Vou colocar em prática as aulas do Inácio — parou de falar e fitou o marido. Ao notar que ele estava com o olhar perdido na sala, perguntou: — Está feliz?

— Sim. Estou pensando em minha avó. Acho que ela gostaria de ver a casa assim, cheia.

— Ela está vendo — disse Marina, olhando para Valéria colada em Inácio. Ela admirava-o carinhosamente, e ele retribuía o gesto timidamente. — Ela está aqui.

Rafael emocionou-se e deu um beijo de leve nos lábios da esposa.

— Eu acredito.

Carlos chegou nesse momento, e Lola gritou para que ele achasse um lugar para sair na foto. Descontraído, o rapaz cumprimentou os pais, deu um tapa de leve na cabeça de Clara e depois se colocou ao lado de Inácio.

Segundos depois, Marina programou a máquina, colocou-a sobre o móvel e correu para abraçar Rafael.

— É agora, gente! Todo mundo rindo! — ordenou Rafael, enquanto abraçava Marina, e a foto da família foi finalmente tirada.

Assim é a vida. De encontros e reencontros. Nem sempre de alegrias, mas sempre com esperança e fé. Estamos em aprendizado, e os acontecimentos, sejam eles como forem, sempre edificam nosso espírito. E que o amor, o mais nobre dos sentimentos, prevaleça. Sempre!

FIM

DO FUNDO DO
coração

EDUARDO FRANÇA

DO FUNDO DO
coração

Será que o coração é capaz de nos guiar rumo à felicidade?

Neste romance, o leitor conhecerá a história de Vitória, uma jovem de 16 anos, que, após a morte da mãe, decide mudar-se para uma pequena cidade litorânea. Lá, a jovem faz grandes descobertas e compreende que o novo traz valiosas oportunidades de progresso espiritual.

Este e outros sucessos, você encontra nas livrarias e em nossa loja:

www.vidaeconsciencia.com.br/lojavirtual

GRANDES SUCESSOS DE
ZIBIA GASPARETTO

Com 18 milhões de títulos vendidos, a autora
tem contribuído para o fortalecimento da literatura
espiritualista no mercado editorial e para a popularização da
espiritualidade. Conheça os sucessos da escritora.

Romances
pelo espírito Lucius

A verdade de cada um

A vida sabe o que faz

Ela confiou na vida

Entre o amor e a guerra

Esmeralda

Espinhos do tempo

Laços eternos

Nada é por acaso

Ninguém é de ninguém

O advogado de Deus

O amanhã a Deus pertence

O amor venceu

O encontro inesperado

O fio do destino

O poder da escolha

O matuto

O morro das ilusões

Onde está Teresa?

Pelas portas do coração

Quando a vida escolhe

Quando chega a hora

Quando é preciso voltar

Se abrindo pra vida

Sem medo de viver

Só o amor consegue

Somos todos inocentes

Tudo tem seu preço

Tudo valeu a pena

Um amor de verdade

Vencendo o passado

Crônicas

A hora é agora!

Bate-papo com o Além

Conversando Contigo!

Pare de sofrer

Pedaços do cotidiano

O mundo em que eu vivo

Voltas que a vida dá

Você sempre ganha!

Coletânea

Eu comigo!

Recados de Zibia Gasparetto

Reflexões diárias

Desenvolvimento pessoal

Em busca de respostas

Grandes frases

O poder da vida

Vá em frente!

Fatos e estudos

Eles continuam entre nós vol. 1

Eles continuam entre nós vol. 2

Sucessos
Editora Vida & Consciência

Amadeu Ribeiro

A herança
A visita da verdade
Juntos na eternidade
Laços de amor
O amor não tem limites
O amor nunca diz adeus

O preço da conquista
Reencontros
Segredos que a vida oculta vol.1
A beleza e seus mistérios vol.2
Amores escondidos vol. 3

Ana Cristina Vargas
pelos espíritos Layla e José Antônio

A morte é uma farsa
Almas de aço
Código vermelho
Em busca de uma nova vida
Em tempos de liberdade
Encontrando a paz
Escravo da ilusão

Ídolos de barro
Intensa como o mar
Loucuras da alma
O bispo
O quarto crescente
Sinfonia da alma

Carlos Torres
A mão amiga
Passageiros da eternidade
Querido Joseph (pelos espírito Jon)
Uma razão para viver

Cristina Cimminiello
A voz do coração (pelo espírito Lauro)
As joias de Rovena (pelo espírito Amira)
O segredo do anjo de pedra (pelo espírito Amadeu)

Eduardo França

A escolha
A força do perdão
Do fundo do coração
Enfim, a felicidade
Um canto de liberdade
Vestindo a verdade
Vidas entrelaçadas

Evaldo Ribeiro

Aprendendo a receber
O amor abre todas as portas (pelo espírito Maruna Martins)

Floriano Serra

A grande mudança
A outra face
Amar é para sempre
Almas gêmeas
Ninguém tira o que é seu
Nunca é tarde
O mistério do reencontro
Quando menos se espera...

Gilvanize Balbino

De volta pra vida (pelo espírito Saul)
Horizonte das cotovias (pelo espírito Ferdinando)
O homem que viveu demais (pelo espírito Pedro)
O símbolo da vida (pelos espíritos Ferdinando e Bernard)
Salmos de redenção (pelo espírito Ferdinando)

Jeaney Calabria

Uma nova chance (pelo espírito Benedito)

Juliano Fagundes

Nos bastidores da alma (pelo espírito Célia)
O símbolo da felicidade (pelo espírito Aires)

Lucimara Gallicia
pelo espírito Moacyr

Ao encontro do destino
Sem medo do amanhã

Marcelo Cezar
pelo espírito Marco Aurélio

A última chance
A vida sempre vence
Coragem para viver
Ela só queria casar...
Medo de amar
Nada é como parece
Nunca estamos sós
O amor é para os fortes
O preço da paz

O próximo passo
O que importa é o amor
Para sempre comigo
Só Deus sabe
Treze almas
Tudo tem um porquê
Um sopro de ternura
Você faz o amanhã

Márcio Fiorillo
pelo espírito Madalena

Lições do coração
Nas esquinas da vida

Maura de Albanesi
pelo espírito Joseph

O guardião do Sétimo Portal
Coleção Tô a fim

Maurício de Castro

Caminhos cruzados (pelo espírito Hermes)

Meire Campezzi Marques
pelo espírito Thomas

A felicidade é uma escolha
Cada um é o que é
Na vida ninguém perde
Uma promessa além da vida

Mônica de Castro
pelo espírito Leonel

A força do destino
A atriz
Apesar de tudo...
Até que a vida os separe
Com o amor não se brinca
De bem com a vida
De frente com a verdade
De todo o meu ser
Desejo – Até onde ele pode te levar? *(pelos espíritos Daniela e Leonel)*
Gêmeas
Giselle – A amante do inquisidor
Greta
Impulsos do coração
Jurema das matas
Lembranças que o vento traz
O preço de ser diferente
Segredos da alma
Sentindo na própria pele
Só por amor
Uma história de ontem
Virando o jogo

Rose Elizabeth Mello

Como esquecer
Desafiando o destino
Livres para recomeçar
Os amores de uma vida
Verdadeiros Laços

Sérgio Chimatti
pelo espírito Anele

Lado a lado
Os protegidos
Um amor de quatro patas

Thiago Trindade
pelo espírito Joaquim

As portas do tempo
Com os olhos da alma

Conheça mais sobre espiritualidade com outros sucessos.

vidaeconsciencia.com.br /vidaeconsciencia @vidaeconsciencia

ZIBIA GASPARETTO

Eu comigo!

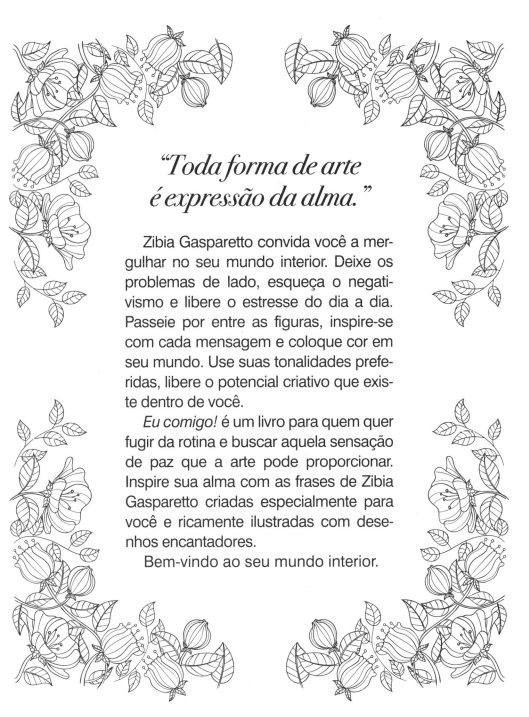

"Toda forma de arte é expressão da alma."

Zibia Gasparetto convida você a mergulhar no seu mundo interior. Deixe os problemas de lado, esqueça o negativismo e libere o estresse do dia a dia. Passeie por entre as figuras, inspire-se com cada mensagem e coloque cor em seu mundo. Use suas tonalidades preferidas, libere o potencial criativo que existe dentro de você.

Eu comigo! é um livro para quem quer fugir da rotina e buscar aquela sensação de paz que a arte pode proporcionar. Inspire sua alma com as frases de Zibia Gasparetto criadas especialmente para você e ricamente ilustradas com desenhos encantadores.

Bem-vindo ao seu mundo interior.

www.vidaeconsciencia.com.br

Rua Agostinho Gomes, 2.312 — SP
55 11 2613-4777

contato@vidaeconsciencia.com.br
www.vidaeconsciencia.com.br